诺贝尔文学奖作家作品

中非历险记

THE ADVENTURES IN CENTRAL AFRICA

［波］亨利克·显克维奇　著
贾开吉　译

北京出版集团
北 京 出 版 社

图书在版编目（CIP）数据

中非历险记 /（波）亨利克·显克维奇著；贾开吉译．— 北京：北京出版社，2021.4（2025.7重印）
（诺贝尔文学奖作家作品）
ISBN 978-7-200-15382-8

Ⅰ．①中… Ⅱ．①亨… ②贾… Ⅲ．①长篇小说—波兰—现代 Ⅳ．①I513.45

中国版本图书馆 CIP 数据核字（2020）第 020784 号

诺贝尔文学奖作家作品

中非历险记

ZHONG FEI LIXIAN JI

［波］亨利克·显克维奇 著
贾开吉 译

*

北 京 出 版 集 团
北 京 出 版 社 出版
（北京北三环中路 6 号）
邮政编码：100120

网 址：www.bph.com.cn
北京出版集团总发行
新 华 书 店 经 销
三河市天润建兴印务有限公司印刷

*

140 毫米 × 202 毫米 32 开本 10.5 印张 244 千字
2021 年 4 月第 1 版 2025 年 7 月第 3 次印刷

ISBN 978-7-200-15382-8
定价：58.00 元

如有印装质量问题，由本社负责调换
质量监督电话：010-58572393
责任编辑电话：010-58572757

作家小传

1846 年 5 月 5 日，亨利克·显克维奇（Henryk Sienkiewicz，1846—1916），出生于波兰东部伏拉·奥克葱斯卡雅的一个贵族家庭，之后随同全家迁居华沙。在华沙读中学期间，他就对大仲马和司各特的浪漫主义小说产生了浓烈的兴趣。后来，显克维奇考取了华沙大学。1871 年，因为不满沙皇政府对于学校的控制，以及沙皇强行将校名从华沙大学改为华沙帝国大学的行为，即将从大学毕业的显克维奇没有参加毕业考试，就愤然放弃学位离校。

在大学期间，显克维奇就开始了他的创作生涯。他曾经将剧本《我们的亲友》做出了新的改编，并且在当时的《波兰报》上陆续发表了一系列的政论文章和讽刺性小品文。他的处女作小说《徒然》也是在这一时期创作完成，并于 1872 年正式出版。在这部小说中，作者深入描述了当时的大学生对于未来的迷茫和失望等情绪。他随后发表了小说集《伏尔希沃皮包里的幽默故事》，其中包括了《谁也不是预言家》和《两条道路》两部中篇小说。1875 年，短篇小说集《老仆》出版，这标志着显克维奇在波兰文坛开始占据一席之地。

1876 年到 1878 年，作为《波兰报》特派记者，显克维奇前往美国加利福尼亚州进行访问，并且用长达两年的时间，踏遍了美国很多地方，并深入到了美国各个阶层采访写成《旅美书简》，同时创作了《炭笔素描》《一个家庭教师的回忆》《为了面包》《胜利者巴尔特科》《穿过草原》《音乐迷杨科》《灯塔看守者》《天使》《奥尔索》等中短篇小说，并获得了读者的广泛好评。

1880 年，显克维奇在意大利和法国旅居 3 年之后，才再次返回波兰，发表了剧本《一张纸牌》《谁之罪》和中篇小说《黄金国》等。1881 年，显克维奇与玛丽亚·塞特凯维奇结婚，开始了他的第一次婚姻。不幸的是，塞特凯维奇于 1885 年病逝。1893 年，显克维奇与玛丽亚·伏沃德科维奇在波兰克拉科夫结婚，然而，这段婚姻也只维持了 3 年时间。离婚后的显克维奇在 1899 年认识了玛丽亚·巴布斯卡并且很快坠入情网，1904 年他们结婚并且相伴一生。

1882 年，显克维奇在《斯多瓦》杂志担任编辑工作，正式开始了历史小说三部曲的创作，即第一部《火与剑》（1884）、第二部《洪流》（1886）和第三部《伏沃迪约夫斯基骑士》（1888—1889）。该历史小说三部曲以波兰 17 世纪对外来侵略的反抗活动为背景，反映了波兰人民对土耳其人、鞑靼人和瑞典人侵略的不屈不挠的反抗，体现了作者的爱国之心。此后，显克维奇陆续创作了《你往何处去》（1896）和《十字军骑士》（1990）两部优秀的历史小说，一举奠定了显克维奇作为波兰最卓越的历史小说家的地位。显克维奇在现实题材方面也有优秀的作品，比如《毫无规则》（1890）和《波瓦涅茨基一家》（1895）。

1900 年，显克维奇移居波兰东南部奥勃勒戈克，当地民众在他投身文学创作30周年之际为他举办了盛大的纪念活动。1914年第一次世界大战爆发，显克维奇流亡瑞士期间，与罗曼·罗兰成为很要好的朋友，并且号召发起了“波兰牺牲者救济委员会”，还出任主席职务，为国家民族做出了极大的贡献。

1916年11月15日，还在创作他生命中最后一部小说《军团》的显克维奇在瑞士佛维病逝，享年70岁。1924年，他的骸骨被送回到波兰，隆重地安葬在华沙圣约翰教堂。

授奖词

瑞典学院常任秘书　C.D.威尔逊

毋庸置疑，凡是能拥有丰富、充沛的文学硕果的民族，必然有生活富裕、精神饱满的人民，因为绚烂的文明之花无法生长在贫瘠的土地上。而且每个国家都有为数不多的能够表现该民族精神的天才，他们通过作品把自己民族的特点展示于世人眼前，珍惜并热爱自己民族的发展历史，目的是增强全民族对未来寄予的期望。他们的文学创作之路根植于历史的土壤，如同巴伯利的橡树扎根于立陶宛的沙漠中一样，不过树枝却在时下的风雨中摇曳。基于以上种种考量，亨利克·显克维奇先生正是这样一位象征了全民族文学特点和文化结晶的代表人。故此瑞典学院将1905年度诺贝尔文学奖颁发给他。我们很高兴在今天的盛会上看到了他的身影。

显克维奇生于1846年。1877年，他青年时代的作品《炭笔速描》表达了对社会中被压迫和被剥削民族的深切同情。他的早期作品《音乐迷杨科》和《灯塔看守者》也给人留下深刻的印象。1880年，他的短篇小说《鞑靼的奴役》初步展露出他在历史小说创作上的才华，不过风格尚未成熟，直到他的著名三部曲问世——《火与剑》（1884）、《洪流》（1886）和《伏沃迪约夫斯基骑士》（1888—1889），才真正展现出他的才华。第一部讲述了鞑靼人在1648年至1649年支援哥萨克人反叛的故事；第二部讲述了波兰对抗查理斯·古斯塔夫的战争故事；第三部讲述的是波兰对土耳其的战争中，波兰士兵保卫康明尼克要塞但不幸失守的故事。在三部曲里，作者分别叙述了萨拉兹·雷斯度乔瓦和康明尼克的三次保卫战，但是每次的叙事手法都各不相同，风格迥异。

《火与剑》从萨拉兹保卫战开始讲起，故事的高潮围绕着聪明勇敢的维希尼欧维基展开，他的内心一直在是否要篡夺最高军事指挥权中激烈斗争，但他最终克服了自己的野心。《洪流》里面有很多让读者记忆深刻的情节。小说开始的部分，卡密西亚是一位自由散漫、时常与国王唱反调的人，他在自己深爱的一名贵妇的影响下，重新赢得了人们的尊重，并且变得遵纪守法，获得了很多荣誉和奖励。故事中的人物奥兰卡也是显克维奇塑造的优秀女性，她有虔诚的宗教信仰，具有坚毅不屈的性格，并且热爱自己的祖国。罗杰康尔王子这个人物的塑造更是形象生动，他率军反叛，性格阴险，独断专行。显克维奇描写了他在宴会上引诱并教唆军官叛变的场景：他情绪慷慨激昂并且振振有词，以至于让人产生了一种美感。有位英国评论家曾这样表示：显克维奇通过准确巧妙的心理描述，让读者看到罗杰康尔王子内心的争执，他给自己叛国找的理由是为了波兰的正义。后来在长期的自欺欺人之下，王子最终悔恨而死。即使在放荡不羁、难以信赖的保格斯劳亲王的身上，也能发现其勇敢文雅、乐观豁达的个性。显克维奇对人性认识深刻，因此并不会将人类简单地分为正派和反派这两类。

显克维奇作品的另一大特色是，他并不忽视自己同胞的缺点，反而毫不遮掩，完全展示给读者，而且对于敌人的能力和英勇也做到了客观公正的评述。正如古代以色列先知一样把真理展示于世人面前。他借小说人物之口谴责波兰人对个人自由的过度追求，指责那些为了名利，将国家利益置于脑后的个人利己者。追根究底，显克维奇是名副其实的爱国主义者，他发扬光大了波兰民族的骑士精神，他强调基督教国家是对抗土耳其人和鞑靼人的坚实堡垒。他的作品凸显了显克维奇的智慧和历史观。作为一名优秀的波兰人，他理所当然地反对查理斯·古斯塔夫对波兰的入侵，可他同时也细致生动地描绘了查理斯与众不同的气魄，对他率军团结、纪律严明的作风也不吝赞美。

通常人们把《伏沃迪约夫斯基骑士》看作是三部曲中相对较弱的一部作品，我们很难认同这一观点。仅凭伏沃迪约夫斯基的妻子芭夏从狡猾凶狠的鞑靼人阿基亚那里逃脱的情节，就足以证明这部作品的优秀。当康明尼克城堡被土耳其军队重重围困后，城内物资耗尽，主人公的悲惨命运即将来临时，伏沃迪约夫斯基和妻子诀别的那一幕凄美动人。他安慰芭夏，一起回忆了过去快乐的时光，并且告诉芭夏死亡只是从一个世界去另一个世界，如果其中一个先去了另一个世界，那是为了等候另一个人。这部作品有很多对高尚纯洁人物的描写，作者创作时不陷入情绪化的表达，而是展示了其真诚和纯情，让读者感同身受、心潮迭起。

对伏沃迪约夫斯基葬礼场面的描述庄严壮观，芭夏跪在教堂的石板上，紧挨着丈夫的灵柩。牧师击打着法器好像在召唤死去的勇士再次复活，继续奋勇杀敌。牧师满怀悲痛地赞扬着死者高尚的品德，向上帝祈祷，在国家危难之际可以出现真正的领导者。与此同时，苏比耶斯基走进教堂，所有人都把目光投向了他，牧师高喊着："救世主！"苏比耶斯基立刻双膝跪倒在灵柩旁。

这段描写贴近历史，充分体现了故事的时代特点。显克维奇通过对史实资料的收集，并加以提炼，使得他笔下的人物都充分契合时代背景。有许多著名的历史学者提名让显克维奇参与诺贝尔文学奖的角逐。

三部曲里有很多对自然景物意象清新的描绘。《火与剑》里有大量简短又让人印象深刻的句子，比如，"春风吹拂下的大草原苏醒了过来""花朵纷纷从大地中探出了脑袋""嗡嗡作响的昆虫"等。

三部曲的另一个特色是幽默。他把身材并不高大的伏沃迪约夫斯基写得栩栩如生，让我们对天性乐观的贵族拉格罗巴印象深刻，他的三个特点——自吹自擂、大腹便便和好酒贪杯，让我们不禁想起法斯塔夫。但是这两个人物又各有不同，法斯塔夫生性轻浮多疑；拉格罗巴却为人热情，重视友情，他看起来是一本正经的好牧师，不过内心却十分喜爱喝酒。他对酒的热爱让他认为只有叛徒才不爱喝酒，因为他们害怕喝醉了之后泄露秘密，他憎恨土耳其人的原因是他们不喝酒。拉格罗巴也是个话痨，他认为冬天如果说话少了，舌头就会被冻僵。他夸张地形容他的军容有多么威武，军队的功劳有多么伟大，但他实际从未参过军。他的勇气与众不同，一遇到敌人，就像个懦夫一样浑身颤抖，可是一旦真正开始打仗，就会对那些将要破坏他安稳生活的敌人从心底冒出一股愤怒。他能够击败可怕的哥萨克人伯拉杰，正是出于这种勇气。他充满了计谋和机智，好像奥德修斯一样，当其他人步入绝境的时候，他总能化险为夷。朋友遇到了危险，他会不由自主地流下眼泪，对国王也是无比忠诚。本质上来说，他是个豪爽并且感情脆弱的人。有人认为拉格罗巴的性格前后不一致，是由于最后一部作品中充满了危言耸听的谣言，这种观点并不恰当，要综合更多的社会影响的因素。

显克维奇让我们真实地了解到拉格罗巴的成长过程，随着环境的熏陶，他逐渐变得高贵起来，但是另一方面他又陋习难改。除去人物的缺点来看，拉格罗巴的改变是自然而然的，因为他的本性和儿童一样善良。拉格罗巴是显克维奇笔下一个创造性的人物，完全可以称为世界文学史上经典的喜剧人物。

显克维奇具有多方面的才华。1890 年发表了被许多评论家认为是最好的一部作品《毫无规则》，他把在三部曲中塑造那些战士的才华转移到现代心理小说上。这部作品以日记体的方式完成，但和其他日记不同，阅读的时候毫不枯燥，他运用超强的文字技巧把个世俗的普通人呈现在我们眼前。他怀疑一切，不断进行自我分析，他的猜疑不仅导致了自己的不幸死亡，也让他人无法获得幸福。普洛佐斯基天生聪慧，但在道德勇气方面却有所欠缺，换句话说，他是一个没有原则的人，虽然他推崇美，而且具有高尚的教养，但他同样没有信仰，缺乏主动精神。安妮尔卡天性豁达，她对生活的美好梦想因普洛佐斯基的自私而破灭，但她始终坚持做一个有责任的人。显克维奇用内心剖析的方式，让我们看到了曾经是基督徒的普洛佐斯基骨子里对美的追求十分狂热，但是这些并不能填补他失去信仰之后的空虚和彷徨。显克维奇勾勒出一个世界上每一个国家都存在的人物，这种人聪明优秀，却毁于神经衰弱。《毫无规则》是一部严肃深刻、令人醒悟的优秀作品，同时也是一部精益求精的经典作品。在精彩的文字中夹杂着被压制的悲伤情绪，有时候让人感到冷漠，但是这种冷漠在很多经典作品中常见，比如歌德的作品。

1894 年发表的《土地之子》，虽然没有《毫无规则》那么优秀，但是它生动地描述了丰富的农村生活和虚无的世界主义。这部作品中我们看到了一位温柔优雅、真诚热情的女主人公玛丽妮亚。评论家们对深陷情欲的波拉尼克奇褒贬不一，但是显克维奇并不为波拉尼克奇争辩，只是真实地呈现他的生活：波拉尼克奇和普通人一样，为人处世有自己的底线，但是一时受到蛊惑走上了错误的道路，好在他很快就醒悟过来，并且坦诚地忏悔以前的过错。波拉尼克奇和玛丽妮亚之间的关系因此重归于好，甚至变得更加稳固。这部作品的意义在于赞美家庭道德和健康有益的社会活动。作品中最具吸引力的部分是，身患疾病的女孩莉卡为了成全玛丽妮亚夫妇而将自己对波拉尼克奇真挚的爱默默隐藏在心底，这段情节的描述充满了纯真的感情和令人感动的诗意。

有些评论家认为三部曲的篇幅过于拖沓，又故意挑剔显克维奇的短篇小说《让我们跟随他》（1892）节奏太快。这部作品简洁地讲述了患有忧郁症和幻想症的女伯爵安蒂亚是如何在死而复生的救世主的帮助下恢复健康的故事。通篇节奏紧凑，遣词造句优美绚丽。对于这部作品的批评显然并不恰当，因为不同题材处理的手法也有不同。《让我们跟随他》虽然是作者寥寥几笔的速写，但是内容并不浅薄，充满了丰富的感情，里面塑造的人物并不亚于他精雕细琢的作品。这部基于虔诚的信仰完成的作品，是一朵沾染了救世主鲜血而盛开在十字架下面的花朵。

对宗教题材的熟练让显克维奇创作出一部赢得了国际声誉的巨

著《你往何处去》。这部创作于1895年至1896年的作品记叙了尼禄王统治时期的历史故事，一年内仅英文版就在英、美两国卖出了80万册，获得了非凡的成绩。1901年，研究波兰历史的柏林专家布鲁克纳教授估计，这本书仅在英、美两国就有约200万册的销量。迄今为止，《你往何处去》已经被翻译成30多种文字。这个现象表明了主题高尚、表达方式新颖、不落俗套的好书必然受到读者的欢迎。《你往何处去》以精练的文字展示了尼禄王统治下的社会万象：狡诈堕落的异教徒与谦逊自信的基督徒；自私与博爱；骄奢淫逸的皇宫院落与阴森死寂的地下坟墓。对罗马发生大火，圆形剧场里流血场面的描述无与伦比，让人惊心动魄。显克维奇并没有让尼禄王成为主要人物，反而只用了简单的几笔描述，就勾勒出一位附庸风雅、不可一世、生性善变、冷酷无情的帝王形象。

显克维奇参照塔西佗《年鉴》第16卷里的两篇短文创造出斐特洛纽斯这个人物，他对这个人物的描写更为细致，人物的性格显得也更加鲜明。作者通过自己深刻入微的观察和感同身受的切身体会，成功地表现出人物复杂的心理变化。被称为“风雅大师”的斐特洛纽斯世故圆滑，集各种矛盾于一身。他是伊壁鸠鲁的追随者，也是怀疑论者，他认为生命是虚幻的空中楼阁，享受安乐会让他变得软弱，不过幸好他还具有敢作敢当的勇气。有时候他是迷信的，有时候又能摆脱成见。他的美感惊人，但善恶感并不强烈。他尊重客观事实，哪怕在不利的情形下，也能用镇定的态度和手段来保护自己的尊严。怀疑论的创始人皮朗和古希腊优秀诗人阿那克里翁的作品比提倡美德和道德的史托亚学派的作品更能让他感受到乐趣。他不了解也看不起基督徒。对他来说，基督教条里的以德报怨毫无价值和意义。他认为基督徒对来世的祈求是一件让人惊奇的事情，就好像有人认为一天是从晚上开始似的。最后，斐特洛纽斯被提格里挪斯陷害而死。整部作品充满了作者别具一格的才华。最打动人的一部分是：在晚霞的照耀下，即将殉教的信徒保罗嘴里不断地重复着一句话："我已经历过一场光荣的战斗，我已走完自己的行程，我已坚持了自己的信念。"（《新约·提摩太后书》第4章第7节）

1900年，显克维奇完成了描写自己祖国波兰的小说《十字军骑士》。因为资料残缺，这部小说完成的过程比三部曲要困难，但是作者克服了这一阻碍，顺利地完成了这部具有浓厚中世纪色彩的小说。这部作品讲述了波兰和立陶宛等国反抗条顿族骑士的故事。条顿族骑士在完成使命后，不再满足于得到十字勋章，而是想要更多的权力和财富，最终骑士被亚盖沃大公击败了。亚盖沃虽然是小说中的主角，但是作者历来不把历史人物放在最重要的位置，只是粗略地描绘了这个人物的轮廓。其他人物都是作者凭借自己丰富的想象力创造出来的，通过他们充分展现了中世纪的文明，充满魅力，强烈地吸引了我们的注意力。

中世纪是既迷信又充满了活力的时代。虽然波兰信奉基督教已久，但是人们依然保留了晚上把食物放在屋子外，给孤魂野鬼食用的习俗。上帝虽然管理着整个宇宙，但是他并没有时间管理那些鸡毛蒜皮的小事，所以圣徒就被派去执行这样的任务，例如阿波罗尼亚专门管牙疼的问题，利贝里乌斯专门管结石病。固若金汤的骑士城堡矗立在马里安伯格，反抗骑士的波兰和立陶宛士兵个个都精力充沛。作品中的人物众多，有粗暴贪婪、只考虑家族利益却勇敢的麦珂；有一门心思都想成为骑士去冒险的贵族兹必兹可；还有勇猛善战的杰伦德，他身材魁梧，力大无穷，最终成为战争中的牺牲品。杰伦德是显克维奇创作中最具有高尚情操的一位战士。

这部作品既有战士的刚强，又有女性的柔美。雅德维加王后的性格温柔但长相普通。在描写穷人葬礼的部分，伤心的达努茜亚美得如同耶稣受难时的赞美诗。还有健康活泼的贾济安卡仿佛万物复苏的春天。这些人物都具有朝气蓬勃的生命力。在次要角色中也有很多突出的人物，比如脾气暴躁、心胸狭窄的大修道院院长；贩卖各种奇怪东西的桑德斯，他不仅卖过珠宝，还出售过能跑到埃及的驴、亚各的天梯、女人的眼泪和圣彼德的钥匙。作品以1410年坦连伯格的战役作为结尾，条顿族骑士在经过苦苦激战之后最终灭亡，如同一部悲壮的歌剧落幕。

在显克维奇之前，从未有人公开承认并从古代波兰文学中受益。波兰文学的鼻祖亚当·密茨凯维支以充满自然特色的诗篇和伟大的史诗著作开启了波兰文学历史丰富的第一页。在波兰文学浩瀚的星空中，还有许多闪亮的星星，有想象力丰富的斯沃瓦茨基、哲学家克拉辛斯基，还有成就卓越的史诗创作者科热尼奥夫斯基、克拉谢大斯基和雷乌斯基等人。不过直到显克维奇的出现，波兰文学才以最客观的形式绽放出璀璨的光芒。

回顾显克维奇的文学作品，我们可以总结出它的特点：内容宏伟，取材多样，立意崇高并且文字运用自如。他的历史作品已经达到了完美的艺术境界，结构丰富，多条故事情节展开又彼此呼应。耶伊尔曾说过，荷马是善于运用隐喻的文学巨匠，他可以通过单纯的事物表达复杂的情感，比如用聚集在牛奶桶周围的苍蝇比喻战士；用拽着母亲裙角哭泣着要拥抱的小女孩比喻佩特洛克罗斯哭着哀求阿喀琉斯让他上前线杀敌。一位瑞典评论家表示，显克维奇也具有荷马的这一特色，比如，用退潮后留在沙滩上的贝壳比喻撤退时的军队；把第一阵炮火发出的轰鸣比作村子里的一条狗开始狂叫，接着其他的狗也跟着叫了起来；一支遭围攻的军队，正面和背面受敌，被敌人炮火攻击，比作两组收割稻草的人们，从稻田两边开始收割，然后在中间会合。在《十字军骑士》中，萨莫吉提人从犁沟中发起对日耳曼骑士的攻击，被比喻为一群黄蜂在袭击破坏了蜂巢的过路人。在《伏沃迪约夫斯基骑士》一书中，我们也不难看到很多既新颖又形象的比喻。正如荷马的风格一样，显克维奇通常也让次要的内容显得不那么清楚，以便更突出主要的比喻。比如伏沃迪约夫斯基拿着剑飞快地刺向围着他的敌人，好像弥撒结束后，唱诗班的男孩拿着灭火工具把神坛上点燃的蜡烛一支支地熄灭。土耳其军队统帅胡森·巴夏企图从通往雅西的大门逃走，结果未遂，于是退回营帐继续寻找其他出路，好像在公园里四处逃窜的偷猎者，在追捕中企图偷偷地逃掉。《你往何处去》里那些殉教的基督徒好像准备出海的水手取下绑在锚桩上的桅锚一去不返。这类荷马式的比喻在显克维奇的作品中数不胜数。

亨利克·显克维奇在文学创作中的成就无法用这篇简短的演讲来概括。最近他即将出版一部新的作品——《在光荣的战场上》（1905），内容是关于索别斯基时代发生的故事。显克维奇在自己的创作生涯中的确已经达到了光荣之境，他对自己的祖国忠诚坚定，得到了自己祖国人民的尊敬和崇拜。在庆祝他文学创作25周年的活动上，全体波兰人民为他举行了盛况空前的募捐活动，将募捐得到的钱购买了他故乡的一处地产，作为礼物赠送给他。除此之外，世界各地的代表都向他纷纷致敬，贺电连续不断。华沙剧院专门为他举行一场演出，以示庆祝。

如此多的赞美且又有来自北方的致敬，经再三考虑，瑞典学院宣布1905年诺贝尔文学奖授予亨利克·显克维奇。

获奖致辞

亨利克·显克维奇

诺贝尔文学奖为世界各地的文学创作者们提供了一个公平竞争的平台，能够得到瑞典学院肯定并且得到奖项的作者，可以被当作整个民族的儿子。这个奖项证明这是整个人类社会的成就，是人们不断努力获得的卓有成效的结果，显示了人类生活的过程和发展。如果说这份荣誉对每一个人都很有价值，那么对于波兰而言，更是显得弥足珍贵。人们常常认为波兰是死亡的、衰落的、备受压迫的国家，但是这次获奖足以证明它的活力和成功。如同伽利略用尽全力去证明“天体运行学说”一样，在整个世界的关注下，表现出波兰民族的精神和价值。

在富饶的波兰语土壤中，还有很多比我更优秀的作者，我认为这份奖励的肯定并不是给我一个人的，而是献给波兰语的成就和精神的。因此，我要向在座的各位，对瑞典学院的所有院士献上最真诚、最热烈的感谢。最后，请允许我用贺拉斯的一句话作为我致谢的结束语，“卓越者的赞许是期望能够得到的最高褒奖”。

目　录

第一章　沙漠之子

斯达西·塔尔科夫斯基从门外走进来，边走边说："妮尔，告诉你一件事，昨天警察把监察员斯马因的老婆法特玛和他们的 3 个孩子带走了。你还记得那个法特玛吗？我们曾经在父亲的办公室见过她好几次呢！"

妮尔是个英国女孩，长得很漂亮，好像洋娃娃一样，听到斯达西的话，她的浅绿色眼睛里充满了惊讶和害怕，她回答道："警察把他们关进监狱了吗？"

"没有关起来，只是为了防止她跑到苏丹去，所以派了人看着她，这样她就没有机会离开塞得港了。"

妮尔的神情看起来有些迷惑，"可这又是为什么呢？"

虽然斯达西的年纪刚刚 14 岁，但他觉得自己已经是个大人了，面对只有 8 岁的妮尔，斯达西尽管很喜欢这个小伙伴，依旧禁不住带着傲气十足的腔调说："等你像我这么大的时候，你会知道很多事情，不仅是关于塞得港，还有苏伊士运河，甚至整个埃及的事情你都会知道，难道你没听人提到过马赫迪的名字吗？”

妮尔说：“我听人议论过马赫迪，据说他长得不好看。”

斯达西听完大笑了起来，“长相如何我不确定，不过苏丹人都觉得他长得很漂亮，其他方面嘛，像他这样一个起义者，好看或不好看这样的评价，也只有你这样的小孩子才会这么说呢！”

妮尔满脸通红地辩解道：“是我爸爸说的。我爸爸知道的事情很多。”

斯达西说：“因为你还小，你爸爸这么说，是为了让你能听得懂，他对我就不会这么说。”妮尔低下头，嘟起了小嘴，斯达西看到这个情景便停下来，转而说，“别不高兴了，我相信你以后一定会像我一样长到 14 岁的。”

“好吧，可是万一我还没到 14 岁，马赫迪就来到塞得港，他会不会杀掉我呢？”妮尔忧心忡忡地说道。

“这点你不用担心，马赫迪不会无缘无故杀人的，即使他来塞得港，我一定会跟他理论保护你，不让他碰你一根手指头！”斯达西拍着胸脯表示。妮尔放心地点了点头，说，“嗯，我相信你会的，可是为什么他们不让法特玛离开这里呢？”

“因为法特玛和马赫迪有亲戚关系，她是马赫迪的表姐。她的丈夫斯马因之前告诉政府，他要去苏丹找马赫迪，去解救被马赫迪关押的犯人。”

“这么说斯马因是好人咯？”

“那可不一定。我们的爸爸很了解斯马因，他们提醒过政府不要相信这个人，可是政府最后还是给了斯马因很多钱，派他去救回犯人。结果等了半年，一个犯人都没有解救回来。据说，斯马因在苏丹已经当官了，他还教会了苏丹起义军如何使用大炮反抗英国军队。

这之前，苏丹起义军根本不会使用大炮。法特玛肯定知道自己丈夫所做的那些事情，所以她才想离开这里，政府自然是不能轻易放她离开了。”

斯达西说着说着，目光就被窗外的一群飞鸟吸引住了。它们飞得不高，肉眼都能清楚地看到鸟儿们伸长的脖子，舒展着宽大的翅膀，拍打着飞向曼扎拉湖。斯达西停止了说话，他展开了双臂，伸长着脖子，模仿起鸟儿在空中的姿态，绕着屋子跑了起来。逗得妮尔笑了起来，突然妮尔大喊：“你看，还有火烈鸟呢！”斯达西停下来，抬头仔细观看，果然，在那群鸟儿后面看到了两团红色的影子，好像天空上开出了两朵红色的玫瑰花。“真希望这个时候我能有支猎枪啊！”斯达西禁不住说道。

“为什么你会想着向它们开枪呢？”妮尔可不想看到这些美丽的鸟儿死去。

“女人理解不了打猎的乐趣。算了，不说了，我们往远处走走，说不定能看到更多的火烈鸟呢！”说完，斯达西拉起了妮尔的手，向屋外的港口跑去。妮尔的奶妈黑人迪娜不得不紧紧跟在后面，因为妮尔的父亲嘱咐过，千万不要让妮尔离开她的视线。

两个孩子一直跑到曼扎拉湖和运河分界的堤埂上才停下来。此刻已是傍晚时分，太阳还没完全下山，运河里一艘英国的轮船正在缓缓航行，河面上反射出太阳金色的余晖，照耀着万物都发出灿烂的光芒。曼扎拉湖面上漂浮着各类归巢的鸟儿，在夕阳的照耀下一切美不胜收。而在湖对岸，视力能望到最远的地方却是一望无际的空旷沙漠，安静得仿佛没有任何生命的迹象，褐色的沙砾随着西下的落日变幻出鲜红的颜色，看上去像是死神出没的世界。

两个孩子对着大自然的美景赞叹不已，他们看到了更多的火烈鸟，眼睛不由得兴奋得闪闪发光。这个时候，迪娜却开始催促他们回家。要知道在埃及，虽然是冬天，可是白天还是很热，不过到了晚上，却会变得十分寒冷。妮尔的身体对气温的变化很敏感，稍有不慎就会生病，所以妮尔的父亲劳利逊先生要求她必须在太阳落山前回到家。

两个孩子很听话地往回走，劳利逊先生的住宅就在离运河不远的城区边上，所以当太阳消失在海平面的时候，孩子们已经回到了家里。今晚，劳利逊先生还邀请了斯达西的父亲一起来吃饭，再加上妮尔的家庭教师奥利维女士。晚餐的成员都到齐了，大家很快在餐桌前一一就座了。

劳利逊先生是苏伊士运河公司的董事之一，符瓦迪斯瓦夫·塔尔科夫斯基是公司的资深工程师，两个人不仅是同事，也是相识十多年的好朋友，并且两个人同病相怜，他们的妻子都离开了人世。劳利逊太太在妮尔 3 岁的时候，得了肺病死于赫勒万；塔尔科夫斯基太太是法国人，14 年前在生斯达西的时候因难产而去世。两个人居住的地方离得很近，每天一起工作，下班后也在一起聊天，畅谈彼此孩子的生活，相似的遭遇和共同的爱好让他们更加亲密。妮尔的长相漂亮可爱，仿佛天使一般，斯达西学习成绩优异，勇敢聪明，这些都让两个父亲深感欣慰。尽管斯达西有时候表现得有些自负，喜欢说大话，但是学校里的老师们都认为他才华出众，这些都源于他的父亲对他的培养。塔尔科夫斯基先生早年颠沛流离，曾经连续 10 个月参加战斗，负伤成为俘虏，被流放到了遥远的西伯利亚，后来逃脱流亡到国外。

在战争前，塔尔科夫斯基就拿到了工程师的资格，之后他又进修了 1 年水利工程学，才得到了运河公司工程师的职位，没过多少年，工作中积累的经验与他展现出来的能力和勤奋都得到了董事会的一致认可，于是他被任命为总工程师。

斯达西是在塞得港出生的，在这里生活了14年，他父亲的朋友们都管他叫“沙漠之子”。在斯达西到了上学的年纪之后，塔尔科夫斯基和劳利逊先生经常出差，他们要检查从塞得港到苏伊士运河之间的堤坝修建以及进行后续的维护工作，斯达西经常在假期跟着他们一起到处出差，他几乎认得运河公司所有的工作人员，从工程师、公司员工到码头工人、临时雇用的阿拉伯人和黑人。天生好动并且好学的斯达西学到了很多课本上学不到的东西，比如划船、骑马、骑骆驼。频繁的户外活动，增强了他的体质和脑力。和同龄人相比，斯达西看起来更高大，更强壮，他像是撒在土壤里的种子一样，充分吸收了各种养分，努力生长。

塔尔科夫斯基先生很支持自己的儿子学习各种知识，和各种不同的人打交道。所以，在父亲的鼓励下，斯达西会沿着港口的堤埂漫步，会在曼扎拉湖上乘坐一只小船，自己划船在湖里探索。他还到过沙漠的那一端，租一头骆驼进行体验。总之，斯达西最擅长的项目是游泳，还有射击。别看他只有14岁，但他是塞得港最优秀的游泳健将。偶尔父亲或者父亲的同事会带着斯达西去打猎，打野鸭或者其他小动物。射击锻炼了斯达西的眼睛和手臂，斯达西深爱打猎，他的愿望就是将来能去非洲狩猎体积更大的野兽。在和各种形形色色的人打交道的过程中，斯达西还学习到了各种语言。他会和工人们聊天，听那些苏丹人讲在非洲遇到的凶猛野兽和体形巨大、皮肤厚重的动物。

苏伊士运河的挖掘工作本来就艰难，但是维护工作也很繁重，两岸的沙漠是威胁运河正常运转的主要原因，如果没有日常的维护清理，那么用不了一年，沙子就会把运河埋起来。为此上万名工人每天都要付出辛勤的劳作，虽然现在很多工作已经被日趋完善的机器所取代，但是工人的数目依旧很庞大，各个地区的人都有，除了本地人，还有苏丹人、索马里人以及埃塞俄比亚人等。斯达西可以和各个种族的人很快熟悉起来，连他自己都不清楚什么时候学会的这些方言和俚语，走到哪儿都能和当地的人们进行交谈，除了这些非洲部落语言，他还会说英语、法语和自己的母语波兰语。在斯达西的心目中，他认为波兰语是世界上最美的语言。

斯达西偶尔会教妮尔说波兰语，聪明的妮尔学得很快，只是斯达西会常常打击她，因为妮尔的发音有时候不太标准，比如她会把“斯达西”读成“斯特斯”。每当斯达西嘲弄她的时候，妮尔就会委屈得眼泪汪汪，让斯达西不忍心再说些什么。尽管如此，斯达西在心底还是十分呵护这位可爱的小妹妹，以至于每次妮尔幻想出来遇到超级大鳄鱼或者恐怖的怪兽时，斯达西总会拍着胸脯承诺，他会如何保护妮尔。拥有着波兰人和法国人血统的斯达西相信自己有朝一日会成为一个英雄。不过，两个孩子都没有想到，过不了多久，一场真正的危险将会降临。

第二章　初见毒蛇

晚餐的时候，妮尔的父亲劳利逊先生告诉了孩子们一个好消息，他和塔尔科夫斯基即将前往法尤姆省视察那里的运河枢纽工作，主要是加龙湖、尤瑟夫河和尼罗河沿线，他们要在梅迪乃特城附近逗留大约 30 天。由于圣诞节就快到了，两位父亲希望能和孩子们一起度过，于是决定让斯达西和妮尔一起同行，他们外出工作的时候，两个孩子待在梅迪乃特城。斯达西和妮尔听到这个消息都兴奋得跳了起来，不仅仅是因为不用和父亲分开，更因为可以到更远的地方旅行，之前他们只做过短途旅行，去过运河沿岸的城市伊斯梅利亚，还有苏伊士以及离运河较远的亚历山大和开罗，要知道从塞得港到法尤姆先要坐整整一天的火车，然后从瓦斯达继续向西，骑着骆驼进入利比亚沙漠，光路途就要花费几天的时间才能到达。

斯达西曾经从父亲的同事们口中听说过，梅迪乃特城是沙漠中的一片绿洲，位于尼罗河的左岸，它有自己的一套水利系统，狭长的尤瑟夫河是唯一连接在绿洲和尼罗河之间的纽带，加龙湖也是绿洲中一处栖息了多种鸟类的淡水湖，充足的水源和肥沃的土壤让梅迪乃特城变成了一座绿荫环绕的人间天堂。那里的古迹吸引着大量的游客，而最让斯达西兴奋的是，他终于有机会去打猎了，除了各种水鸟之外，还有野狼和鬣狗出没，据说在盖特拉尼山上可以捕猎到野狼。

由于学校还有几天才放假，而父亲们的工作又迫在眉睫，于是两位父亲决定第二天就出发，两个孩子等假期开始之后，在奥利维女士的陪同下再出发。妮尔和斯达西忍不住想立即同父亲们出发，但是斯达西心里清楚，自己的父亲肯定会拒绝的。于是孩子们缠着父亲们问了很多关于旅行的问题，当他们听到这次旅行会住在帐篷里时，禁不住又是一番欢呼雀跃。

大部分在梅迪乃特城长时间逗留的游客通常都会找库克旅行社来安排住宿、交通等问题，旅行社可以满足游客的不同需求，比如提供住宿的帐篷、伙食、工作人员以及交通用的马匹、驴子或骆驼，还有导游和厨师，这样花费比住旅馆会少很多。不过两位父亲完全不用操心有关开销的问题，因为他们俩是受埃及政府的邀请才过去的，所有费用都由埃及政府承担。父亲们选择库克旅行社主要考虑是为了让孩子们有更丰富的旅行体验。妮尔一直对骑骆驼旅行十分向往，劳利逊先生答应自己的女儿，到时候会给她找一匹骆驼，让她可以随时骑着去附近的沙漠或者加龙湖游玩，不过要在奥利维女士或者迪娜的陪同下才可以。塔尔科夫斯基先生也答应斯达西，如果他能在学校的考试中拿到优秀的成绩，就能得到一支属于自己的猎枪，以及打猎需要的全套装备，允许他在保证安全的情况下，晚上去捕猎野狼。斯达西对自己的成绩十分自信，以至于他觉得自己已经拿到了猎枪，甚至开始计划去干一番让人惊叹的大事了。

晚宴的过程中，话题一直都围绕着这次旅行，孩子们感到十分愉快，不过奥利维女士却看上去有些闷闷不乐，对于一个严肃、消瘦，并且体力不好的人来说，离开塞得港舒适的环境，让她有些提不起兴趣。一想到要好几个星期住在帐篷里，她就感到浑身不舒服。而且奥利维女士也害怕骑骆驼，因为之前每次尝试骑骆驼，她都会遇到不顺利的状况。有一次奥利维女士刚爬上骆驼背，还没坐稳，骆驼就站了起来，结果她从驼背上摔了下来。还有一次她骑的骆驼跑得太快，一路的颠簸让她浑身疼痛，休息了好几天都没有恢复过来。所以现在一看到骆驼，奥利维女士就觉得有点儿胆战心惊。

另外一个原因是奥利维女士不知道梅迪乃特城距离马赫迪起义军有多远，这让她对去法尤姆的行程忧心忡忡。她向劳利逊先生表达了自己的担忧，劳利逊先生笑着安慰她说："马赫迪的军队现在正在围攻喀土穆，那里有戈登将军在守护。你知道喀土穆离梅迪乃特城有多远吗？"

看到奥利维女士摇了摇头之后，劳利逊先生接着说："两地距离很远，中间隔着大半个埃及和整个努比亚。"

斯达西忍不住也插了一句："喀土穆是在白尼罗河和青尼罗河交汇的地方。"本来他还想告诉奥利维女士，就算遇到袭击者，自己也会用猎枪来保护她的，不过他想起父亲曾经警告过自己，不要说大话，于是斯达西就沉默了下来。

父亲们的话题转向谈论马赫迪起义军的事情，因为这是目前对埃及政府影响最大的问题。起义军对喀土穆的围攻已经持续了一个半月，虽然大家都知道守城的戈登将军是一位有勇有谋、经验丰富的将领，但是来自喀土穆的消息都不容乐观，毕竟英国援军动作迟缓，戈登将军还能坚守多久，没有人知道。塔尔科夫斯基先生在心里认为，这是英国政府有意拖延战事，想让起义军攻下喀土穆，然后英军再从起义军的手里抢回喀土穆，这样就名正言顺地将那片土地据为己有。不过，塔尔科夫斯基先生并没有把自己的想法告诉劳利逊先生，他不想因此而影响两个人之间的友谊。

斯达西在父亲们谈话的间隙中问道：“埃及政府为什么要占领努比亚以南的地区呢？”那片区域不仅有科尔多凡、达尔富尔，还有苏丹，这些地区的居民一直处于失去自由的境地。

劳利逊先生向他解释说：“埃及以南的那些地区太混乱了，早年并不是独立的国家，一些殖民者对外声称对这些区域享有统治权，实际上他们在那里进行着奴隶买卖、抢夺象牙的生意，并且相互之间会经常发生战乱，最严重的是他们会抓走当地的居民，把他们变成奴隶。苏丹北部一直到尼罗河上游的地区，已经变成了人烟稀少的荒凉地区了。英国人控制埃及以后，支持埃及政府占领了科尔多凡、达尔富尔和苏丹，在苏丹推行殖民统治，并残酷镇压苏丹人民的反抗。苏丹人民在马赫迪的领导下举行起义，起义军在和埃及政府的战斗中获得了很多的胜利，他们已经占领了科尔多凡、达尔富尔和苏丹，现在他的军队已经攻打到喀土穆了。”

“那他们会打到埃及吗？”斯达西问道。

劳利逊先生斩钉截铁地说：“不能。就算能打败埃及军队，但是他怎么可能战胜英国装备精良的无敌军队呢？”

这时，仆人进来打断了他们的谈话：“大人，斯马因的妻子法特玛来拜访您了。”

大家听到这个消息都感到很奇怪，因为当地的女人很少离开家在外抛头露面，只有生活困难的家庭，才会让女人出门去市集卖东西，或者是在农田里干活。而法特玛显然并不属于贫困家庭，而且现在已经是晚上了。

“她来这儿是不是和斯马因的事情有关系？”塔尔科夫斯基先生问道。

劳利逊先生想了想回答道：“请她进来吧！”

仆人答应着退了出去。

没过多久，门外走进来一个身材高大的年轻苏丹女人，她的脸没有完全被挡起来，露出来的皮肤有些发黑，闪亮的眼睛里透露出一种危险的目光。她一进门便扑通一声跪下来，匍匐在地上。劳利逊先生请她起身，她只是抬起了上半身，双膝还是保持跪着的样子。

法特玛伸出双臂向劳利逊先生喊道：“愿安拉保佑您和您的家人！请发发慈悲救救我吧，我要被关进了监狱，死亡随时会降临在我和我的孩子们身上！”

劳利逊先生有些无奈地说：“现在是晚上，你能出现在我家，说明你并没有被真正关进监狱。”

“警察就在外面，他们24小时监视着我，我想我们随时都会被抓走处死的。”法特玛说道。

“这里不是苏丹，你也不是无知的妇女。在埃及，没有人可以随便处死什么人，都要经过法院的审判，你要相信，你和你的孩子们都是安全的。”劳利逊先生解释说。

法特玛并没有停止自己的哀求，她表明了自己的意图，想让劳利逊先生帮自己给埃及政府说些好话，允许她和孩子去看望斯马因。法特玛说：“政府认为我的丈夫投降了起义军，这真是天大的冤枉啊。昨天有几位在苏丹做橡胶和象牙生意的阿拉伯商人来到我家，告诉我斯马因病倒了，他现在十分需要我的照顾，我的孩子们也十分想念他们的父亲……”

劳利逊先生不耐烦地打断了法特玛的叙述说：“这些是你编出来的吧？”

法特玛开始赌咒发誓，说自己没有撒谎，她只是一个不幸的女人，并且开始不停磕头，号啕大哭。吃完晚饭的妮尔本来已经开始有了睡意，结果被法特玛这么一闹，睡意全无。善良的妮尔拉着父亲的手，替法特玛求情。妮尔相信自己的父亲有能力帮助法特玛。

法特玛可以听得懂英语，她听到妮尔对劳利逊先生的话，立刻把脸贴在地毯上，说：“天堂的花朵，安拉会保佑你的，纯洁善良的小星星。”

斯达西原本对同起义有关的人有些厌恶，但法特玛的悲痛和眼泪让斯达西有些动摇，再加上妮尔的求情，斯达西忍不住自言自语起来：“阻止一个女人离开，也不会有多大影响吧？”塔尔科夫斯基先生听到他这么说，很严肃地表示，有关政府的决定，不是斯达西这样的小孩可以评论的。

劳利逊先生并非冷酷无情，他对法特玛的遭遇也有几分同情，只是他知道法特玛讲的都是谎话。由于工作关系，劳利逊先生和运河码头的联系十分紧密，每天都有汇报，这段时期并没有运输橡胶和象牙的货船经过，因为起义军不会允许白人商人入境通过，那些被抓到的商人无一例外，不是被抢走了货物就是被关进了地牢。所以，劳利逊先生可以肯定，法特玛那些关于斯马因病重的故事，都是编造出来的谎话。可是女人的眼神和哀求的话语，让劳利逊先生心软，他对法特玛说：“我已经向政府请求过一次了，但是现在还没有结果。明天我会和这位先生，”他指了指塔尔科夫斯基，接着说，“我们一起到梅迪乃特城去，途经开罗，在那里停留一天和英国总督会面，商量工作上的事情。到时候，我找机会再向他提起你的请求，希望他能准许你离开塞得港。我能做到的只有这些，并且我也不能保证一定会成功。”

法特玛激动地站起来，喊道：“那太感谢您了，这下我和我的孩子们终于得救了！”

劳利逊先生摆摆手，说道：“不要说得救的话，你和你的孩子都没有生命威胁。我只是保证会向总督提到这件事，并不能承诺你能够离开这里。”

法特玛马上跪下又磕起了头，说：“您是有权势的老爷，说出来的话肯定会管用，真希望我以后能给您当牛做马来报答您。”

劳利逊先生笑着说：“你说得太严重了，我的仆人已经够用了，而且我们很快就要去梅迪乃特城，估计要在那里待上一段时间。”

“这件事我听您的管家哈迪吉提起过，我这次来不仅是向您寻求帮助的，我有两个苏丹坦嘎尔族的朋友，他们俩叫伊德里斯和葛布尔，在梅迪乃特城专门提供骆驼旅行服务，很有经验，您到了那里可以随意差遣他们。”

“多谢你的好意，我们在梅迪乃特城的事务都交给库克公司来处理了。”说完，劳利逊先生就请仆人将法特玛送出大门。临走前，法特玛亲吻了两位工程师和孩子们的手，还特别为妮尔送上了祝福。

法特玛走了，餐厅里顿时安静了下来，两位父亲让孩子们各自休息之后，聊了一会儿眼下的局势，并谈论了一下法特玛这个可怜人的遭遇，尽管值得同情，但都觉得政府的行为很正确。

十几个小时之后，这个刚刚博取了劳利逊先生和其他人同情的女人，就在家里秘密会见了一个客人——劳力逊先生家的管家哈迪吉的儿子黑密斯。法特玛皱着眉头，脸上露出忧郁的神色，她交给黑密斯一些东西，说道：“拿着这些钱，现在就去梅迪乃特城，还有这封信要交给伊德里斯。这件事很重要，我知道你不会背叛我，因为我们都来自坦嘎尔族，和伟大的马赫迪一样。工程师的孩子们很好，如果不能离开这里，就只能采取这个办法了。”

第三章 火车奇遇

第二天一早，两位父亲就按照计划离开了塞得港，当晚抵达开罗，安顿好了就去拜访英国大使和开罗总督。由于事务繁忙，直到第三天，斯达西才接到来自父亲的电报："一切都已安排就绪，你和妮尔一放假就可以出发了。奥利维女士也会得到我们发的电报，女仆迪娜会帮助她做准备。另外，让哈迪吉转告法特玛，我们已经见过了总督，她的请求没有获得批准，我们已经尽力了。"

电报里的消息让斯达西和妮尔兴高采烈，然而谁也没想到在放假前发生了一件意外的事情。奥利维女士午休的时候，在院子里晒太阳，她躺在躺椅上，慢慢感到睡意渐浓。奥利维女士把头往后靠了靠，闭上了眼睛，结果有只蝎子正好趴在椅背上，它对着奥利维女士的脖子狠狠地蜇了一下。本来蝎子在埃及不算是危险的虫子，但是被它蜇到了就会很麻烦，而且奥利维女士前段时间脸上长了丹毒，她很害怕蝎子的毒会加重病情。家里的仆人赶忙去请医生，可是不巧的是，医生外出就诊了，等医生赶过来的时候，已经过去了两个小时，奥利维女士的整个脸都肿了起来，还开始发烧。在这种情况下，别说是带斯达西和妮尔旅行了，就连走路活动都很困难。医生处理完伤口，嘱咐患者近期要卧床休养。

斯达西立即给父亲发电报汇报了这件事，询问该怎么办。妮尔担心自己的女教师的身体健康，忍不住偷偷哭了几次。两天后，斯达西收到了回复，两位父亲商量了一下，并且联络了医生，得知奥利维女士不会有生命危险之后，告诉孩子们女仆迪娜会陪他们前往梅迪乃特城，让奥利维女士继续留在塞得港休养身体。由于迪娜对旅行没有任何经验，因此斯达西便担负起整个行程中预订车票和酒店住宿等事情，这些让他充满了男子汉般的自豪感。他像个绅士那样对妮尔保证，会让他们平安抵达梅迪乃特城，见到父亲，连一根头发都不会少。

一切准备就绪，孩子们迫不及待地出发了。第一天，他们沿着运河乘船到达伊斯梅利亚，然后在那里转乘火车到达开罗，当天晚上在开罗住宿，第二天再乘另一班火车去梅迪乃特城。乘坐火车时，经过了一片湖，斯达西认出来，那是提姆萨赫湖，父亲曾带他去过那里打水鸟。斯达西想起来父亲告诉过他，提姆萨赫湖的水是甜的，经过运河从尼罗河流到伊斯梅利亚和苏伊士，那条运河挖掘得比苏伊士运河还要早，正因为这条运河的开拓，让周围原本荒凉的地方，变得繁荣热闹起来。孩子们一路上从火车的车窗往外看，看到运河左岸广阔绿色的草原。草原上不时闪现着一群群的牛羊、骆驼和马，还有一片连着一片的庄稼，种植着玉米、蔬菜和其他的农作物。运河两岸可以看到许多水井被圆圈包围着，上面有抽水的水桶，农夫们赶着牛，拉着装满水的大车，往田地里运输着水，辛勤地劳作着。天空上还有鸟儿飞过，鸽子飞翔在农田上空，有时还能看见一群鹤鹮飞过。再向远处眺望，依稀可以看到农夫们的土坯房子，房子后面有高大的椰子树，撑开的树冠好像一顶绿色的皇冠。

火车另一侧的窗户展现着另一番不同的景象，大片的鹅黄色沙漠好像退潮后的沙滩，一条条的波纹印在上面好像皱纹，一座座的沙丘有高有低，周围零星有一丛丛灰色的植物，偶尔飞过眼前的画面里会出现牵着骆驼的商队。由绳子穿起来的骆驼们，每一匹背上都驮着沉甸甸的货物，一匹接着一匹，缓缓地走在沙漠中。通常，每支商队走在队伍最前面的都是一个身穿黑色长袍、裹着白色头巾的阿拉伯人。妮尔想起了在家里看到的一幅关于《圣经》的画像，那幅画描述的是约瑟夫时期，伊斯拉利特人进入埃及的事情。妮尔眼前的景象仿佛和画里的景象一模一样，她不由得站了起来，想要看个清楚，因为车窗那侧正巧坐着两位高大的英国军官，把她的视线挡得严严实实。

斯达西见状，表情顿时严肃起来，他挺胸抬头站起来对英国军官行了一个军礼，用不卑不亢的声调说："先生们，请问你们能否给这位小姐让一个座位？她十分想看看窗外的骆驼。"

两位军官礼貌而客气地接受了斯达西的请求，他们让出了靠窗户的位置，其中一位还抱起来妮尔，把她放在了靠窗的座位上。斯达西看到两位军官这么和善，便开始和他们聊了起来："先生，您好！你们知道吗？这里曾经是古老的戈森王国，是酋长给约瑟夫的封地，让他带着伊斯拉利特人生活在这儿。在更早的远古时代，就有一条水是甜的运河流经这里，后来遭到了破坏，运河变成了沙漠。如今新开拓的运河是在旧的河道基础上改建的，现在这里才重新焕发了生机。"

一位军官好奇地问："你怎么知道这些事情的？"

斯达西骄傲地挺起了胸脯，说：“这些事情在我这个年纪的人都应该知道，我的老师斯特林教授给我们讲过这些地区的历史，还有瓦迪·托米拉特。”

斯达西的英语说得十分流利，不过他的某些发音有些特别，引起了另外一位军官的注意，发问道：“你不是英国人吧？”

斯达西回答说：“我不是英国人，我是波兰人。这位妮尔小姐是英国人。她的父亲让我一路上照顾她，我们的父亲都在同一家公司。”

听到斯达西坦率的回答，军官笑着说：“我很敬重波兰人，我效力的骑兵团曾经在拿破仑时代和波兰骑兵打过仗，那段历史很值得骄傲！”

“很荣幸认识您！”斯达西礼貌地回答。

军官很喜欢斯达西的聪明和热情，他们聊得很投机。交谈中，斯达西得知这位军官是格伦上尉，另一位较年轻的是名军医，他们奉命到开罗会见英国大使，并且知道格伦上尉即将被派遣到蒙巴萨地区，从开罗出发经过苏伊士才能到达蒙巴萨，格伦上尉将要管辖整个蒙巴萨地区，包括连接未开垦的桑巴努地区。这让斯达西很兴奋。阅读广泛的斯达西知道，蒙巴萨靠近赤道，是片未经开拓的地域，那里生活着各种动物，有大象、长颈鹿、水牛、犀牛和羚羊等，在那片区域只有军队、传教士和商旅探险队经过。斯达西十分向往到蒙巴萨地区游览，他向格伦上尉表示，希望有机会能到蒙巴萨去拜访他，并邀请他一起去打猎。

上尉笑着看了看妮尔，回答道：“没问题，非常欢迎，不过希望这位小姐能和你一同前来！”

斯达西答道：“劳利逊先生是妮尔的父亲，她的出行需要劳利逊先生同意才可以。”

另一位军官问道："劳利逊？他是不是苏伊士运河公司的董事之一？他是不是还有个兄弟在孟买？"

妮尔听到这里，站起来说："我的确有个伯父住在孟买。您认识他吗？"

"亲爱的，我的姐姐嫁给了你的伯父。我叫克拉里，原来我们还是亲戚，很高兴能在这里碰到你，可爱的妮尔！"军医开心地接着说，"我一到塞得港，就去拜访过你的父亲，可是公司的人说他不在，去梅迪乃特城度假了。我本来还很遗憾这次没能见到他，不过现在认识了你，真是幸运啊！"克拉里请妮尔代他问候劳利逊先生。两位军官接着又去买来了水果和饮料请妮尔和斯达西吃，连迪娜都跟着沾了光。

有了新朋友的陪伴，路上的时间过得飞快。到了开罗，孩子们和两位军官道别，军官们都亲吻了妮尔纤细的小手和雪白的额头，格伦上尉郑重地和斯达西握了握手，说道："年轻人，请记住，无论我们以后会在哪里再次见面，无论在什么情况下，你都会得到我的帮助！"

斯达西礼貌地表达了感谢，说："谢谢您，我们会互相帮助的！"

第四章　胜利会晤

从开罗到梅迪乃特城的火车顺利抵达，父亲们对于孩子们的到来万分高兴，带他俩参观了即将居住的帐篷。帐篷在孩子们到来之前就已经准备好了。斯达西的帐篷是绿色的，妮尔的帐篷是红色法兰绒的，两顶帐篷相邻，内部陈设宽敞舒适，里面都铺着毛毡。看得出来，负责接待两位工程师的部门花费了不少心思，想让他们在这里过得舒服和愉快。

起初，劳利逊先生还担心居住在帐篷里会影响妮尔的身体健康，在他视察了营地的一切设施，并体验了当地的空气环境之后，认为整天在新鲜的空气中待着，比憋在酒店的房间里对妮尔的健康更有益。

梅迪乃特城也被称作“艾·梅迪内”，是一座被沙漠包围的绿洲，气候比开罗还要舒适，被誉为“玫瑰之乡”。这里的地势和空气湿度让夜晚也很温暖，一点儿也体会不到冬天的感觉，甚至比南方还要暖和。植物从每年的 11 月份开始生长，各种热带树木棕榈树、橄榄树和其他植物十分茂密，更不用说花园里种植的那些丁香和玫瑰等鲜花，一到夜晚便散发出醉人的芳香，每呼吸一口都能让人陶醉。

在尼罗河的另一面，北方的赫勒万城也有和梅迪乃特城相似的气候，只不过梅迪乃特城的绿色植物更茂盛一些。而且想到赫勒万城，劳利逊先生的心底就隐隐作痛，自己的妻子就是在那里去世的。看着妮尔充满喜悦的笑脸，劳利逊先生就在心里许下一个愿望，有朝一日要在梅迪乃特城买一块带着果园的土地，他会在土地上盖一所英国风格的房子，然后在房子里和妮尔度过每一个假期，说不定，等到他退休以后，还会定居在那里。不过这些都是劳利逊先生对未来的美好憧憬，还没有最终下定决心。

妮尔和斯达西对营地充满了好奇，到处跑来跑去，几乎看遍了所有的帐篷，甚至还想看看那些骆驼，可惜它们晚上一般都会被牵到牧场去吃草，要第二天才能看到了。不过孩子们在劳利逊先生帐篷附近看到了一个熟人，那就是管家哈迪吉的儿子黑密斯。劳利逊先生对于黑密斯的出现有些诧异，不过以前他曾雇用过黑密斯做搬运工作，于是便没有让黑密斯离开营地，而是交给他一些收发邮件、传递消息的差事。

欢迎孩子们到来的晚餐十分丰盛，库克公司为了让客户满意，特意安排了公司经验最丰富的厨师科普特来服务，他的厨艺让每个人都赞不绝口。父亲们听着孩子们讲述一路上发生的事情，尤其对遇到那两个英国军官十分感兴趣，劳利逊先生的哥哥理查德和克拉里医生的姐姐结婚后，一直居住在印度，可惜他们没有孩子，他的哥哥理查德十分喜爱妮尔，把小侄女当成自己的女儿一样宠爱。劳利逊先生每次和哥哥通信的时候，都会被详细问到妮尔的近况，理查德还要求时常给他邮寄妮尔的照片，以了解小姑娘的成长情况。塔尔科夫斯基先生见到儿子对去蒙巴萨会见格伦上尉那么认真，只好向斯达西解释，英国的军官很少在一个地方停留很久，因为恶劣的自然气候或者军事调动，等斯达西长大之后，说不定格伦上尉已经调动好几次工作了呢!

吃过晚饭，仆人们在帐篷前支起了桌子，铺好了桌布，桌子上摆着矿泉水和酒。夜色温暖，月光清澈，不用点灯，周围都仿佛白昼一样明亮。帐篷对着的是几幢高大的建筑，白色的墙壁在月光的照射下发出了绿色的光芒。漫天的繁星在空中眨着眼睛，花儿的香味在空中弥漫，孩子们陶醉在这美好寂静的时刻，整座城市安静得只能听到空中偶尔传来的几声鸟鸣。突然，不知从哪里传来了几声犬吠，这让斯达西和妮尔感到十分惊讶，因为声音听起来并不遥远，好像是从一座他俩还没来得及参观的帐篷里传来的，据说里面堆放着马鞍和其他旅行工具。

"叫声这么大，这只狗一定个头儿不小。"好奇的斯达西立刻想去看看。

塔尔科夫斯基先生大笑了起来，劳利逊先生磕了磕雪茄上的烟灰，笑着说:"好吧，既然你们发现了，那就不用再关着它了。孩子们，明晚就是平安夜，塔尔科夫斯基伯伯给妮尔准备了一份特别的圣诞礼物，我们原本打算明天再告诉你们的，既然你们听到了它的叫声，那么现在就可以去看看吧！"

妮尔听到后立刻跑到塔尔科夫斯基先生身旁，紧紧拥抱了他，并且亲吻着他的脸颊，央求着想马上看看自己的礼物。

塔尔科夫斯基先生笑着向黑密斯挥了挥手，让他把狗牵过来。不一会儿，黑密斯便牵着一条体形硕大的狗出现在孩子们的眼前。妮尔第一眼看到它的时候，吓得连忙后退，扑进了父亲的怀里。斯达西却兴奋地大喊："这不是狗，是狮子！"

塔尔科夫斯基先生说："它的名字叫沙巴，是世界上体型最大的一种犬。它现在只有2岁，别看它个头儿大，但是性格却很温驯。放心吧，它不会咬你们的。"并指示黑密斯松开沙巴的项圈，没有了项圈的束缚，沙巴便摇着尾巴向塔尔科夫斯基先生跑来，在他脚下撒起了欢儿。

孩子们起初只是好奇地观察着沙巴，它有一颗又大又圆的脑袋，嘴唇向下垂着，四只脚掌肥大，巨大的体形以及浑身浅黄色的皮毛，让人不由得想到了狮子。妮尔和斯达西以前从未见过这种动物，最终，好奇战胜了恐惧。面对表现亲切的沙巴，妮尔忍不住伸手摸了摸它的头，沙巴的尾巴摇得更欢了。

斯达西忍不住说："有了沙巴，在非洲走到哪儿都不用担心了。"

塔尔科夫斯基先生说："也许沙巴在你打猎的时候，会帮你把打中的猎物叼回来。"

劳利逊先生弯下腰，抬着沙巴的脑袋凑近妮尔，说道："沙巴，这是妮尔，你的主人，你要听她的话并保护好她，听到了吗？"

沙巴仿佛听懂了一般，用呜呜的声音回应着，并且把脑袋蹭到妮尔的头上，开始用舌头去舔妮尔的脸，逗得大家哈哈大笑起来。来不及躲避的妮尔被沙巴舔了满脸口水，她不得不回到自己的帐篷里去洗脸。等她回来的时候，发现沙巴用两条后腿站了起来，前腿搭在斯达西的肩膀上，比斯达西高出整整一头，而斯达西已经被沙巴压得直不起腰来了。

尽管已经到了该睡觉的时候了，但是妮尔央求父亲允许自己和新的小伙伴再玩半个小时，难得认识的过程这么顺利。塔尔科夫斯基先生把妮尔放在沙巴的背上，并没有松开手，一直保护着妮尔。斯达西牵着沙巴的项圈往前走，沙巴仿佛妮尔的坐骑一样。不过当斯达西也想试试坐在沙巴的背上时，沙巴很快就蹲下来，让斯达西毫无防备地摔在了沙地上，逗得大家哈哈大笑。

孩子们正和沙巴玩得兴高采烈时，远处出现了两个人影，朝帐篷走来，一直温驯的沙巴突然开始用喉咙发出低沉的声音，表达了对来访者的警惕。劳利逊先生连忙让黑密斯重新给沙巴套上项圈。这两个身穿白袍的人走到帐篷前，对劳利逊先生深深鞠了一躬，然后说道："我们是伊德里斯和葛布尔，想来问一下明天是否需要骆驼出行。"

劳利逊先生说："噢，原来是骆驼向导。明天和后天是节日，我们不会出门，你们大后天一早再来吧！"

这两个苏丹人再次弯腰点头，说："好的，听从您的吩咐。"

正当他们准备退下的时候，劳利逊先生忽然想起来什么，他问两个苏丹人："你们的骆驼骑着如何？"

其中一个人说："我们的骆驼是最优秀的，性格温驯，背部柔软，所以库克公司才会雇用我们来为您服务。"

"坐在上面颠簸得厉害吗？"

"尊敬的老爷，假如在骆驼背上放一把豆子，当它跑起来的时候，连一颗豆子都不会掉下来。"

苏丹人的话让塔尔科夫斯基先生笑了起来："没想到你们吹牛的水平这么高啊。"

"也是。"劳利逊先生补充了一句。

伊德里斯和葛布尔站在原地一动不动，他们的眼睛死死地盯着斯达西和妮尔，月光把他们的眼睛照得发出绿莹莹的光芒，看起来十分可怕。

劳利逊先生示意骆驼向导们可以离开了，沙巴的吠声一直叫到他们离开。很显然，沙巴并不喜欢这两个苏丹人，苏丹人也不喜欢沙巴。

第五章　厄运降临

接下来的几天，孩子们都待在营地玩耍。很快平安夜就到了，圣诞节少不了圣诞树，由于梅迪乃特城没有枞树或者洋松，所以劳利逊先生只好用侧柏来代替。当夜幕上闪耀着第一颗星时，他点亮了圣诞树上的灯泡。妮尔在树底下找到了不少糖果和精致的玩偶，斯达西的礼物是一支弹药充足的英国步枪以及全套的狩猎装备。斯达西觉得自己已经是名真正的猎人了，于是趁着帐篷周围没有人的时候，斯达西拿着枪便出去溜达了。在塞得港的时候，他就时常跟随父亲去打猎，枪法十分娴熟，有时候故意表演给妮尔看，妮尔的称赞总是让他很得意。

平安夜是圣诞节的前一天晚上，孩子们是在祷告、收礼物，与沙巴玩耍中度过的。沙巴的表现让大家都有些出乎意料。妮尔试图教会沙巴做某个动作，第一天沙巴就学会了听到指示就伸出一只爪子。妮尔教得很认真，沙巴也聚精会神地听着小姑娘说话，不停地摇着尾巴，表示自己很努力听话。沙巴还会陪孩子们外出散步，市里的沙地广场是他们经常前往的地方，每次沙巴一出现在公众场合，总能吸引不少人围观，尤其是当地的小孩。

刚开始的时候，这些阿拉伯孩子们不敢靠近，只敢远远地看着，后来发现沙巴并不像看起来那么凶恶，反而有些温驯可爱，便越来越胆大，靠得越来越近，有时候还会把帐篷围起来，让他们的出入变得有些困难。还有另外一件让人烦恼的事情，这些阿拉伯小孩喜欢吃甘蔗，甘蔗的甜味吸引来不少蚊虫，尤其是会传染眼睛疾病和瘟病的苍蝇。于是，营地的仆人们需要不断驱赶着靠近的小孩，但是妮尔却为那些小孩子求情，还把自己的糖果分给他们，这得到了阿拉伯孩子们的喜爱，当然，这也让更多的小孩加入了聚集在营地周围的人群的行列里。

三天后，斯达西和妮尔的旅行开始了，有时候乘坐窄轨火车，在法尤姆的梅迪乃特城英国人修建了很多这样的铁路，既节约资金又方便交通。有时候骑驴或者骑骆驼，两个苏丹人伊德里斯和葛布尔提供的骆驼的确是优良品种，背脊宽厚，坐着很舒服，可是并不像他们承诺过的那么稳，喜欢奔跑的骆驼飞奔起来，会让坐在上面的人颠得头晕眼花，必须要时常勒住跑得过快的骆驼。伊德里斯和葛布尔虽然眼神有时候显得并不友好，但是他们赢得了大家的信任。葛布尔长相比较凶恶，而伊德里斯因为年长，性格显得略微温和，他善于观察他人，发现妮尔最受众人宠爱，便不时表达对妮尔的喜爱，声称他对妮尔的关心胜过对自己的灵魂。见多识广的劳利逊先生明白他的意图，为了感谢苏丹人的服务，小费给得十分慷慨。

接下来的一周，父亲们带孩子们参观了梅迪乃特城附近的克罗科蒂洛波利斯古代废墟。那里有埃及人供奉的巴克神，神像的头是鳄鱼，身体是人类。然后，他们又去了哈瓦拉金字塔和迷宫遗迹，还骑了很久的骆驼到达加龙湖。湖的北面是一望无际的沙漠，那里除了古代城市的遗迹之外，没有任何生命活动的痕迹。加龙湖的南面却是另外一番景象，绿色肥沃的土地，湖畔的芦苇丛中有许多鹈鹕、苍鹭、火烈鸟，还有野鹅和野鸭等鸟类。斯达西的枪法终于有机会大显身手了，无论是猎枪还是火枪，每次瞄准射击都会命中，引得船夫和骆驼向导发出阵阵惊呼。

阿拉伯人告诉他们加龙湖北面的沙漠里有豺狼和鬣狗，只要往沙坑里丢只山羊，肯定会吸引到那些野兽。斯达西和父亲有两个晚上去狩猎，第一次放着的山羊诱饵被人偷走了，第二次终于引来了一只瘸着腿的胡狼，也算是有所收获。可惜后来狩猎活动被迫暂停了，因为两位父亲要去巡察水利工程了，这次要去尤瑟夫运河，在梅迪乃特城的东南方向。

劳利逊先生一直盼望着奥利维女士尽快到来，以便自己可以放心外出工作，可惜等来的是坏消息，医生来信报告奥利维女士脸上的丹毒复发，估计未来相当长的一段时间都需要休养，不能离开塞得港远行。这让劳利逊先生很为难，一面行程繁忙，每天都要去不同的地方，另一面带着孩子们一起行动的话，帐篷、用人、生活用品的运输是件相当困难和麻烦的事情。再三考虑后，劳利逊先生决定把照顾妮尔的重任托付给斯达西和奶妈迪娜，并请驻扎在梅迪乃特城的意大利领事和自己的老相识法尤姆省长多加照顾孩子们。

妮尔不想和自己的父亲分开，劳利逊先生向妮尔保证：“我们如果到了近一些的地方就一定回到梅迪乃特城，如果有机会也会叫你和斯达西到我们驻扎的地方。我会带上黑密斯，有消息让他及时回来通知你！”他还嘱咐迪娜要时刻陪伴着妮尔，并请斯达西照顾好她们两个。

斯达西摸着自己的步枪说："您放心吧，我会把妮尔当成自己的亲妹妹。她有沙巴，我还有这支枪，谁敢欺负妮尔，我一定让他好看！"

劳利逊先生连忙说："我的意思是让你照顾妮尔的健康，不要让她累着，不要生病感冒就好，沙巴和枪在这里用不着。而且我请领事和省长时常来看看你们，如果妮尔病了，就去开罗请医生。我也会让黑密斯经常回来看看你们是否有别的需要。希望我们能够很快回来。"

塔尔科夫斯基先生也教导自己的儿子："梅迪乃特城没有野兽，你只要万事小心，不要自作主张，尤其是不能带妮尔骑骆驼到太远的地方，毕竟骑骆驼是件很辛苦的事情。"

听到这里妮尔感到很沮丧，她已经开始喜欢骑骆驼出行了，央求了父亲半天，但是劳利逊先生担心女儿的安全有些迟疑，塔尔科夫斯基先生不得不安慰妮尔，一边摸着妮尔的头发一边说："当然，你们以后还有机会骑骆驼的，只要我们在你们的身边，或者我们派黑密斯来接你们的时候，你们都可以骑骆驼。"

妮尔说："那我们是不是可以自己出去游玩呢？去稍微远一点点的地方。"两位父亲考虑再三才同意他们可以骑驴出游，但是不能去有废墟的地方，以免万一掉进地洞里发生意外；只能在宽阔的道路上游玩，不能去太偏僻的地方；只能到城外的果园附近，而且每次出游必须带着导游和其他随行人员。父亲们的要求很多，但是妮尔一想到可以到营地外面去玩，就连忙点着头答应会听话。全部嘱托完毕，两位父亲才离开。这一次视察的地方在哈瓦拉，离梅迪乃特城比较近，所以，十几个小时之后，他们连夜赶回了梅迪乃特城的营地。

工程师们视察完梅迪乃特城周边的工程后，每次离开的时间就变得越来越久了。有一次他们到了一个较远的地方，晚上不能赶回梅迪乃特城，于是就派黑密斯回去，带孩子们第二天一早到达他们住宿的营地，他们想让斯达西和妮尔看看不一样的自然景观。白天两个孩子和父亲们待在一起，直到太阳落山的时候才赶回了梅迪乃特城。

一连过了三天，都没有父亲们的消息，尽管斯达西和迪娜每天都陪着妮尔，沙巴也表现得很好，但是妮尔却始终闷闷不乐。这个情形直到父亲们出现在梅迪乃特城的帐篷里才好转。过了几天，父亲们又要离开了，他们告诉孩子们要先到贝尼苏韦夫，然后再到费申，估计要离开好几天。结果父亲们走后的第三天斯达西就在梅迪乃特城看见了黑密斯，黑密斯说父亲们派他来接自己和妮尔，这让斯达西很惊讶，不过能见到父亲的喜悦让他没有多想，便赶紧跑回帐篷告诉妮尔这个好消息。

"妮尔，父亲派黑密斯来了。"

妮尔正在和沙巴玩耍，听到黑密斯的消息，立刻高兴地跳了起来，问："是要去见爸爸了吗？"

斯达西肯定地说："是的，不过估计挺远的。"

妮尔用手拨开挡住了眼睛的刘海，问道："在哪里？"

"还不知道，等黑密斯过来我们再问他吧！"

妮尔好奇地说："你怎么知道挺远的？"

"因为我听见伊德里斯在旁边说，他和葛布尔要赶着骆驼先过去，这就意味着我们要先坐火车，然后再骑一段路程的骆驼，才能到达爸爸们驻扎的营地。"

妮尔拍着手，兴奋地跳来跳去，双脚好像踩着弹簧一样，头发飞来飞去不仅挡住了她的眼睛，还挡住了她的脸，能再次见到爸爸，还能骑骆驼让妮尔十分激动。

十几分钟之后，黑密斯来了，他一边鞠躬一边说："斯达西少爷，3 个小时后，请您带着妮尔小姐乘坐第一班火车出发，我们去加拉克－艾－苏尔达尼，老爷们会在那里等您和小姐，然后一起骑骆驼去瓦迪－拉扬。"

斯达西听到消息证实了自己的猜测，激动的心跳得好像都快蹦出自己的身体了，但是他对黑密斯说的话又感到有些奇怪。因为斯达西清楚瓦迪－拉扬位于利比亚沙漠的南部，在梅迪乃特城的西南方向，是一块被沙丘包围着的圆形凹地，而且父亲在临走前告诉过自己，他们要去的地方在尼罗河的另一边，于是他问道："我的父亲不是和劳利逊先生在贝尼苏韦夫吗？怎么会跑到加拉克呢？"

黑密斯说："老爷给了我一封信，信上会说明他们为什么在加拉克。"说着便在自己身上的口袋里摸了起来，突然又说："糟糕，我把信放在骆驼身上的布袋里了，请您等我一下，我去找伊德里斯和葛布尔，把信追回来。"说完就朝骆驼的方向跑了。

斯达西和妮尔在迪娜的帮助下，开始准备上路的行李，因为路途比较遥远，迪娜除了给妮尔准备了几条裙子和换洗的内衣之外，还准备了几件保暖的衣服。斯达西也在准备着自己的行李，除了衣物，最重要的要数自己的步枪和弹药了，万一父亲要带自己去打猎，他可不想丝毫没有准备。

大约过了一个多小时，黑密斯才气喘吁吁地跑回来，背上流的汗把衣服都浸湿了，他说："我去晚了，骆驼队已经出发了，我们能在加拉克见到信和两位老爷，放心吧！"斯达西想了想，觉得只能这么办了。

黑密斯又问了一句："迪娜也和我们一起走吗？老爷没有提到要

她也一块过去。”

斯达西回答说：“迪娜当然要和我们一起，劳利逊先生吩咐过，要迪娜随时陪着妮尔。”

黑密斯把手放在胸前，对斯达西边鞠躬边说：“那我们赶快出发吧，再不走就赶不上火车了。”

带着所有的行李，他们准时到达火车站上了车，虽然梅迪乃特城到加拉克的距离只有 30 公里，但是这条铁路是连接周边地方的支线，车速并不快，而且不时要进站停一会儿。要不是斯达西牢记劳利逊先生的嘱托，保证不让妮尔在旅行中累着，不然斯达西宁愿选择骑骆驼前往，那样可以更快一些，他心里计算了一下，伊德里斯和葛布尔比他们早出发了两个小时，这会儿说不定已经到了加拉克呢！

加拉克是座小车站，它是英国游客去瓦迪－拉扬必经的中转站，除了游客之外，没有几个人，显得比较荒凉。站台上站着几个蒙着脸的女人，她们手里提着装满了柠檬的篮子。两个贝都因人拉着骆驼，当然伊德里斯和葛布尔也在。他俩拉着 7 匹骆驼，其中一匹骆驼身上背着一大包行李。斯达西四下张望了好半天，也没看到自己的父亲或者劳利逊先生。

伊德里斯向斯达西解释道：“两位老爷先去沙漠，给您和妮尔小姐安置支帐篷的地方去了。”他指了指背着大包行李的骆驼接着说，“这些帐篷是从艾萨赫运来的，他们吩咐我们留在这里接到你们之后，再尽快赶过去。”

“我们不会在沙漠里迷路吗？”斯达西问道。

“不用担心，这是老爷派来的向导。”伊德里斯指了指那两个贝都因人。其中较年长的那个贝都因人弯了弯腰表示问候，对斯达西说：

“我们的骆驼虽然没那么强壮，但是奔跑起来速度也不慢，差不多1个多小时，我们就能到达老爷们的营地了。”

听到这里，斯达西感到很高兴，能在沙漠中过夜也是一种乐趣，不过妮尔感到有些失望，她以为下了火车就能看到父亲了。

这时，火车站站长走了过来，他的头上缠着红色围巾，鼻梁上架着一副深色眼镜。游人较少的火车站里，斯达西和妮尔显得十分特别，站长用目光上下打量着两个孩子。“他们是英国人的孩子，英国人早上带着枪进了沙漠，我们现在把孩子给他们送过去。”伊德里斯一边把妮尔抱上骆驼一边对站长说。

斯达西把自己的行李交给黑密斯，自己翻身骑上了妮尔坐着的那头骆驼，鞍子很宽，有点儿像轿子，只是少了个顶棚。迪娜坐在黑密斯的身后，他们同乘一匹骆驼，一行人出了车站，向沙漠深处飞奔而去。

站长没有说话，只是看着他们，直到其他人都骑上骆驼出发了。他感到有些奇怪，伊德里斯提到的英国人，是一直朝南面的废墟走的，而这些人带着孩子走的却是相反的方向。站长开始往家走，因为今天再也不会有到达加拉克的火车了。

这时差不多是下午5点钟，加拉克的傍晚美极了，太阳落到了尼罗河的西边，在沙漠的上空只露着大半个脸，金色的霞光亮得人睁不开眼，空气中也笼罩着玫瑰色的光芒。绿色的田野变成了紫色的，整个世界仿佛梦境一般充满了奇幻的色彩。骆驼队行进在田野时还只是小步快走，一踏入沙漠地带，整个节奏突然变了，向导们叫喊着催促骆驼快跑，空中也响起来鞭子抽动的声音，骆驼们开始撒开四蹄狂奔。

骆驼平时是很少飞奔的，一旦奔跑起来，驼背就会变得十分颠簸。

起初，两个孩子还因为可以感受疯狂的奔跑而兴奋不已，不一会儿就因为颠簸得厉害，开始头晕脑涨了，尤其是妮尔，这样剧烈的颠簸让她几乎晕厥，她忍住胸口的难受，问斯达西："我们为什么要跑这么快呢？"

"也许是骆驼跑得太猛了，那些向导们控制不住骆驼了。"斯达西安慰着妮尔，不过他看到妮尔的脸色开始发白，斯达西不禁担心起来，他朝前面领路的贝都因人大喊："慢点儿！慢点儿！"可是，没有一个人回应他的呼喊，只有向导们催促骆驼继续快跑的叫喊声。

斯达西开始以为贝都因人没有听到自己的呼喊，他回头看到，跟在他和妮尔乘坐的骆驼后面的葛布尔也加紧了抽骆驼的鞭子，这时他才意识到，不是骆驼的问题，这些人疯狂赶路是另有原因的。斯达西心想，也许是天色太晚，向导们想要尽快赶到。可是不一会儿，他就想到，劳利逊先生最关心女儿的健康，不会不顾妮尔的安全，只顾着让他们赶路。那到底发生了什么事情让这些人都在拼命赶路呢？他们为什么对自己的呼喊毫无反应呢？斯达西越想越生气，他愤怒地对葛布尔大喊："停下！"

葛布尔毫不遮掩自己的凶相，对斯达西回应的只有两个字，"闭嘴！"

狂奔的速度并没有丝毫减弱。

埃及的18点钟已经是晚上了，太阳已经完全看不见了，取而代之的是一轮泛着红边的明月，把整个沙漠笼罩在一片柔和的月光中。周围安静得只能听到骆驼的呼吸声、飞奔的脚步声，以及向导们挥舞鞭子的啪啪声。斯达西只好将妮尔紧紧抱在怀里，生怕已经快晕过去的妮尔摔下骆驼。稍微恢复一点儿意识的时候，妮尔就会不停地问斯达西："怎么还没有到？""为什么还在跑？"即将见到父亲的希望支撑着妮尔。斯达西开始认真观察周围的情景，远处一直看不到营地帐篷和篝火。过去了好几个小时，斯达西忽然意识到，自己和妮尔是被绑架了。一想到这个可怕的问题，斯达西顿时觉得浑身冷汗都冒了出来。

第六章　揭开真相

劳利逊先生和塔尔科夫斯基先生的确是派黑密斯去接孩子们了，只是他们计划会合的地点并不是利比亚沙漠中的瓦迪－拉扬，而是在相反的方向费申城的费申运河。费申运河的工程是年底完成的，工程师们来检验工程的质量。费申城和梅迪乃特城的直线距离只有大约 45 公里，由于没有直达的火车和道路连接，需要绕道艾－瓦斯达，这样就使路程增加了一倍。

劳利逊先生在认真阅读了铁路车次时刻表之后，得出了这样的结论 ：“前天傍晚黑密斯出发的，在艾－瓦斯达乘坐火车，昨天早上才能到达梅迪乃特城。我估计孩子们会用 1 个小时收拾行李，这样的话，他们中午才能动身，到这里需要等待尼罗河沿线的夜班火车，而斯达西知道我是不会同意妮尔晚上坐车的，她需要休息。所以他们今天一早才能动身，我估计太阳落山后就能到达这里了。”

塔尔科夫斯基先生回应着他的话，说 ：“嗯，你分析得很有道理，斯达西虽然有时候会比较冲动，但是他会记得我们的嘱咐，不会冒险让妮尔晚上赶路的。”

劳利逊先生说 ：“斯达西是个勇敢的孩子，我对他完全放心。”

“在这一点上我对斯达西也很放心，他虽然有不少缺点，但是从来不说谎，是个诚实的孩子，只有懦弱的人才会说谎。我相信他也有毅力，等他再长大一些，他会变得谨慎小心，我觉得他有能力应付一些问题。”

“那是肯定的，有其父必有其子嘛。说起来，你在斯达西这么大的年纪时是不是一个勇敢的人呢？”劳利逊先生笑着问。

“呵呵，不知道，不过我肯定没有他那样的自信。”一提起儿子，塔尔科夫斯基先生就不由得嘴角上扬。

“时间总会让一切都过去的，无论如何你有斯达西这样的儿子是件幸福的事情。”

“你也一样，妮尔那么漂亮，那么可爱！”

一想起即将看到自己的女儿，劳利逊先生有些激动地说 ：“愿上帝保佑我可爱的妮尔！”

“我们先尽快完成手头上的工作，等他们来了好有更多的时间陪他们吧！”两位父亲互相安慰着，开始审阅运河工程的各种文件，一直工作到傍晚。

大约 6 点钟的时候，夜幕已经降临，父亲们再次来到火车站，在站台上边等待边聊天，话题都是围绕着孩子们的。

“晚上的气温降下来了，有些冷，不知道迪娜有没有给妮尔准备保暖的衣服。”劳利逊先生说。

“放心吧，斯达西会提醒迪娜的。”

“真希望是我们回梅迪乃特城，而不是让孩子们跑到这么远的地方，路上估计会很累。”

“你别忘了，让他们来是我的主意。”

“我知道，我们马上会去南边更远的地方，会有很长一段时间看不到我的妮尔，所以我才同意把他们接过来。和他们待在一起，我才能感到生活的美好。另外，我还要告诉你，可不止是你一个人这么说，黑密斯也向我建议把孩子们接过来，他说他很想念斯达西和妮尔，他会很高兴我派他去接他们。我一点儿也不奇怪，黑密斯那么喜欢我们的孩子……”

火车进站的汽笛声打断了两位父亲的谈话，劳利逊先生的目光顿时望着火车驶来的方向，不一会儿就看到火车头的车灯发出的耀眼强光，火车的车轮声越来越响，渐渐地一节节灯火通明的车厢驶入站台，停了下来。劳利逊先生探着身子从车窗朝里望着，一节节车厢里寻找，边看边摇头，他沮丧地说：“我看了所有的车厢，都没有看到孩子们。”

塔尔科夫斯基劝慰他说：“别急，也许他们坐的位置靠里，走出来需要点儿时间。”旅客们开始往外走了，下来的人大多数是阿拉伯人，因为费申这个地方除了棕榈树和洋槐林之外，没有什么值得观赏游玩的。两位父亲等到火车上最后一位乘客下车也没看到两个孩子出现，父亲们开始不安起来，各种揣测涌了上来。

“难道是黑密斯没有赶上瓦斯塔的火车？或者是他在火车上睡着了，他们要晚一天才到这里？”塔尔科夫斯基先生满脸忧愁地说。

“可能是吧，你说有没有可能是谁生病了？”劳利逊先生有些不安地说。

“不会，如果有人生病了，斯达西会给我们发电报的。”

“有电报来的话，应该会发到旅馆里。”

“我们马上回旅馆看看吧！”

旅馆里没有任何电报，一点儿消息都没有，劳利逊先生越来越担忧，他开始有不好的猜测。

塔尔科夫斯基先生安慰他说："说不定是黑密斯在回去的火车上睡过头了，他今天早上才见到孩子们，他是不会承认自己失误的，所以明天他们才会出发。等到了我们面前，他会说自己没有弄清楚我们的指示。不管怎么说，我现在要马上给斯达西发封电报。"

劳利逊先生觉得光这么等着也不是办法，决定给法尤姆总督去封电报，请他协助确认孩子们的安危。不一会儿，两封电报都发了出去，当然回复没有那么快，两位父亲几乎没有睡觉，在焦虑的等待中过了一夜。

第二天早上 10 点钟的时候，父亲们收到了总督的回复："已经和车站核实过了，孩子们昨天去了加拉克。"

父亲们被这个消息震惊了，他们感到有些困惑和愤怒，面对面看着对方，仿佛没有看懂电报上的文字似的。塔尔科夫斯基先生有些冲动，他忽然挥起手一拳砸在桌子上，说道："这一定是斯达西出的馊主意，看来我得好好教训教训他了。"

"我觉得斯达西不会这么做的。"劳利逊先生想了一下，接着说，"难道黑密斯忘记了我们的指令吗？"

"黑密斯阻止不了斯达西，他一定是不知道怎么办，只有跟着孩子们走。"

两个父亲立刻动身沿路返回梅迪乃特城，结果发现骆驼向导也不见了，所有人都说黑密斯带着孩子们去了加拉克。事情显得越发蹊跷，父亲们又赶到加拉克，在火车站终于真相大白了。

可怕的真相被火车站站长讲了出来，他告诉两位父亲，他看到一队骆驼带着男孩和女孩走了，男孩大概十四五岁，女孩大概七八岁，还有一个年纪较大的黑人女性，一起往沙漠方向走了。他不记得具体有多少头骆驼了，但是他注意到有一头骆驼身上背了很多长途旅行用的东西。两个贝都因人的骆驼身上也有很多行李。他还想起其中有一个苏丹人告诉他，那是英国人的孩子，他们的父亲在瓦迪－拉扬。再后来就杳无音讯了。

“那两个英国孩子有没有再出现在这里？”塔尔科夫斯基先生问道。

火车站站长摇着头说：“没有，没有孩子回来，只有昨天回来一个人，带着两只打死的野狼。我没有追问那两个孩子的去向，因为他们看起来只是游客，和我没什么关系。”站长说完，就转身离开了。

劳利逊先生听完一脸惨白，额头上布满了汗珠，他抬起失神的目光望着塔尔科夫斯基，身体摇晃着快要倒下。塔尔科夫斯基立刻扶住他，说道：“坚持住，我的朋友。我们的孩子被绑架了，要尽快去解救他们啊！”

“我的妮尔，可怜的妮尔，谁会绑架他们俩呢？是为了赎金吗？黑密斯肯定参与了这件事，还有伊德里斯和葛布尔。”劳利逊先生喃喃地说道。两位父亲几乎同时想起来上次见法特玛时的情景，骆驼向导是苏丹坦嘎尔族，黑密斯的父亲也和他们一样，父亲们顿时明白，绑匪的目的是交换法特玛和她的孩子。

发现了真相后，并没有让两位父亲松一口气，反而更加忧心忡忡，孩子们生死不明，绑架者会如何对待他们，都让父亲们心里万分恐慌。他们会躲在哪里呢？在沙漠里的话，会面临饥渴的危险，到尼罗河畔的话，会遇到执勤的军队，难道他们是带着孩子们跑到苏丹起义军那里去了吗？

有着丰富战斗经验的塔尔科夫斯基较先恢复冷静，他在脑海里把事情的经过梳理了一遍，对自己的好友说："法特玛不会伤害孩子们的性命，她的目的是想让伊德里斯和葛布尔把孩子们交给斯马因，所以，暂时可以不用担心孩子们的性命，这是不幸中的大幸。只是他们在沙漠中的旅程会很艰难，不知道孩子们能否坚持过来。"

他继续说道："那两个愚蠢的骆驼向导，他们一定以为离起义军不远，奔着起义军的方向去了，可是他们不知道起义军所在的喀土穆距离这里大约2000公里，我估计他们是沿着尼罗河两岸行进，因为他们和骆驼都需要水源的补给。你马上去开罗拜见总督，请他帮助我们，发电报给尼罗河沿岸的军队，留意尼罗河两岸的动静。然后重金悬赏提供线索或者协助捉拿绑匪的人，两岸的各个部落酋长一定会出手帮助。我们发动政府和民间的一切力量去寻找孩子，只有这样才能让伊德里斯和葛布尔插翅难逃，希望能够尽快将我们的孩子救回来。"

劳利逊先生听完这些话，才稍微镇静了一些，他说："你说得对，这些匪徒不知道英国的援军已经上路了，一定会切断他们到喀土穆的道路。我现在立刻就去发电报，随后坐火车去开罗见总督，不能让那些坏人逃远了，你接下来怎么办呢？"

塔尔科夫斯基先生说："我先去发电报给公司请假，然后沿着尼罗河到苏丹，沿途照应追拿缉捕的事情。"

"好的，等我在开罗办完事情，就去和你会合。"

"我们分头行动，更快一些。"两位父亲坚定地握了握手，就各自开始行动了。

第七章　穿越沙漠

深夜的沙漠并不是漆黑一片，在皎洁的月光照耀下，沙漠仿佛笼罩了一层白纱，驼队依旧像大风一样在狂奔，除了远处不时传来野狼的嚎叫之外，四下静悄悄的。不知道过了多久，斯达西不得不用手臂圈着妮尔，怕她掉下去，而妮尔在颠簸的驼背上已经快要失去意识了。妮尔迷迷糊糊中不停地问斯达西，为什么还没有看到爸爸？为什么晚上还要不停地赶路？斯达西犹豫再三才决定告诉妮尔真相，早晚她都要知道的。

“妮尔，把你的手套摘下来，待会儿悄悄地扔掉。”斯达西说。

“为什么？”

斯达西将妮尔抱得更紧了，用关切的语气对她说：“你按照我说的做吧！”

驼背上摇晃得很厉害，妮尔害怕掉下去，一只手紧紧抓住斯达西，用牙齿将另一只手上的手套摘了下来，然后偷偷地扔在地上。

斯达西悄悄地和妮尔说：“待会儿你再把第二只手套也这样扔掉，

我的手套已经都被我扔了，我想你的手套会更容易被发现，因为它们是白色的。”

妮尔用疑惑的眼神看着斯达西，他接着说：“妮尔，你别怕，不过我希望你先做好一个心理准备，我们可能见不到父亲了，那些贝都因人和苏丹人把我们绑架了。你放心，我相信父亲们会发现我们失踪了，然后会派人来寻找的，到时候你的手套可以成为线索。我们现在没有更好的办法了，只能先这样。不过你要相信我，我一定会想出办法来解救我们俩的。”

妮尔听完浑身哆嗦起来，一想到见不到爸爸，在陌生的沙漠里不知道要到哪里去，就感到害怕，忍不住开始哭了起来。她紧紧地靠在斯达西的身上，边流着泪边问，为什么那些人要绑架自己，他们会不会伤害自己。斯达西使劲在安慰着她，就像塔尔科夫斯基先生安慰劳利逊先生那样。斯达西告诉妮尔，父亲们一定会发悬赏来追捕这些坏人，也会请政府发动尼罗河沿岸的军队，加强巡逻和检查，最后他向妮尔保证，无论发生什么事情，他都会尽全力保护她，不会离开她。

这些话并不能让妮尔不再难过，她不停地抽泣，满脸的泪水，对父亲的思念超过了对绑架的恐惧。斯达西的心里感到又难过又愤怒，对自己的无能为力感到羞愧，一想到父亲曾经责备自己有些骄傲自负，过去他的确以为自己能应付世界上所有的事情，他把自己当成了一个无所不能的骑士，随时可以挑战整个世界。现在斯达西才明白，自己只是一个能力有限的年轻人，在真正的危险时刻，他根本没有反抗的能力。正如此刻他不得不在驼背上忍受疯狂的颠簸，是因为背后有一个凶恶的苏丹人在不停地催赶着骆驼，他连保护自己喜爱的小妹妹妮尔的能力都没有。斯达西不得不认识到自己内心的恐惧，对这些坏人的恐惧，对他和妮尔未来的遭遇感到恐惧，对他们不知道会被带到哪里感到恐惧。他在心里暗暗发誓，一定要尽全力保护好妮尔，哪怕搭上自己的性命也要做到。

妮尔在 6 个小时之后，终于因为疲劳和哭泣，开始昏昏入睡。斯达西从鞍子上找到一根绳子，他把自己和妮尔捆在了一起，从飞奔的骆驼上掉下来可不是开玩笑的，尤其是在夜晚。又过了很久，斯达西感觉到骆驼奔跑的速度逐渐慢了下来，虽然现在还是飞奔在平坦柔软的沙子上，但是远处隐隐约约可以看到一些沙丘。在平坦的地势上很容易出现沙漠中常见的夜间幻影，天上的月亮颜色变得越来越白，在队伍远处有一些透明的像是月光织成的浅红色云团在移动，谁也不知道那些云团是从哪里来的，仿佛有一只手在后面推着它在走着。斯达西注意到，当驼队接近这些云团的时候，贝都因人身上披着的斗篷还有那些骆驼忽然都变成了红色，整个驼队都蒙上了一层柔和的红光，有时候那团浅红色的云团会变成淡青色的颜色，一直蔓延到远处的沙丘。

靠近沙丘的时候，骆驼们的速度明显下降。沙丘附近出现了很多乱七八糟的石头，他们已经跑到有石头的路段了，那些石头布满在干涸的河床上，有大有小，骆驼们要穿越这些石头，有时候要绕过去，有时候要踩过去，不得不像在玫瑰丛中跳舞一样，显然骆驼们的体力也开始不支了。

贝都因人在一面平缓的山坡上停了下来，他们解开骆驼身上的包袱，伊德里斯和葛布尔也从骆驼身上下来，系好了骆驼的缰绳，把驼背上的行李取下来，拿出来装着食物的袋子，找了一块石板地，准备生火。黑密斯去采集周围的玫瑰树枝，用来做生火的材料，葛布尔牵着骆驼去远处给它们找些可以吃的东西。

这时，两个孩子终于可以歇口气了。迪娜给妮尔找了一条围巾围起来，让她更暖和些。虽然迪娜的年纪很长，但是她比孩子们还要害怕，除了一边握着妮尔的手，一边掉眼泪之外，一句话也说不出来。斯达西忍不住跑去质问黑密斯，但是黑密斯除了露出雪白的牙齿看着斯达西笑，什么也不回答。斯达西忍不住又去问伊德里斯，得到的答复只有一句“有你瞧的”，他还威胁斯达西。

等到篝火生好了，其实那堆篝火并没有燃烧得很旺，只是冒着烟而已。所有人围坐一圈开始分食玉米饼和羊肉干，孩子们饿得也开始狼吞虎咽。这时，葛布尔突然出现，昏暗的篝火照着他凶狠的目光。葛布尔举着一双白手套，恶狠狠地问：“这是谁的？”

大脑还是昏昏沉沉的妮尔小声地回答道：“我的。”

葛布尔顿时跳起来：“你这条小毒蛇，你扔下的这双白手套是想当路标，好让你的爸爸来抓我们，是吧？”他一边咒骂一边用皮鞭抽打妮尔。可怜的妮尔尽管裹着厚厚的围巾，依旧疼得哭喊起来。那种皮鞭是阿拉伯皮鞭，抽到骆驼身上都能抽出一道血印的。没等葛布尔的第二鞭打下来，斯达西便像猎豹一样冲了上去，用脑袋去撞击葛布尔的胸膛，还举起双手去掐他的脖子。葛布尔来不及反应，就被斯达西撞倒在地上，两个人就扭打在一起。尽管斯达西很勇猛，但是年纪尚小的他根本不是葛布尔的对手，葛布尔挣脱了卡在自己脖子上的手之后，就把斯达西掀翻按在地上，接着又用拳头按住斯达西的肩膀，开始用鞭子不停地抽打着斯达西的背部。

妮尔哭着喊着求葛布尔放手，可是一点儿用也没有，要不是伊德里斯出面，不知道斯达西会被打成什么样。伊德里斯是所有人里最年长的，所以从加拉克逃亡开始，其他人不约而同都会听从他的指示，他从葛布尔手里夺下鞭子，扔到远处，说道：“你这个笨蛋，法特玛需要这两个孩子，你不能对他们动鞭子！”

葛布尔咬牙切齿地瞪着斯达西说：“我要宰了这个小子。”

伊德里斯揪着葛布尔的衣服领子，盯着他的眼睛，用低沉但是充满了威严的声音说：“这两个孩子属于斯马因，如果有一个不能活着送到，那么马赫迪就会下令惩罚你的，你知道吗？傻瓜！”

一提到马赫迪，葛布尔顿时低下头，开始祷告，为自己祈祷好运气。斯达西忍着背上火辣辣的疼痛，挣扎着爬起来查看妮尔身上的伤。妮尔抱着斯达西的脖子，哭着说，她不是被鞭子打哭的，她是因为斯达西挨打才哭的。斯达西安慰妮尔，并表示自己不怕挨打，只要妮尔平安就好。斯达西想，如果父亲这个时候能够看到他的英勇行为，一定会为自己感到骄傲的。

斯达西贴着妮尔的耳朵小声地说：“如果我手里有一把枪的话，我一定不会让他再动你一根手指。我发誓，他会为鞭打你付出代价的。”

事件平静下来后，所有人都准备休息了，伊德里斯和葛布尔也和好了，他们在地上铺好毯子就睡下了。贝都因人骑了两匹骆驼，去尼罗河补充饮用水。妮尔把头枕在迪娜的腿上，很快就睡着了。篝火渐渐熄灭了。天空中飘过的一小朵云彩，遮住了月亮，但夜空下还是那么明亮。大约两个小时之后，贝都因人带着骆驼返回，他们把篝火重新生起来，围着火堆坐下来开始吃东西，响动吵醒了两个苏丹人和斯达西，伊德里斯问：“现在是准备出发了吗？”

贝都因人回答：“还不到时候，我们和骆驼还要休息一会儿。”

“你们去灌水的路上，有没有被什么人看见？”

“我们从两个村庄中间穿过去的，这么晚了没人会看到我们。”

“以后都要在午夜的时候去灌水，在没有人烟的地方，坚持过了第一瀑布就安全了，那边村庄会更少，信仰马赫迪的村民也会变得更多，我们一定要小心英国人的追捕。”

黑密斯翻了个身，面朝苏丹人说道：“工程师们一直在费申等待这俩小孩，等他们发现没有等到孩子们，就会跑到法尤姆，然后再去加拉克，只有在加拉克他们才会发现这件事。接着他们只有回到梅迪乃特城，再通过电报传递消息给尼罗河沿岸的哨卡，那些追捕我们的人才会出动，所有这些至少要花费3天的时间，我们现在可以不用担心，追捕我们的人不会那么快赶到的。”

伊德里斯满意地点着头，说：“你不愧是哈迪吉的儿子，安排得很周详，我们要利用这短短的3天时间，尽快赶到南方。只有穿过了尼罗河和哈里杰绿洲之间的沙漠，我们才能放下心来踏踏实实地休息，愿真主保佑这些骆驼可以坚持下去。”

一个贝都因人回答道：“放心吧，没有问题。”

黑密斯突然换了一个话题，他说：“你们知道吗？听说马赫迪的军队已经打到阿斯旺了。”

一直在专心听他们交谈的斯达西这个时候坐了起来，没等其他人反应过来，斯达西就说：“不对，马赫迪的军队还在喀土穆的城外。”

“不是，不是！”黑密斯摇着头反驳道。

斯达西接着说：“你们相信他吗？他的脑袋和皮肤一样都是黑的，喀土穆路途遥远，每3天换一批骆驼，就算能像今天一样跑得这么快，至少也要一个月才能到达喀土穆。你们是不可能逃过追捕的，因为来追你们的人不是埃及政府，是英国军队。”看到众人对他说的话表现出震惊后，斯达西接着说，“英国人用电报传递消息，速度可比骆驼快多了，一路上所有的哨卡和村庄都会得到消息，你们怎么逃得掉呢？没等你们跑到尼罗河和沙漠中间的绿洲，你们就会被抓住。”

“哼，吓唬谁呢？沙漠可是很大的呢！”一个贝都因人说道。

“进入沙漠前，你们会先经过尼罗河。”

“不怕，那些追捕的人在这边找我们，我们就渡另一边。”

“电报传递的范围是包含尼罗河两岸的。”

“马赫迪会派来天使保护我们的，天使会挡住英国人和埃及人的眼睛，用翅膀帮助我们顺利前往先知的领地。”

斯达西看到对其他人说不通，于是转向伊德里斯，对他说：“这些话我不会和脑袋像木头一样的黑密斯说，也不会和豺狼一样的葛布尔说，你看起来是个聪明人，我知道你们想把我和妮尔交给斯马因，如果你们是想要钱的话，我可以保证，妮尔的父亲很富有，他的财富比所有的苏丹人加在一起都要多，而且他会很慷慨地支付你们要的金额。”

伊德里斯说：“如果放你们回去，政府会把我们处死的。”

“不会，如果你们是在逃跑中被抓住的，那么绞刑是一定的。但如果你们是主动送我们回去，我保证会向爸爸说明情况，免除对你们的惩罚。”斯达西说完，便忐忑地等待着苏丹人的回复，时间仿佛慢了下来，过了许久，伊德里斯才缓缓地说：“就算我们不会受到惩罚，我们会得到很多金钱吗？”

斯达西相信父亲们一定会愿意用高额的金钱来换取自己，尤其是妮尔，让她免受折磨，他坚定地说：“没错！”

伊德里斯眨了眨眼睛，接着问：“那些金钱能让我们进入天堂吗？马赫迪的一次祝福可以给我们打开天堂的大门。”

听到这里，贝都因人、葛布尔和黑密斯一起高喊：“真主！真主！”

得到同伴支持的伊德里斯继续说道：“我们的幸福都依靠马赫迪，尊贵的斯马因和法特玛是他的亲戚，等我们把你交给马赫迪，换回法特玛和她的孩子，马赫迪一定会奖励我们，哪怕是早上他洗过手的水，都能医治百病，更不用说他的祝福了！”

苏丹人和贝都因人再次高喊着：“真主！”

斯达西愤怒地转向黑密斯说道：“你的父亲会为你的行为付出代价的。”

黑密斯回答道：“我的父亲早就在沙漠里了，现在正走在前往朝见马赫迪的道路上。”

斯达西不客气地反驳他说：“军队的人会抓住他，把他吊死的。”

这时，伊德里斯觉得应该鼓舞自己的同伴，增强他们的信心，于是他说：“兀鹰会吃掉我们骨头上的肉，但是这样的兀鹰还没有出现。我们又不是小孩子，对于这片沙漠相当熟悉。”他用手指了指贝都因人说道：“他们不止一次到过柏柏尔，熟悉那些只有非洲羚羊才能通过的崎岖小道，没有人能追得上我们。而且你不知道，在尼罗河沿岸有很多马赫迪的朋友，越往南越多，很多村庄都是，只要等到时机成熟，他们就会拿起武器追随马赫迪，他们会帮助我们，提供给我们食物和水，也会帮我们掩盖前进的痕迹。每过一天，我们都会越靠近马赫迪。”

他的同伴们第三次发出了对真主的欢呼。

见此情景，斯达西知道自己的说服没有起到一点儿作用，虔诚的信徒最看重的是自己的信仰，无论什么都不会动摇。但是他还是决定努力保证妮尔少受罪，于是他说：“你们都看到了，经过这一天的折磨，妮尔只剩下一口气了，如果接下来的日子都要这么颠簸，那等不到抵达喀土穆，她就会死掉了，那么我也会死的，你们拿什么给马赫迪，去换取祝福呢？”

看到伊德里斯哑口无言，斯达西继续说道：“如果马赫迪和斯马因知道，因为你们的愚蠢行为，害得法特玛和她的孩子不得不赔上性命，你觉得他会怎么来接待你们呢？”

伊德里斯思考了一会儿，回答：“我看见过你是怎么和葛布尔打架的，你可没那么轻易会死掉，不过她……”他抬眼看了看还在睡梦中的妮尔，接着说，“我们会在骆驼背上给她搭个座椅，就像一个鸟巢，她在里面可以睡觉，不会感到劳累的。”说完，便起身叫上贝都因人一起给妮尔准备起来。他们用竹竿、绳子和毛毯搭了一个又大又深的篮子，还带着布的遮阳篷，妮尔躺在里面都可以，甚至迪娜也可以坐进去。

伊德里斯拍了拍篮子，对斯达西说：“这么坚固的座椅，连个鸟蛋都不会摔坏的。那个女佣可以和她坐在一起照顾她，明天开始你和我乘坐一匹骆驼。”

斯达西点点头，通过自己的努力，虽然还不能达到解救自己和妮尔，但至少能让妮尔舒服一些，他心里就会开心一点儿。斯达西怀抱着在到达第一瀑布之前，这些绑架者就会被追到的信念，他现在迫切需要睡觉，他决定用绳子把自己绑在鞍子上，这样他就能打个盹儿了。

天际线逐渐发白，沙漠中野狼的嚎叫声也听不到了。当天边出现第一道曙光的时候，苏丹人便走到岩石边上，开始早晨的祷告，用沙子代替水进行擦洗。听到他们喃喃的祷告声，斯达西也抬起了头，望着天空，在心里默默地祈祷圣母可以庇护他和妮尔能够有机会安全地逃离险境。

第八章　沙漠飓风

等苏丹人做完祷告，便准备出发了。这时，他们忽然看见大约100步远的沙丘后面跑过一只野狼，它夹着尾巴，好像遇到了什么可怕的事情，显得十分害怕。在沙漠里很少有能让野狼都感到恐惧的动物，看到这样的场面，苏丹人感到紧张起来，难道是追捕他们的人来到附近了吗？一个贝都因人连忙悄悄爬到高处的岩石上查看，刚探了一个头，立刻缩了回来，带着颤抖的声音说："天哪，有只狮子朝我们这个方向走过来了！"

话音未落，就听到一阵低沉的发自喉咙的呜呜声，斯达西和妮尔听到这个声音，不约而同地大喊起来："沙巴！"

在阿拉伯语中，沙巴的意思就是狮子，贝都因人听后吓得腿都软了，可是黑密斯却大笑起来，说道："不用害怕，我认识这头狮子。"说完他吹起了口哨，一眨眼，一只狮子般大小的巨犬就蹿了出来，它看到了两个孩子直接跑了过去，把妮尔扑倒在地，用头在妮尔身上蹭来蹭去，还在斯达西身边跳来跳去，不停摇着尾巴，最后它趴在两个孩子的脚前，两只耳朵垂着，沙巴伸出长长的舌头，流着口水，开始大口大口地喘气，斯达西和妮尔开心地大笑起来。

沙巴望着妮尔，眼神仿佛会说话一样，告诉妮尔："你的父亲让我照顾你，所以我就来啦，好不容易找到你啊！"两个孩子蹲下来，开始抚摩着沙巴。贝都因人从来没有见过体形这么巨大的狗，他们不停地用惊奇的声音说："真主啊，这真的是只狗吗？"

沙巴安静地卧了一会儿，然后抬起头，用它的大鼻子在空气中仔细地闻着什么，随后它站了起来，朝着熄灭不久的篝火跑去，那附近有他们昨晚吃过的食物残渣，一些牛羊肉的骨头什么的。很快，8个人吃剩下的东西被沙巴风卷残云一般吃了个净。

苏丹人开始心神不宁起来，他们把黑密斯拉到一旁，怒气冲冲地说道："这条狗是魔鬼派来的，你们中途还坐过火车，它居然还能找到这两个孩子，简直太可怕了！"

黑密斯耸了耸肩，说道："也许它是顺着骆驼的踪迹追上来的。"

伊德里斯感到有些不安，他说："这太危险了，这条狗十分显眼，每个见过它的人都不会忘记，它会让我们暴露位置，必须把它杀掉。"

黑密斯问："怎么做？"

"不是有枪吗？你用枪朝着它的脑袋开一枪就解决了。"

"是有一把枪，但是我不会用，那个小子斯达西会用，不过我不建议把枪交给他，因为他可能会先拿那支枪来对付我们的。"黑密斯曾经看见过很多次斯达西是如何操作这把枪的，说不上完全不会用，黑密斯这么说有一点原因是他很喜欢沙巴，在孩子们到达梅迪乃特城之前，一直是自己在照看这条狗，黑密斯不想杀死它。而且他知道那两个苏丹人完全不懂如何使用枪这种武器。

葛布尔说："那我们用刀。"

“你可以试试，没等你靠近沙巴，它就会扑上来咬住你的喉咙。”看到其他人不再说话，黑密斯接着说，“为什么非要杀了这只狗呢？假如杀死它，就算用沙子埋起来，也会被鬣狗挖出来，到时候追捕我们的人依然会发现这条线索，他们会知道我们没有跑到尼罗河对岸。没必要杀死这条狗，它会一直跟着孩子们，不管我们是去打水，还是晚上休息，这只狗都不会妨碍我们。”

伊德里斯说：“有些道理，但是这条狗会消耗我们的食物和水。”

“用不着喂它，我们吃剩下的食物足够它吃的，而且找只野狼或者鬣狗，对这只狗来说都不是什么难事，只要给它一点儿水喝，免得它跑到村庄里就好了。”

伊德里斯点点头，于是沙巴的生死问题终于解决了。等沙巴喝完水，吃了些东西，休息了一会儿，一行人再次踏上逃亡的旅程。他们跑到了一片高地中，地上的沙子被风吹得好像长满皱纹的脸，无论朝哪个方向看，都是一望无际的沙漠。此时太阳即将升起，聚集在东边的云彩逐渐变亮，接着突然变成了金色。沙漠中的太阳不是徐徐升起，而是突然从云中跳出来，像南方的国家一样，几乎没有黄昏或黎明那样的过渡，金灿灿的阳光瞬间洒满整个世界，照耀得人睁不开眼睛。

伊德里斯说：“这里太开阔了，没有一点儿遮挡，我们很容易被发现，必须赶快离开这里。”

经过了一夜休整的骆驼现在跑得飞快，沙巴落在了后面，但是敏锐的嗅觉会让它紧紧跟随，不用担心它会迷路。伊德里斯和斯达西一块乘坐的骆驼和妮尔坐着的骆驼一直是并排前进，所以两个孩子随时可以聊天。苏丹人搭建的座椅确实很有用，妮尔坐在里面好像窝里的雏鸟，宽阔的空间甚至可以在里面睡觉，也不用担心掉下来，所以虽然现在跑得像上次那么疯狂，妮尔也不会感到很累了，晴朗的白昼也让两个孩子感到了一些快乐。斯达西心里被浇灭的希望重新燃起，他觉得既然沙巴都能找到他们，那么追兵也就不远了。他把自己的想法告诉了妮尔，妮尔露出了被绑架之后第一次开心的笑容，为了不让其他人听懂自己和斯达西之间说的话，两个孩子都用法语来交谈。

妮尔问："你觉得什么时候那些救我们的人能追上来呢？"

斯达西回答："说不好，也许还要再过几天吧！"

"等我们被解救出来之后，是不是还要骑骆驼回去呢？"

"我们只要骑到尼罗河，再从尼罗河到艾－瓦斯达就可以了，之后就可以坐火车了。"

"那太好了！"可怜的妮尔，曾经那么热爱骑骆驼，现在显然是被这几天骆驼的颠簸折磨够了。说完，妮尔感到有些困了，头天晚上并没有睡够，于是她再次沉沉地睡过去了。

发现贝都因人赶着骆驼，往沙漠深处狂奔，斯达西为了动摇伊德里斯躲过追捕的信心，对他们说："就算离开尼罗河和尤瑟夫运河逃跑，你们也跑不远的。追捕你们的人知道河岸两边有很多村庄，而你们并不敢进入村庄，他们会深入沙漠来抓你们的。"

伊德里斯感到奇怪地问道："你怎么知道离开河道了？你现在根本不可能看到河岸的。"

"是太阳告诉我的，它从东边升起，把我的背烤得暖暖的，这说明我们现在是在河岸的西面。"

"你很聪明嘛！"伊德里斯称赞着斯达西，接着说，"反正你别想着逃走。"

斯达西摇着头，用手指了指妮尔，说道："我是不会逃跑的，如果逃跑，一定会带着妮尔一起。”

接下来一直跑到正午时分，队伍都没有停下来歇息，太阳高高地挂在头顶上方，没有一丝风，地面热浪滚滚，连不容易出汗的骆驼们也都变得满身大汗，步伐开始缓慢。驼队的周围出现了很多干涸的河床，如果遇到下雨，就会变成小溪。到处都是岩石，峡谷也变得多了起来。当他们行进到一处峡谷中时，贝都因人停下来，跳下骆驼准备步行查看一下地形，结果他们刚踩到地面就开始惊呼，并弯腰从地上捡起石头，朝不远的地方扔了过去。斯达西仔细一看才发现在峡谷中一处干枯的树丛中间，出现了一条大蛇，由于遭到了攻击，正在四处躲避，像闪电一样在岩石中游动着。葛布尔拿着刀也开始追赶那条蛇，可惜由于地面凹凸不平，岩石缝隙太多，扔出去的石头并没有砸中那条蛇，尖刀也没有刺中它，大蛇逃走了。

贝都因人一脸恐惧的表情，嘴里发出了呼喊：“真主啊，救救我们吧！”葛布尔和伊德里斯用一种奇怪的眼神看着斯达西。斯达西觉得奇怪，并不作声，他扶着妮尔从篮子里出来，带她到一块平坦的地方，让她躺下休息，还找了一块毯子给妮尔遮挡阳光。

贝都因人从行李里拿出肉干、饼和水，开始准备午餐。现在还不用给骆驼喂水，因为昨天晚上已经让它们喝了很多。吃饭的时候，没有一个人说话，苏丹人和贝都因人的眼神中都露出忧虑的神情。饭后休息的时候，伊德里斯把斯达西带到较远的地方，脸上的表情神秘又不安，他问道：“你看到那条蛇了吗？”

“是的，我看到了。”斯达西回答道。

“是你召唤出来的吗？”伊德里斯追问。

“和我没有任何关系。”斯达西摇摇头说。

“那几个笨蛋没有打死那条蛇，这会给我们带来厄运的。”伊德里斯插嘴说道。

“你们的厄运就是绑架了我和妮尔，你们会被绞死的。”

“住嘴，我会先让你好看的。你的父亲是不是会巫术？”伊德里斯又问道。

“是的。”斯达西毫不犹豫地回答。他意识到，这些野蛮又愚蠢的人把蛇当作一种凶兆，说不定预示着他们的逃亡会发生危险。

伊德里斯咬牙切齿地说：“看来就是他送来了那条蛇，难道他就不怕我们把你宰了来报复他吗？”

“你不能拿我怎么样，你只能把我们毫发无损地送到斯马因那里，否则法特玛的孩子会有麻烦，而且马赫迪也会找你的麻烦。”

伊德里斯惊讶地看着斯达西，说道：“你明白这些？真是个奇怪的孩子，不过，到目前为止我对你们还都不错吧，不要再说威胁我的话了，你们的性命还攥在我手里呢！”

“上帝会惩罚那些作恶的人。”斯达西用坚定的口气说。

伊德里斯听到斯达西充满自信说的这句话之后，心里感到有些慌乱，再加上出现的那条蛇，让他不再说话，拿出来一串用棕榈树果实做成的手钏开始祷告。休息了一会儿，驼队继续上路了。

下午2点时分，天气依旧炎热，尽管现在是冬季。天上没有一丝云，只有几只兀鹰盘旋在沙漠上空，空气中有一种不知什么东西被烧焦了的味道，远处的地平线看起来是灰蒙蒙的一片。正在奔跑中的骆驼开始发出奇怪的喘息声。一个贝都因人跑到伊德里斯的坐骑旁边，说道：“情况有些糟糕。”

伊德里斯询问：“出了什么事？”

“恶魔把沙漠西边的风叫醒了，现在正朝我们这里走过来。”

伊德里斯在骆驼背上坐直了身体，向远处眺望，回答道："你说得没错，但不是沙尘暴。"

"3 年前，有一支骆驼队在阿布哈迈德被风沙埋起来了，第二年冬天才被发现。这么大的风沙，要费很大劲才能封住骆驼的鼻子，还要保住水袋里的水。"

"赶快跑吧，希望我们和这股风暴可以错开。"说完，苏丹人就开始拼命催赶骆驼加速狂奔，远处天际线的灰色越来越重，兀鹰飞得越来越高，变成了天空中的一个黑点。气温越来越热，周围仿佛变成了一个蒸笼。两只沙漠大耳狐和驼队擦肩而过，朝着相反的方向跑去。苏丹人不断催促着骆驼，嗓子已经喊得有些哑了。

贝都因人喃喃地自言自语："这是魔鬼带来的风，一切都怪那条蛇。"

另一个贝都因人大喊起来："来了！真的来了！"

话音未落，风暴就降临了。远处的灰色已经越来越近，已经变成了黑压压的积云，空气被狂风掀起了一股股的波浪，卷起了沙子，周围顿时出现了很多沙子做的漏斗，好像有人用棍子在搅动这些沙子一样。瞬间每个人的身上到处都是沙子，不能张嘴呼喊，不然牙齿都会被沙子磨得咯吱作响，人们看不见也听不见彼此的声音，狂风的怒吼掩盖了呼喊和骆驼的叫声。骆驼们都停下来，转身背对着风暴，低着脑袋，鼻子都快垂到地上了。

可是苏丹人不让骆驼们停下，因为要是在风暴中停下来，很快就会被风沙掩埋。这时最好的选择是顺着风走，但是伊德里斯却不愿意那么做，因为那是往法尤姆去的方向，他宁愿冒险也不想碰上追捕队。扛过了第一波风暴的袭击之后，他们连忙催促骆驼继续往前跑。

谁也不知道下一波风暴什么时候来袭，他们只能尽力逃离。但是似乎老天没有给他们太多喘息的时间，较大的沙子已经落下，太阳的光芒穿过细密的尘土中，一切看起来都是红褐色的，苏丹人看到远处的云层中耸立着一个柱状的东西，好像一个高大的烟囱，看到这个景象，苏丹人和贝都因人都不禁浑身颤抖，他们知道这次遇到的是沙漠中罕见的巨大沙尘暴。伊德里斯抬起手开始祷告，坐在他旁边的斯达西可以清清楚楚地听到他说的每一个字，“真主啊，我们是您的孩子，请不要抛弃我们！”

转瞬间，可怕的沙尘暴就吞没了驼队。强劲的力量把骆驼们都推倒在地上，四周都笼罩在一片黑暗之中，太阳仿佛消失了，狂风的呼啸好像鬼魂的笑声，所有的骆驼都围在一起，苏丹人清楚地知道，如果卷进旋风中，他们会很快被沙子埋起来，直到下一次风暴把他们的骨头掀出来。

斯达西被吹得头晕脑涨、呼吸困难，他仿佛听见妮尔的哭声，便循着哭声想去找妮尔，想去安慰妮尔，给她鼓励，可他刚伸出手去摸那只载着妮尔的骆驼，就被伊德里斯一把抓住。伊德里斯担心他逃跑，就用绳子把他绑在骆驼背上。斯达西气得想要挣脱，但力量太弱小了，根本不起什么作用，他口干舌燥，也不能张口解释，也不想解释什么。

狂风吹得人们在骆驼背上都坐不住了，他们纷纷跳到地上，躲在骆驼的下巴下面，用绳子把行李再次都紧紧捆在骆驼背上，斯达西用尽全力发出喊声：“救救妮尔！”但是他的声音在风暴中变得十分微弱，就算苏丹人能听到，他们也无动于衷。肆虐的狂风卷着沙子抽打着他们的身体，沙砾像无数根针一样扎在身上，那些被风暴卷起来的沙子有时卷出一个沙坑，有时又卷出一个沙包，这样的情形持续了很久，也没有减弱的迹象，沙子已经把他们的膝盖都埋进去了。伊德里斯知道，只有顺着风暴行进，才能免于被埋起来，可是那样的话，就要往回走，万一遇到追兵怎么办？一想到法庭和绞刑架，伊德里斯就感到浑身发冷。不管怎样，如果一直待在原地只有死路一条，伊德里斯想，如果风暴阻挡了他们继续往南，那么也会同样阻挡追捕的队伍，于是他准备叫所有人骑上骆驼，开始顺着风走。

结果意外出现了，突然间原本漆黑一片的周围冒出了蓝色的光，接着就响起了雷声。沙漠中的惊雷有种地动山摇的感觉，滚滚雷声时高时低，仿佛广阔的天空都被炸成了碎片，风似乎停下来了，不一会儿就听到贝都因人兴奋地叫道："感谢真主，我们得救了！"

一行人继续赶路，已经是夜晚了，没有月亮的照耀，只有忽然出现的闪电，瞬间照亮四周，然后转瞬又归于漆黑，驼队之间离得很近，但人却看不到对方，他们只好相互喊叫着，以免大家走散了。当雨点大滴大滴地开始落下时，贝都因人喊了一声："停下。"他们正处于一个高耸的山丘上，因为看不清脚下的路，所以他们小心翼翼地朝下面走着。

第九章　计划失败

山丘下面是一条很宽的峡谷，骆驼要小心避开路上的石头，还有石头旁矮小多刺的灌木丛。峡谷的南面布满了断裂的石缝，天空中不时出现的闪电，让人可以清楚地看到周围的环境。贝都因人发现了一处岩洞，里面有一块很大的空地，可以让所有人都躺下来躲避风雨，岩洞外较高的一块地方可以让骆驼休息。

在沙漠里，每次大的沙尘暴过后，天空都会下起暴雨。贝都因人和苏丹人卸下骆驼身上的行李，搬进岩洞，刚收拾妥当，外面的暴雨便倾盆而下，刚开始像一条条水线落在地上，接着水线越来越粗，后来已经分不清水线，仿佛天上掉下来一条大河。斯达西还从未见过规模这么大的暴雨，峡谷的底部已经汇成了一条小溪，周围都是雨水落下来的沙沙声和小溪流动的哗哗声。每隔几年这样规模的暴雨才会发生一次，把运河和周边的河流全部灌满，也让水库贮满水，沙漠中的城市都要依靠水库里的水才能生存下去。

骆驼们待在高处的岩石上，落在它们身上的雨水仿佛在给它们洗澡一样。偶尔往外看看，确认骆驼们都是安全的，他们用没有被雨淋湿的树枝生起了一堆篝火，放松地在岩洞里休息。伊德里斯解开了捆着斯达西的绳子，带着嘲弄的语气对他说："伟大的马赫迪能力强大，他赶走了沙尘暴，带来了雨水，保佑着我们。"

斯达西顾不上理他，妮尔的安危是自己最挂念的事情。他走到妮尔的身边，帮她清理身上的沙子，斯达西让迪娜拿毛巾蘸些水，然后擦擦妮尔的眼睛和脸，可惜迪娜帮不上什么忙，因为她的眼睛发炎了，刚刚经历的沙尘暴让迪娜的眼睛几乎什么也看不到。斯达西只好自己亲自动手，帮妮尔脱下鞋，抖搂着里面的沙子，又给妮尔围了一条毛毯保暖。妮尔乖乖地听从斯达西的安排，用疲倦的眼神望着斯达西，等斯达西不再忙碌之后，妮尔立即伸出双臂搂住了他的脖子。

斯达西的心里顿时难过起来，一想到妮尔现在除了自己，没有什么人可以依赖，自己是她的监护人，必须要保护她，而妮尔现在受苦的情形让他很心酸，他忍不住抬起妮尔的双手吻了起来。在遭遇绑架之前，斯达西虽然也很爱这个小妹妹，但是他从未想过在道晚安的时候，去亲吻妮尔的小手，就算有人提出这样的建议，他也会觉得这个行为有损自己的自尊心。而现在和妮尔一起经历苦难的情形唤醒了他心底的柔软。

一直到躺下来休息，斯达西都在不断地思考着，如何解救妮尔和自己，他做了各种假设，甚至准备好了牺牲自己。不过，他的心底还有一个希望，那就是不要伤得太厉害，而且死亡也要尽量避免，因为他想活着看到妮尔被解救之后的幸福。白天的劳累和经历风暴的恐惧，再加上他不停地思考，让大脑变得十分混乱，斯达西昏昏沉沉地睡了过去。苏丹人和贝都因人也都带着疲惫睡着了。篝火无人照料，渐渐熄灭了，黑暗的岩洞里响起了人们熟睡之后的呼噜声，岩洞外暴雨依旧在下着。

夜晚很快就过去了，然而天还没亮的时候，斯达西就被雨后的清晨冻醒了。恍惚间，斯达西不知道自己身处何处，岩洞外的雨滴顺着石缝，还在滴滴答答地落着，暴雨不知道什么时候已经停了。

过了一会儿，斯达西终于清醒了过来。回忆起昨天经历的沙尘和暴风雨，他朝周围看了看，发现雨已经停了，即将落下的月亮把岩洞照得一清二楚。斯达西看到了睡在他旁边的苏丹人，也看到睡在另一边的迪娜和妮尔。一看到妮尔，斯达西的心里就升起了一丝温暖，他自言自语说道：“我要救妮尔！”斯达西的目光再次扫过那些苏丹人，心里变得有些愤怒，接着斯达西的目光被自己的步枪和弹药袋吸引住了，就在自己和黑密斯中间，一伸手就可以轻松拿到。他开始浑身战栗起来，心跳也变得越来越快，一个想法在他心里升起：“只要拿到枪和弹药，自己就可以救出妮尔了！”

斯达西开始认真思考，拿着枪悄悄走到岩洞外面，挡在岩石后面，监视着洞口就可以了。苏丹人醒来后，发现自己不在了，一定会跑出岩洞，这个时候自己可以很快开枪击中前面两个，然后快速地装好弹药，再将另外两个也击倒。要留着黑密斯，有别的办法来对付他。

可是一想要杀死活生生的4个人，哪怕是凶恶的葛布尔，斯达西觉得还是下不了手，这太残酷了。斯达西虽然有丰富的打猎经验，但他从未把枪口对准过自己的同类。而且斯达西想起在塞得港看见过一起事故，一台挖掘机将一个工人轧死了，那个血淋淋的场面让他至今想起来还会觉得恐怖，何况他现在要面对4具尸体呢！夺取人类的性命是件很残酷的事情，这有悖他的信仰，是件罪恶的事情。斯达西摇着头，想把这个想法赶出自己的脑袋。

可是自己是为了救妮尔才这么做的啊！为了保护妮尔，免遭这群坏蛋的伤害，让妮尔不再经历这么辛苦的旅行……那么或许可以不打死他们，只是用枪威胁，让他们放了妮尔呢？突然，斯达西的脑海里想到一种可能，让他顿时头皮发炸，假如有个家伙拿刀架在妮尔的脖子上，威胁让自己放下枪，那么自己肯定不会拿妮尔的生命来冒险，会投降的。那么计划也会失败。

斯达西感到浑身虚脱，他向后躺倒在毛毯上，月光暗了下来，昏暗的岩洞里的呼噜声依旧此起彼伏。斯达西躺着继续想着，脑海里又冒出来一个新的计划：自己拿到枪和弹药之后，或许可以用枪杀死骆驼，让坏人没有逃跑的工具，虽然这些骆驼也是无辜的生命，但是和射杀同类相比，要轻松一些。那么要杀死几匹骆驼合适呢？如果杀掉四五匹骆驼，就肯定不能继续前进了，那伙人谁也不敢去尼罗河附近的村庄买新的骆驼，那么自己就有机会和这些人谈判，只要他们把自己和妮尔带回去，就不会受到政府的惩罚，而且自己的父亲会给他们一大笔钱财作为奖励，或许自己可以说服这些人往回走。

万一这些人不等自己说完，就生气地把自己打死了怎么办？这个可能性很小，因为自己手里还拿着枪呢，要迫使他们站远一些，但是要在可以听清楚自己说的话的范围内。必须让他们明白，只有投降这一条出路。等他们都接受自己的办法后，斯达西就带着所有人往尤瑟夫运河和尼罗河的方向走，说不定运气好的话，路上就能碰上解救自己的军队。斯达西思前想后了许久，终于开始动手了。

拿到弹药很容易，因为就在自己的身旁，拿到步枪有些困难，因为黑密斯把枪放在了他身体的另一侧，斯达西屏住呼吸，伸长了胳膊，从黑密斯的身体上伸了过去，轻轻抓住了枪盒子的提手，慢慢朝自己的方向拉着，稍微发出一点儿响动。斯达西的心跳都快停止了，眼睛变得模糊起来，呼吸也变得急促，他咬紧了牙关，每一秒都仿佛一个世纪那么长，幸好黑密斯一动也没动，终于一切都如期待的那样顺利，枪和弹药顺利到手了，计划已经完成了一半。

斯达西深深地吸了一口气，悄悄往岩洞外爬去，现在只要他能顺利走到岩洞外面，然后打开枪盒，装上子弹，躲在岩石后面，那个时候整个驼队就完全被自己控制住了。斯达西的身影已经露在岩洞外面了，很快他就能走出岩洞，再过几分钟，他就能躲到岩石后面，等到那个时候，就算阿拉伯人醒过来，发现情况有变，再去叫醒其他人也来不及了。

斯达西伸出一只脚，试探可以站稳的地方，以免碰到洞口松动的石头，发出响声。当他刚把脑袋探出洞外，脚还未踏稳，就突然发生了一件意外的事情，让他整个人都僵住了。在万籁俱寂的峡谷中响起了沙巴欢快的叫声，这声音在峡谷中引起了阵阵回声，把岩洞里熟睡的人们都惊醒了，从地上跳了起来，接着他们不约而同看到了斯达西背着步枪，一手拿着弹药袋，一手撑在地上。

苏丹人的反应很迅速，立即冲向斯达西，一眨眼便将枪和弹药袋抢走了，他们把斯达西按在地上捆了起来，还不停踢打着他，伊德里斯担心斯达西被打死，阻止了其他人。这个突发事件，让伊德里斯惊出了一身冷汗，要不是沙巴的叫声吵醒了自己和同伴，后果不堪设想。他脸色煞白，愤怒地说："这个家伙简直就是恶魔的化身。"

葛布尔补充说道："他会像打鹌鹑一样把我们通通打死。"

"幸亏有这条狗。"

黑密斯在一旁说道："当初你们还想杀掉它呢！"

苏丹人连忙表示，以后要好好照顾沙巴，每天都保证它有骨头吃、有水喝。他们用愤怒的眼神盯着斯达西，有些后怕地想，就因为这么个小孩，让他们差点儿丢掉性命。

葛布尔拿出刀，恶狠狠地说道："我们应该惩罚一下这个小子，他像恶魔的儿子一样不断给我们带来麻烦，让我砍下他的右手吧！"

伊德里斯担心斯达西会因此死掉，那么用来交换法特玛和她孩子的就只有妮尔一个了，连忙阻止葛布尔，说道："不行，我们怎么会害怕这个小兔崽子？砍掉他的手腕是对我们的羞辱。从今天开始，我们晚上睡觉的时候就把他捆起来。这次对他的惩罚是十次鞭打。"贝都因人表示同意，葛布尔想立刻执行这个惩罚。还没等他举起鞭子，就看到妮尔的身影扑倒在斯达西的身上，阻止鞭子落下来。葛布尔一时之间不知该如何是好。

妮尔开始带着哭腔喊着："沙巴！沙巴！"沙巴似乎明白发生了什么，它跳到孩子们的身边，拱起后背，眼露凶光，喉咙里发出呜呜的低吼，接着它张开嘴巴露出牙齿，盯着面前的人。他们见状连忙后退，显然谁也不想拿自己的性命冒险。妮尔叫来迪娜，给斯达西解开绳子。

斯达西咬紧牙关站了起来，他一只手摸着沙巴的脑袋，对阿拉伯人说："我并不想杀你们，我只是想杀死几匹骆驼。"他的话并没有平息那些人的怒火，反而让他们更加恼怒，要不是沙巴站在斯达西身边，估计他们会扑上来撕碎他。

沉默了好一阵子，伊德里斯突然喊道：“走吧，出发！”

第十章　海市蜃楼

日子一天天过去，驼队始终向南飞奔着。一路上他们只在峡谷中停留进行短暂的休息，为了避免骆驼的体力消耗过度，要让骆驼喝水吃些东西，每个人也借这个机会吃点儿食物。为了躲避追捕他们的人，伊德里斯带领驼队转向西边前进，虽然远离了可以补充水的河道，但是他们储存了大量的水，短时间内不用发愁喝水的问题。那场暴雨其实下了只有 7 个小时，但是雨量巨大，阿拉伯人知道，在峡谷的底部和岩石的凹陷部分都会有很多水，可以让骆驼饮用。

通常暴雨之后的天气格外的好，天空万里无云，空气无比清澈，可以看到很远的地方。晚上繁星点点，像无数颗钻石一样亮闪闪的。从沙漠中的沙子里也感觉不到那么燥热了。这些日子骆驼们的驼峰已经变小了，但是贝都因人一路上喂养得很好，所以骆驼们还都很健壮，每天赶路时奔跑的速度也没有降低。

雨后的峡谷，石头的坑洼处都积满了雨水，随时可以给他们和骆驼补充水分。斯达西还注意到，在他们沿途经过的地方，贝都因人总能在一些岩石的缝隙中找到一些食物，例如蜀黍和椰枣，这说明绑架是蓄谋已久的事情，看来这两个贝都因人大概是想追随马赫迪，所以和苏丹人合作。在法尤姆的加拉克周围住着很多贝都因人，他们从不住在城里，而是带着孩子和骆驼住在沙漠中的帐篷里，依靠在梅迪乃特城的火车站给游客引路，提供骆驼作为交通工具维持生计。不过斯达西从没有在梅迪乃特城见过这两个贝都因人，如果他们是在梅迪乃特城生活，那他们不可能没见过沙巴。

起初斯达西还想收买贝都因人，可是一想到他们提起马赫迪的那种兴奋高亢的神情，就觉得那是一件不可能的事情。斯达西身上有股惊人的毅力，上次在峡谷中失败的计划并没有动摇他的决心，他心想："虽然我的计划最终失败了，但是我还是会想尽一切办法从这些坏人手里把妮尔和自己救出去，哪怕每天都被鞭打，甚至可能会杀了我，我也不会放弃。如果追捕队能赶上来抓住他们，那最好，反正我也会采取让他们想不到的办法来对付他们的。"

斯达西一想起他们从自己手里抢走了枪，还把自己打倒在地并且拳脚相加，心里就充满了愤怒，也变得更顽强和固执。他体会到了失败者的滋味，自尊心也受到了极大的打击，不仅是最近失败的行动，还有让妮尔受到的伤害，这些让他对伊德里斯和葛布尔充满了仇恨。他记得父亲曾经对他说过，仇恨使人盲目，会让人的心灵困住，想不出解决的办法。可是斯达西现在还不能战胜这种情绪，也不能很好地隐藏这种情绪。

伊德里斯注意到斯达西的这种情绪，他觉得有些不安，虽然伊德里斯做起事来毫无顾忌，但他也会想到给自己留一条后路，万一假如真的遇到了追捕队，他还需要斯达西帮自己说些好话。于是在一次休息的时候，伊德里斯主动开始和斯达西交谈，他说："因为你上次做的事情，我不得不惩罚你，不过我嘱咐过他们不要打得太狠。”看到斯达西没有任何回应，他接着说，“你说过白人很有信用，如果你以上帝和小姑娘的脑袋发誓，以后再也不反抗，那从今以后晚上我就不再把你捆起来。”斯达西依旧默不作声，但是伊德里斯从斯达西的眼睛里看出来，他刚才说的话等于没说。

尽管遭到了其他人的反对，当天晚上伊德里斯还是坚持给斯达西松绑。葛布尔十分不满，一直在嘀咕，伊德里斯生气地对他说：“我决定从今天开始，每天晚上睡觉的时候大家都轮流值班，今晚你先来值第一班。”于是，晚上轮流值班成了惯例，每一个守夜的人都对斯达西严加防范，斯达西再也找不到机会逃跑了，不过这也让孩子们多了一些自由，他们有更多的时间待在一起，还可以随心所欲地聊天。

斯达西告诉妮尔，自己差点儿就可以救出他们俩了，要不是沙巴突然出现，并发出了声音，那么他俩现在可能已经脱离这些绑匪了。妮尔也感到有些恼怒，她噘起小嘴，说道：“沙巴真讨厌，如果它现在过来找我玩，我一定不理它，还要告诉它，它太可恶了。”

斯达西忍不住笑起来，说：“你不理沙巴的话，怎么告诉它，它很可恶呢？”

妮尔歪着脑袋想了想，说道：“沙巴看到我脸上的表情，就会明白的。”

“有可能，沙巴很聪明，不过你要知道那也不是它的错，它并不知道我的计划，而且要不是它拦住了葛布尔，我肯定要挨很多鞭子呢！”妮尔听到斯达西的这番话，愤怒的情绪也缓和了下来。斯达西叹了口气，又继续说：“其实最让我难过的是，我没有把你从那些坏蛋的手里救出来！”听到这里，妮尔站起来，搂住斯达西，在他耳边亲吻着表示感谢。

沙巴这一路都跟着驼队，有时候会消失几天，不是骆驼跑得比它快，而是沙巴经常会跑去追赶野狼或者其他动物。孩子们只要看见沙巴，就能暂时忘记自己遭遇的困境，开心地和沙巴玩耍，直到阿拉伯人催促他们继续赶路，接着用最快的速度朝南边的方向飞奔。

伊德里斯抓紧一切时间赶路，连续走了 18 个小时，中间只短暂地休息了一会儿，幸好骆驼们都十分健壮才能坚持这么久。伊德里斯深信两个孩子的父亲会担任追捕的领头人，绝对不会浪费丝毫时间，危险来自运河的方向。因为一旦确认孩子们是被绑架的，政府就会用电报通知运河两岸的村庄和哨卡，警察们也会在沙漠里把守通往南方的大路，严加盘查过往的行人。黑密斯也可以证实，为了缉拿他们，政府和两个孩子的父亲会提出高额悬赏，那么除了警察和军队的人之外，还会有很多人来加入追捕的行列中，他们不仅要远离村庄，远离河流，还要随时提防未知的危险。

可是远离河流，会让他们陷入断水的境地；远离村庄，一路上的食物补给就成了问题。虽然在绑架之前，贝都因人在计划逃离的路上已经提前储藏了一些食物，但那些食物只能维持几天，远远不够支撑他们逃到安全的地方。一旦没有了食物，就不得不前往村庄去采购，万一被人发现就麻烦了。每过一天，伊德里斯的恐惧和担忧就多一分，他时常在心底默念："过了阿斯旺就安全了。"虽然黑密斯说马赫迪起义军已经打到了阿斯旺，但伊德里斯并不相信他说的话，而且斯达西也否定了这一点。伊德里斯清楚，斯达西知道的事情比他们所有人知道的都要多。他曾经想过，只要过了第一瀑布被追到的机会就会小很多，那里的人还没有完全被英国人和埃及政府影响，有不少想要追随马赫迪的人。可是要到阿斯旺，还需要 5

天的时间，那里的确更安全，但是每停留一次，驼队的食物和水就会减少。好在骆驼的体力不减，他们还能快速前进。

斯达西为了更好地照顾妮尔，争取到和妮尔同乘一匹骆驼。白天的太阳炙热难耐，夜晚的空气却十分凉爽，斯达西原本担心妮尔会因为温差过大，引起感冒，结果妮尔的身体虽然有些疲倦和消瘦，但一直都很健康。她也逐渐适应了每天赶路的辛苦，幸好有个舒适的座位，让她随时都能躺下来恢复体力，沙漠的新鲜空气也让她保持着良好的精神。

有一天清晨，驼队刚出发不久，随着太阳冉冉升起，空气越来越热，驼队行进在空旷的平原上。忽然孩子们的眼前出现了一幅美妙的景色，距离不远的地方有高大的椰子树林、白色的小屋，还能看见一座不大的带着尖塔的清真寺，仿佛再走半个小时，就能抵达眼前的这片绿洲了。斯达西和妮尔不禁兴奋地叫起来。

妮尔惊讶地看着，接着便高兴地跳起来，大喊："梅迪乃特城！我们到梅迪乃特城了，爸爸们在这儿！"

斯达西也激动得满脸通红说："也许是哈里杰绿洲，哦，不，是梅迪乃特城，我看到清真寺了，还有灌溉井边上的风车。"

其实，斯达西清楚他们看到的是海市蜃楼，就是一种在沙漠中看到的幻象，是沙漠光线的作用，并不是真实的景象。只是它看起来那么逼真，那么清晰，仿佛触手可及。因为如果真的是梅迪乃特城，那么苏丹人肯定不会像现在这样镇静。这几天为了防止被追捕队一网打尽，伊德里斯总是让贝都因人打头阵，他们骑着骆驼走在前面离孩子们很远，黑密斯担任后卫，也离得远远的。

斯达西沮丧地低下了头，这时，伊德里斯走上前，用开玩笑的口气说道："梅迪乃特城就在前面，你没看到吗？还不快点儿催促骆驼跑过去？”斯达西没有理会他，准备和妮尔解释这一切。突然，他们看到一个贝都因人骑着骆驼跑了过来，边跑边挥动着一支阿拉伯枪，这支枪之前并没有在驼队中任何一个人的手里。伊德里斯迎了上去，他们相互说了几句话就带着驼队飞快地朝沙漠深处跑了过去。没多久，另一个贝都因人也跑了回来，但是多了一匹骆驼，骆驼上还挂着一个皮口袋。

斯达西离得有些远，听不清他们之间的谈话。一直到驼队进入了一座峡谷，在一处岩洞停下歇息，斯达西故意在伊德里斯旁边躺下，假装睡着。等安顿好骆驼之后，斯达西果然听到了他们之间的谈话。

“从明天开始，我们最好在夜里赶路，白天必须藏起来。”一个贝都因人说。

伊德里斯问道：“你确定那个人是哨兵吗？”

“真主啊，幸亏他只有一个人。他藏在岩石后面，我们没有看见他。但是听到了骆驼的动静，于是我们俩悄悄走过去，还差几步的时候，被他发现了。他举起枪对准了我俩，吓死人了，万一他开枪，就算我俩不被打死，也会惊动周围的哨兵。所以我们骗他说我们是在追捕绑架犯，他让我们以《古兰经》的名义发誓才相信了我们。”

“真主会赦免你们的，后来呢？”

“后来我们套他的话，知道了离河岸两天路程范围里的峡谷都有哨兵，运河里英国军舰每天也都在不停地巡逻。我们确定附近没有第二个哨兵之后，就杀了他。尸体扔进了深沟，还用石头和树枝盖住了。村里的人一定会认为他逃跑了，我们带回来他的枪和骆驼，他的皮口袋里有水，还有满满一大包黍米。”

伊德里斯说：“干得漂亮，你们带回来的东西对我们很有用。黑密斯那里还有白人男孩的枪，以及几百发子弹，虽然我们不会用他的枪，但是火药可以用。”说完便陷入沉思，因为他们杀了人，现在除了绑架还有谋杀，一旦被抓住，性命肯定就没了。

斯达西一字不落地听着，心跳变得很快，他欣喜地听到：追捕的士兵近在咫尺了，悬赏奖金也颁布了，还有英国的军队就在运河里。同时，他也为那个遇难的哨兵感到难过。斯达西决定把好消息告诉妮尔，于是，他装作醒过来，走到妮尔身边。

妮尔正靠在迪娜的身边，一边默默流泪一边嚼着晒干的椰枣。看到斯达西走过来，妮尔不想让斯达西看到自己流泪，就使劲咬着干枣，掩饰自己的抽泣。斯达西拍着妮尔的肩膀，说道：“别难过了，虽然我们今天看到的不是梅迪乃特城，但是我有一个好消息，爸爸带着追捕队已经赶过来了。”

妮尔摇着头说不出话来，她越是不承认自己难过，眼泪却不听话地越来越多，最后，她不得不把头埋进斯达西的胸前，为自己的羞愧抬不起头。斯达西安慰她说，“不要再哭了，我告诉你，今天他们抢到的那支枪和骆驼是属于一个哨兵的，这说明沙漠里现在到处都有找我们的巡逻兵了，说不定下次他们就会被哨兵抓住，我们就会得救了。”

说话间，忽然从远处传来了一种金属笛子发出的声音，斯达西停下来认真听着，那个声音凄美而又忧伤，虽然音调不高，但是仿佛有回声一样。斯达西突然想到，也许这是哨兵之间联络的声音。他偷偷观察阿拉伯人的动静，发现除了黑密斯面露惊恐之外，其余人都没有任何慌乱。伊德里斯站起来走到岩洞外看了一眼，说道：“这是沙子在唱歌。”

斯达西好奇地问：“这是怎么回事？”

“沙漠里经常会发生这样的现象，这说明近期都不会再有雨了，但是不用担心炎热，因为从明天开始，我们只在晚上赶路。”伊德里斯说完就走了。斯达西和妮尔继续专注地听着这奇异的声音，一直到太阳落山之后，沙子的歌声才停止。

第十一章　错失机会

夜幕降临后，驼队又出发了。白天，驼队会躲进峡谷中。这样过了好几天，直到越过了第一瀑布，贝都因人根据峡谷的地形判断，阿斯旺已经远远被他们甩在了后面，伊德里斯悬着的心终于落了下来。但是，储存的水不多了。当天晚上，伊德里斯找好藏身的地方，就派贝都因人牵着所有的骆驼去尼罗河喝水，那里距离尼罗河大约半天的路程。附近的绿色地带变得狭窄起来，有些地方的沙漠直接延伸到河岸边上，村庄之间的距离也很远，因此，当贝都因人返回的时候，不仅没有遇到任何人，而且还带回来足够几天的饮用水。

接下来是食物的问题，这几天给骆驼的食草都变少了，骆驼们消瘦得很明显，脖子变长，肚子下垂，走路时脚掌都是软绵绵的。给人吃的肉干和饼也只能维持两天的量了。可怜的沙巴已经很多天没有得到食物了，斯达西和妮尔偶尔偷偷把自己的食物分给沙巴一些，但根本不够沙巴的胃口，不过沙巴并没有挨饿，它时常跑开，等它再次回来的时候，嘴巴上都会沾满血迹，脖子上和身上带着一些伤痕，不知道和它搏斗的是什么动物，很明显，沙巴可以喂饱自己。有时候它的嘴唇也是湿乎乎的，好像刚喝过水，贝都因人猜测，沙巴会依靠自己的嗅觉，从沙丘下面的地下吸取水分。曾经有不少在沙漠中迷路的人，都是靠这种方法寻找水源，就算挖不出水，也会找到湿润的沙子来缓解干渴的痛苦。

沙巴的身材依旧健壮，虽然肚子因为饥一顿饱一顿变得下塌了，但是显得更高大了，它的眼睛也变得更尖锐和凶狠了。不过沙巴对斯达西和妮尔始终很亲切，任由孩子们和它玩耍，对黑密斯也偶尔摇晃一下尾巴，不过见到苏丹人就开始龇牙咧嘴，发出威胁的低吼。伊德里斯和葛布尔对它又恨又怕，可也无可奈何。

斯达西反复在思考，已经越过阿斯旺了！这让他开始怀疑，追捕的队伍还能不能追上他们。斯达西知道，第二瀑布后面是瓦迪哈勒法，埃及是以瓦迪哈勒法为界，过了阿斯旺，尤其是过了瓦迪哈勒法之后，政府的控制力就会减弱，追捕的命令执行起来也会更加困难，离马赫迪的起义军就越近，拥护马赫迪的信众也会越来越多。但是斯达西还抱着唯一的希望，那就是他的父亲和劳利逊先生可能会从法尤姆乘坐快船赶到瓦迪哈勒法，并在当地招募一支队伍拦截伊德里斯带领的逃亡者。斯达西认为，如果换作是自己，一定会那么去做的。

伊德里斯想给抢来的那支枪找些火药，他决定从斯达西的弹药袋里取十几颗子弹。斯达西告诉他从子弹中取火药是件很危险的事情，不会操作的人很容易把手炸伤，只有自己去取才能保证安全。伊德里斯本来就对英国制造的东西有些畏惧，听斯达西这么一说，就同意让他来才做。斯达西的目的并不是要帮助伊德里斯，而是想趁着取火药的机会，藏起来一些子弹。事情进行得很顺利，起初伊德里斯还一直盯着他的动作，但是没过多久就放松下来，开始聊天，斯达西趁着这个机会悄悄将 7 颗子弹装进了自己的兜里。现在只要想办法拿到自己的枪就好啦！

过了瓦迪哈勒法，很快就会到达第二瀑布，斯达西觉得越靠近目的地，苏丹人就会越放松警惕，那么说不定他就有机会拿到枪了。自从知道哨兵被贝都因人杀死之后，斯达西再也没有犹豫过，对待凶残的敌人，只有杀掉他们，才能保护妮尔的安全，所以，如果他们不投降，那么自己决不考虑留下他们的性命。

没过几天，驼队的粮草终于吃光了，伊德里斯派出贝都因人外出寻找食物。少了两个敌人，斯达西觉得自己的机会来了。他对伊德里斯说："过了瓦迪哈勒法，就是努比亚了，对吗？"伊德里斯点点头。斯达西接着说："我从书上知道，努比亚地区很混乱，那儿有强盗，他们既不属于马赫迪起义军，也不服从埃及政府的命令，还有很多凶猛的野兽。如果我们遇到野兽或者强盗，你打算怎么办？"

斯达西故意把野兽说得很夸张，至于努比亚的那些强盗，的确从马赫迪发动起义之后，在与苏丹接壤的边境地带活动得十分频繁。

伊德里斯从来没有考虑过这方面的危险，他愣了一下，想了想说道："我们有枪，也有刀，足够对付了。"

"一支枪起不到多大作用，我的那支枪可以连发。"

"我知道你的枪更好，但是我们并不会使用，你也别指望我会把枪交给你。"

"如果枪里没有子弹，也不肯给我吗？"

"没错，谁知道你会不会用巫术变出来。"

斯达西无奈地耸了耸肩，说："怎么？你怕了吗？"

"你为什么想要拿到枪？"

“因为我想教你如何使用。”

“为什么？”

看到伊德里斯惊讶的表情，斯达西接着说：“万一遇到野兽或者强盗，你可以用那支枪保护我们，反正你也不会让我拿着枪的，不是吗？只要枪里没有子弹，那就一点儿威胁也没有。”

伊德里斯想了半天，他一方面确实有些忌惮斯达西拿着枪，另一方面又十分想学习使用英国的武器，好在自己同伴面前更有威望，他考虑再三，决定让黑密斯把枪拿来，让斯达西教他如何使用。葛布尔正在远处照料着骆驼，对这一切毫不知情。

斯达西按捺住激动的心情，深吸一口气，接过黑密斯递过来的枪，开始演示如何拆装枪支，他双手有些微微颤抖，把枪托和枪管拆下来，拿给伊德里斯看，并说：“你瞧，枪里是空的，没有子弹。”

伊德里斯拿过枪管，举向空中看了看，然后点点头说：“是的，什么都没有。”

“现在你仔细看好了，我是如何把它们装起来的。”斯达西把枪管合上，再打开，示范给伊德里斯看，“看明白了吗？我再拆一次，然后你来把它们装起来。”伊德里斯集中注意力，连眼睛都没眨一下地看着斯达西的动作，接着就自己动起手来，伊德里斯学得很快，不一会儿就掌握了这项技巧。斯达西让他练习了几次，每一次都比前一次更流畅。

斯达西说：“你学得很快，现在给我两颗子弹壳，我来给你示范如何装子弹。”之前斯达西给他们取火药的时候，伊德里斯把空了的子弹壳都保留下来，因为那些弹壳都是用铜制作的，这种金属十分值钱。

在装子弹的时候，枪支会发出“咔嗒咔嗒”的声音，起初这个声音让伊德里斯很害怕，后来他才明白，没有火药的空弹壳没有任何威胁，而且斯达西不时地把枪交还给自己，这让伊德里斯渐渐放下心来。

斯达西看到时机成熟，说道："你现在已经学会拆装枪支和给子弹上膛了，接下来你要学习瞄准和射击，你去拿袋水放在距离100米的地方，然后回来我教你瞄准，这一项可不简单。"伊德里斯立即提了一袋水，走到斯达西说的地方放下来，趁着他背对着自己的时候，斯达西迅速从兜里摸出来一颗实弹，将枪里面的空弹壳换了出来。

这个时候，斯达西的心脏仿佛都快从胸腔里跳出来了，期盼已久的时刻终于来了，枪和弹药都在手里，只要扣下扳机，自己和妮尔就能重获自由了。但是具有波兰和法国血统的斯达西忽然想到，他不能在人背对着自己的时候开枪，至少要等伊德里斯转过身来才可以。他心里计划着，干掉绑匪的头领后，那个凶恶的葛布尔肯定会马上跑过来，自己有足够的时间装第二颗子弹，不等葛布尔跑到身边就能放倒他，然后是黑密斯，如果他没有吓得跑掉，自己也会很快装上新的子弹。最后等那两个贝都因人回来，也会变成两具尸体，这是他们罪有应得的结果。然后自己就可以赶着骆驼，带着妮尔往尼罗河的方向去。

斯达西的脑海里飞快地闪过所有的情景，几分钟之内发生的事情又可怕又无法避免，他心里同时涌动着即将胜利的喜悦，也充满了对夺取生命的厌恶。有一瞬间，斯达西有些动摇，可是他同时想起自己的父亲和劳利逊先生嘱托自己照顾妮尔，他想起妮尔和自己遭受的苦难，想起来那些抽在妮尔和自己身上的鞭子，顿时他又满腔怒火，坚定了自己的信心，他咬着牙，慢慢地举起了手里的枪，正当他即将扣动扳机的时候，突然远处传来了喊声，出现了一支十几个人的队伍，他们骑着马和骆驼朝这里跑来。

伊德里斯一看见这支队伍就愣在原地。斯达西起初是惊讶，接着就兴奋地跳了起来，他觉得这是营救他和妮尔的追捕队到了，估计是贝都因人在村子里采购食物的时候被巡逻的哨兵发现，然后他们就追踪到了这里。伊德里斯和斯达西想的完全一样。此刻，他一脸煞白地跑到斯达西的面前，扑倒在地，开始哀求："求求你了，尊敬的少爷，这一路我对你和小姐都很仁慈，也很照顾，请你一定不要忘了这些啊！"

斯达西看都没看伊德里斯一眼，他飞快地把子弹从枪膛里退了出来，接着目不转睛地注视着那支渐渐跑近的队伍，那些骑兵一边高声喊着，一边挥舞着手里的阿拉伯长枪。晴朗的天空下，一切都看得十分清晰，走在队伍最前面的是那两个贝都因人，他们俩使劲地挥舞着手臂和斗篷。直到他们靠近了驼队，依旧不停地在叫嚷着，声音太嘈杂，只有两个词可以听清："喀土穆！""戈登！"

其中之一的贝都因人走到伊德里斯面前，大声地说："我们伟大的领袖马赫迪攻下了喀土穆，守卫那里的英国人戈登被打死咯。"伊德里斯满脸震惊，他说："那这些人是做什么的？"

"他们是村子里的巡逻兵，原本是来抓我们的，但是现在不同了，他们要和我们一起去投靠马赫迪！"贝都因人激动地回答。

斯达西听到这里，顿时觉得整个世界都变得漆黑一片。

第十二章　厄运不断

斯达西现在清楚地意识到自己和妮尔再也没有逃跑的机会了，就算他和妮尔能挨过旅途中的种种磨难，抵达喀土穆，被交给了斯马因，然后被斯马因用来交换法特玛和她的孩子。可这一切什么时候才能结束呢？他们还要等待多久来进行交换？在交换人质前，那些苏丹人会如何对待他们呢？妮尔能不能经得起这些艰难而等到最终被解救的那一天呢？这些问题令斯达西都没有答案。

斯达西还知道，马赫迪和他的起义军是仇恨欧洲人和基督教徒的，他从父亲那里听说过，马赫迪曾下令处死忠于政府的人。斯达西的心里产生了新的忧虑，自己和妮尔面对的命运会如何？斯马因的权力和地位能不能保证妮尔和自己不受马赫迪的追随者的欺压和迫害呢？自从被绑架以来，这是斯达西第一次真正感到绝望的时刻。

从法尤姆到喀土穆，两地之间距离几千公里，绑架他们的人的行为看起来十分疯狂，因为他们不仅是在埃及政府的地盘上活动，而且还要穿越英国人的势力范围，理论上来说，他们第二天就会落入法网，可是现在都快到第二瀑布了，还没有一支追捕队追上来，更意外的是，最后好不容易碰到了一支追捕队，结果反而投靠了马赫迪，帮助伊德里斯和葛布尔。斯达西的绝望，加深了他对自己的失望，现在即使把枪和子弹都交到他的手上他也无能为力，因为他一个人无法把那么多阿拉伯人通通击毙。

一想到差点儿就能重获自由，斯达西就感到万分沮丧。如果马赫迪没有攻打下喀土穆，或者晚些日子被占领，那么现在这些投靠马赫迪的追捕队就会抓住绑架自己的坏人。斯达西一直跟在伊德里斯的身后，听到他和追捕队队长的交谈，才知道自己的猜测是正确的。队长告诉伊德里斯，最初英国人的军队大批南下，驻扎在瓦迪哈勒法，而且一条通往阿布哈迈德的铁路也在紧张的修建中，在相当长的一段时间里，尼罗河两岸的政府军队都认为马赫迪会失败，其中有忠于埃及政府的，因为英国被称为日不落帝国，军队是不可战胜的。后来的几次战役也证明了这一点，马赫迪派出的3万军队被英军击溃，几乎全军覆没。所有人都认为英国军队会继续南下，解救喀土穆。然而就在大家都坚信英国必胜的情况下，意外发生了，谁也没想到，喀土穆忽然被马赫迪攻占了，守城的英国人戈登将军在激战中被杀死了。英军随后往北撤军，这样一来，尼罗河两岸的村庄以及追捕队中，在心底深处想投靠马赫迪的人都纷纷恢复了信心，尽管瓦迪哈勒法、第三瀑布，甚至第四瀑布都属于埃及政府管辖，但是那些人都觉得马赫迪不仅能攻打下来努比亚和埃及，还能占领梅迪乃特城，说不定将来统治整个世界也是有可能的。

伊德里斯问道：“你们真的收到了要抓捕我们的命令吗？”

追捕队队长回答说：“是的。凡是能通电报的地方，无论是村庄、哨卡，还是军营，都收到了从开罗发来的命令。不通电报的地方，也有警察亲自去统治，而且还有一笔数额巨大的悬赏，抓住你们的人，将会得到 1000 英镑的奖励呢！”

伊德里斯倒吸一口气，带着怀疑的口气问道："你们愿意放弃这么一大笔钱？”

“那当然，马赫迪在喀土穆打了一个大胜仗，缴获了数不清的财宝，他忠实的追随者每人都有一份。”

“在瓦迪哈勒法以及更远的地方，说不定还会碰上埃及政府的部队。”

“可能性不大，英国人一走，政府那些人都乱作一团了，不管是对政府忠诚的军官还是士兵都一样。他们认为马赫迪很快就要打过来了，我们这些想要追随他的人，都开始纷纷投奔他去了。人都跑了，哪儿还会有人来追捕你们呢？现在就算有人下命令，也没有人去执行了。”

伊德里斯点点头表示同意，他说："那我们赶紧走吧，希望路上一切顺利，从这里到喀土穆还有很远的距离呢！”说完，这些人都开始催促坐下的骆驼，继续飞奔，新加入的阿拉伯人虽然不担心追捕，但是追随马赫迪的信念，让他们也巴不得早一点儿到达目的地。

听到了他们全部对话的斯达西，觉得刚刚破灭的希望又燃起了一丝可能。万一碰上埃及政府的军队，或者撤退的英国军队，或许还有获救的希望。可是这个社会经验尚浅的年轻人没有想到，和一座城池的沦陷相比，两个白人小孩的生死相对并不那么紧迫，无论是英国军队还是埃及政府，此刻都在忙着更重要的事情。

越往南走，驼队的规模就越大。为了躲避政府军，驼队绕开城镇和规模较大的村庄，出于安全考虑，每次他们会先派出几个探子，假装去村子里购买粮食，实际上是去打探周围的情况，比如附近是否有埃及政府军，当地居民是怎样看待马赫迪的。沿途的小村庄里时常能碰见暗中支持马赫迪的人，因此不仅粮食补给比较充裕，而且越来越多的阿拉伯人加入了前往喀土穆的驼队，一路上他们都兴致勃勃，笑语连篇。

从塞里马绿洲开始，就几乎没有任何有关政府军的消息了，而且粮食和水都十分充足，驼队的人数几乎翻了一倍。过了第三瀑布之后，队伍就不再忙着赶路了。白天依旧万里无云，阳光灿烂，越往南走天气越炎热，即使躲在峡谷岩石的阴影下，空气中的热浪也让人难以忍受。幸好到了晚上，气温就会下降，空气变得凉爽宜人。

斯达西抬着头望着满天星星的夜空，发现沙漠中的星座和他在塞得港看到的有些不一样，曾经他觉得自己一生中可以见到一次大熊星座就满足了，可是现在，他终于看到了大熊星座，却感到它发出的亮光好像意味着不幸的遭遇。这些日子，晚上照耀大地的黄道光是白色的，仿佛带着忧郁的味道，从太阳西下直到夜半时分，整个天空都是银白色的。

第十三章　希望破灭

算起来从离开瓦迪哈勒法大约半个月之后，驼队进入了马赫迪控制的地区。这里的景色和沙漠大不一样，再也看不见单调枯燥的沙子和岩石峡谷了，四周有些地方布满了青草，有些地方生长了茂盛的树丛，其中有一片洋槐林，可以流出苏丹橡胶。斯达西还看到一棵十分巨大的树，它茂密的树冠下可以容纳一百多人在树下纳凉。驼队有时候还会经过像树干一样高大的蚂蚁的巢穴，在回归线附近的非洲，这样的景象十分普遍。和沙漠相比，这里的景色简直是美极了。

在绿草茂盛的地方常常会有大群放牧的骆驼，由马赫迪的士兵在看守。他们一看见驼队经过，就会十分警惕地跑过来，把驼队包围起来盘查。他们拿着长矛对准驼队，大声喊着，态度并不友好，问驼队要做什么，为什么来这里。因为马赫迪是禁止商人来苏丹的，所以起义军认为驼队是商队，伊德里斯这个时候都要万分小心地解释，他们是押送两个白人小孩去拜见马赫迪的，这样才能避免遭到起义军的暴力对待。

之前斯达西认为，生活在埃及南部的人和北部的人只有唯一的区别，那就是南部的人不服从政府的管理，更信奉马赫迪，等到了这边他才发现自己的看法并不正确。现在经常遇到盘查驼队的起义军，他们的肤色更深更暗，不仅比伊德里斯和葛布尔更黑，而且连贝都因人和他们相比都没那么黑，他们身上的黑人血统比阿拉伯人的更多，大部分人的脸上和身上都有文身，不是图案就是《古兰经》里的文字。穿着上有些人几乎一丝不挂，有些人腰间系着一块布，他们的脸上也很特别，鼻子和耳朵上都挂着珊瑚或者象牙制作的装饰品，甚至嘴唇上也有。领头的人脑袋上会戴着一顶像土耳其宽斗篷一样的白色圆帽，普通的士兵不戴帽子，和住在埃及的阿拉伯人不同，他们不会剃光头，而是将满头的长头发编成了数根辫子，还会染成红色，头发上还会涂抹石灰，这是为了防止蚊虫叮咬。起义军手持的武器比较杂，有长矛，也有雷明顿步枪，这是他们在和英国军队交战中缴获的战利品。

伊德里斯本来以为进入马赫迪的地盘后，自己和驼队会更安全，可现实是，他们时常遭遇各种威胁，胸口不是被长矛对准，就是被步枪顶着，伊德里斯每次都要详细地解释一遍。可怕的现状让斯达西对自己和妮尔的未来忧心忡忡，常年生活在文明社会的伊德里斯也时常面露担心，他原本以为马赫迪的士兵听到自己前来的目的，会热情地接待他，张开双手欢迎他，会带着他像打了胜仗的军官一样去拜见马赫迪，而且马赫迪也会为他的行为给予他大量的赏赐，从未想到这里居然是这样，现实让他感觉好像一盆冷水浇在了头上。值得庆幸的是有天傍晚他们被埃米尔努尔·艾·塔德西尔的部队给包围了。

埃米尔努尔·艾·塔德西尔在加入起义军之前，是埃及政府军里的一名高级军官，因为他相对其他起义军首领而言比较有教养，伊德里斯和他沟通起来也比较顺畅。尽管如此，伊德里斯依旧要面对士兵的长矛，埃米尔努尔·艾·塔德西尔面无表情地听完伊德里斯的叙述，并没有表现出热情，也没有表达会将他引荐给马赫迪。

伊德里斯小心翼翼地问道："您是否认识斯马因呢？"

"不认识。仅仅是恩图曼和喀土穆就有十几万的战士，军官的数量更多，不是所有的官员都彼此认识。马赫迪的领土很大，像科尔多凡、达尔富尔和法索达那些距离遥远的城市还是由酋长管辖的，也许你说的这个斯马因现在不在马赫迪的身旁。"埃米尔努尔·艾·塔德西尔冷淡地回复。

伊德里斯觉得埃米尔努尔说到"斯马因"的时候，语气有些轻蔑，于是连忙解释，"这个斯马因不是一般人，他是马赫迪姐姐法特玛的丈夫，他和法特玛的孩子就是马赫迪的外甥，他们之间是亲戚关系啊！"

埃米尔努尔·艾·塔德西尔撇了一下嘴角，说："马赫迪的亲戚很多，他不见得会记得所有人。"

气氛有些尴尬，接下来两个人都不知道说些什么了，伊德里斯无奈地问："那我们什么时候才能抵达喀土穆呢？"

"那倒不远，大概午夜的时候就能到那里了。"埃米尔努尔边说边抬头看了看天上的星星，这时星星们才刚刚从东边出现在天空上。

"天哪，那么晚！请问大人，我们在哪里能得到些吃的和喂骆驼的饲料呢？我们今天从中午开始到现在都没有吃过一点儿东西呢！"

"今天你可以住在我这儿，我会让你们吃饱的，不过等明天到了恩图曼，你们就要靠自己了。我要事先声明，在恩图曼食物是很稀缺的资源。”

“怎么会这样？”

“还不是因为战争嘛，农民们都被拉去打仗，没有人种地了，人们都靠肉食生活，一旦牲畜变少就会闹饥荒，那个时候一袋玉米的价格会比一个奴隶还贵呢！”

“天哪，我的真主，可是我们来的时候在草原上看到很多骆驼和牲口。”伊德里斯有些不解地问。

“那些都是属于马赫迪和他的族人的，也是属于高级僧侣的，只有坦嘎尔族人和巴加拉族人他们拥有很多牲畜，马赫迪是坦嘎尔族的首领，巴加拉家族的首领是阿卜杜拉赫将军，除此之外，其他部落的人都生活得很辛苦。”埃米尔努尔说到这里，拍了拍自己圆滚滚的大肚子，继续说道，“自从我为马赫迪效劳之后，我的职务高，权力也不小，薪水虽然也不错，但是在为埃及政府服役时，我的肚子更大。”

说完，埃米尔努尔觉得自己的话有些不太妥当，于是又补充了一句：“当真正的信仰取得胜利的时候，没有什么问题是不能解决的。”

伊德里斯听到这里觉得很失望，他禁不住想起自己在法尤姆给英国人工作的时候，挣钱比较容易，而且从来都不会有吃不饱的可能。他接着问道：“明天你能带我们去喀土穆吗？”

“可以，不过那里现在正在拆迁，马赫迪不想住在已经被异教徒玷污的城市中，很多大房子都被推倒了，砖头和泥沙都运到恩图曼了，现在住在喀土穆的人已经很少了。”

伊德里斯抱着一丝希望说道：“希望明天能见到伟大的马赫迪，到时候我会向他磕头膜拜，他一定会奖励我食物和财富的。”

“呵呵，如果你真的是坦嘎尔族人，说不定守卫会让你拜见马赫迪，不过每天想拜见马赫迪的人成千上万，马赫迪每个人都接见的话，那他哪儿有时间休息呢？马赫迪的住宅每天都有上百名的卫兵守卫，他们都拿着皮鞭站在门口，任何人没有得到允许就想进去的话，一定会遭到鞭打的。我曾经见过一个坦嘎尔族的信徒试图闯进去，结果整个背上都被鞭子抽得皮开肉绽。”

伊德里斯感到越来越失望，他说：“难道连信徒都不能见到马赫迪了吗？”

“马赫迪每天会到礼拜广场和信徒们见面，他会跪在一块皮制的垫子上带领信徒们向真主祷告，并教导信徒们如何坚定信仰。但是如果想要靠近他，和他亲自对话，那恐怕不是一件容易的事情。谁要是能得到这种机会，会被其他人羡慕的，这意味着真主对他的恩赐，他过去犯下的错误都会得到宽恕。”

夜已经很深了，气温从白天的炙热忽然变得冰冷起来，连骆驼的身上都开始冒冷气，说话时候呼出来的气也变成了白色，斯达西问妮尔：“你感觉还好吗？是不是有点儿冷？”

妮尔一边流着泪一边回答：“还好，不冷。可是再也不会有人来救我们了。”

斯达西不知道怎么来安慰妮尔，因为他自己也认为没有人会来救他们俩了，他们来到了一个到处充满了贫穷、饥饿、野蛮和战争的地方，好像暴风雨中的两片树叶，既渺小又脆弱，这种暴风雨不仅可以摧毁一个人，甚至可以摧毁整个村落里的所有人。谁有那么大的能力来阻止这一切呢？谁能救救这两个可怜绝望的孩子呢？

月亮高高地悬在空中，照在洋槐树和含羞草的叶片上，把它们变成了银白色的。从茂密的树林里偶尔传来几声可怕的野狼嚎叫，夜晚是它们举行宴会的时间，那些野兽在树林中能找到不少尸体。

行进中的队伍时常碰到夜间巡逻队，他们相互交换口令才能通过。经过了一条长长的峡谷，翻越了一座小山丘之后，终于来到一处港口。在尼罗河的岸边，所有人和骆驼都上了渡船，在星光闪烁的河面上继续向南行驶。大约半个小时之后，远处出现星星点点的亮光。埃米尔努尔·艾·塔德西尔一只手拍着伊德里斯的肩膀，另一只手指着远处，说道：“那片亮着光的地方就是喀土穆！”

第十四章　来到地狱

下了渡船，所有人进了城，来到一座大房子前，这幢房子原来的主人是一个意大利商人，在起义军攻城的时候被杀害了，战后这幢房子作为奖励分给了埃米尔努尔·艾·塔德西尔。塔德西尔的妻子们对妮尔十分照顾，尽管城内粮食缺乏，但是她还是给妮尔准备了一些干枣以及一盘浇了蜂蜜的米饭，筋疲力尽的妮尔吃完后就被带到二楼去休息了。斯达西被安排在庭院里和牲畜们待在一起，给他的晚餐只有一块面包干，好在院子里的喷泉没有被毁坏，里面蓄了很多水，疲惫的斯达西并不在乎，但是因为和妮尔分开，担心对她的照顾不周，再加上不断有蝎子爬到他的身上，斯达西一直辗转反侧睡不着觉，连沙巴都受到他的影响，一直在院子里转来转去，还发出深沉的呜呜声，引起了其他人的不满。斯达西还担心沙巴会因此遭到那些士兵的伤害，于是警告沙巴让它安静一些。不过，由于塔德西尔对沙巴这么庞大的身躯感到惊奇，再加上沙巴也不骚扰院子里的牲畜，所以没有人想去伤害它。

还有一个人也睡不着，那就是伊德里斯。从昨天开始他就觉得身体有些不舒服，再加上和塔德西尔的交谈，让他的幻想破灭，曾经他以为自己帮助法特玛绑架了两个白人小孩，并将他们带给斯马因，就会得到赏赐，也许会奖励他很多金币，也许会封他埃米尔的称号，他就能像个首领一样参加反对土耳其人的战役，去带领士兵攻占城池，俘获大量的奴隶和财富。可是现在他想到自己忠于先知，愿意追随马赫迪，也许自己费尽千辛万苦并不能换来任何奖赏，好像一滴雨水落进了大海里，伊德里斯的美梦就像一个五彩的肥皂泡，忽然消失在空气中一样。未来等待他的是什么呢？说不定连斯马因对他带来这两个孩子都不感兴趣，那自己该怎么办呢？明天一切都会有答案了，要么肯定自己的担心，要么打消自己的忧虑，所以，这一晚伊德里斯就是在惴惴不安中度过的。

早晨 6 点的时候太阳就出来了，士兵们开始准备出发，塔德西尔率领 30 个士兵，带着伊德里斯等人前往恩图曼。斯达西看到迪娜带着妮尔从楼上下来，感到十分高兴。他们一路步行，穿过街道来到渡口。只有塔德西尔骑着马走在队伍最前面。斯达西拉着妮尔跟在他的身后，再往后是伊德里斯、葛布尔、黑密斯、迪娜和沙巴，塔德西尔的士兵走在队伍的最后面，其他人暂时都留在喀土穆。

斯达西边走边四下观望，觉得有些难以理解，按理说喀土穆三面都有护城河，城墙又十分坚固，只有从南面的道路才能进城，怎么就这么被攻破了呢？后来，一个偶然的机会，他从一个奴隶口中得知，原来因为河水干枯，很多地方都露出了河床，失去了护城河的保护，喀土穆才变得十分脆弱，再加上当时城内闹饥荒，守城的士兵们因为饥饿体力不支，从而失去了坚守城池的毅力，无法抵抗马赫迪起义军。

虽然战役已经过去一个多月了，但是攻城的痕迹却依然随处可见，到处都是残垣断壁，被烧坏的建筑，沟壑中到处都是尸体，有被屠杀的居民，有战死的守城官兵，也有被击毙的反抗军，不管什么种族的尸体如今都变成暗灰色的了，没人去埋葬这些已经死去的人。

在到达渡口之前，斯达西看到的尸体至少有几百具，幸好炎热干燥的空气把这些尸体都晒成了干尸，所以城里的空气暂时没有被污染。那些干尸都是暗灰色的，仿佛羊皮纸似的，无论是欧洲人、埃及人，还是苏丹人，颜色都一样，让人更难辨认他们本来的面貌。尸体中间爬满了小蜥蜴，一旦有人靠近，那些小蜥蜴就飞快地躲了起来。

斯达西一路紧紧握着妮尔的手，用自己的身躯挡住妮尔的视线，不想让她看到这种可怕的场景，可是就算看着其他地方，街上的情景依然让妮尔感到害怕。街上的人看到有两个白人小孩，还有一条巨大的狗，便围了过来。他们越聚越多，跟着斯达西和妮尔等人一直往渡口的方向走。围观的人们发出威胁的叫喊，那些脸上身上有文身的人一直瞪着眼睛看着斯达西和妮尔，有些人在高声咒骂，有些人挥舞着短刀威胁他们，还有些人嘲弄地对着他们大笑，或者高兴地拍着自己的屁股。妮尔被四周怪异的人群吓得有些头晕，她紧紧抱住斯达西。斯达西也紧紧搂着妮尔，尽自己所能保护她。

幸好紧要关头，塔德西尔出手了，他派自己的卫兵将围观的人群驱散，将两个孩子护送上船。斯达西松了口气，赶紧安慰妮尔，那些野蛮的土著人不会到船上来伤害她的。他还向妮尔保证，斯马因一定会保证他们俩的安全，因为只有靠他俩才能换回斯马因自己的孩子。斯达西的话没有让妮尔从恐惧中恢复，妮尔不停地喃喃说道：

“太可怕了，我好害怕，我想爸爸！”斯达西只有把她抱得更紧一些，他现在开始盼望能见到斯马因了，因为在这个可怕的地方，只有斯马因认识他俩，而且在塞得港的时候，斯马因对他俩还算亲切善良，虽然说可能是装出来的。

目前的问题是，斯马因在哪里呢？伊德里斯又去找塔德西尔询问了一些事，塔德西尔终于想起来自己曾经听到过斯马因的名字，大约一年前，塔德西尔被阿卜杜拉赫哈里发派遣到喀土穆附近的科尔多凡，在那里他听说一个叫斯马因的埃米尔在教反抗军使用大炮，后来他又成为专门贩卖奴隶的商人。塔德西尔建议伊德里斯去礼拜广场，因为每天午后不仅马赫迪会去那里和信徒见面，而且还有陪同他的哈里发和埃米尔这类有封号的将军和贵族，也许伊德里斯可以在那群人中间找到斯马因。伊德里斯忙不迭地点头表示感谢。

伊德里斯接着问道：“到了恩图曼之后，在午后祷告之前，我们该做些什么呢？”

“你可以和我的士兵们待着。”

“您不和我们待在一起吗？”

塔德西尔白了伊德里斯一眼，说道：“我是有任务的，要去拜见阿卜杜拉赫哈里发并接受新的命令。”

“啊，我听说他是最高等级的哈里发，原谅我来自遥远的地方，对起义军的这些高级官员的名字都不太了解，能不能请您给我详细介绍一下呢？”

“马赫迪有三位哈里发，阿卜杜拉赫是最大的哈里发，也是我的首领，他是马赫迪手里最锋利的一把剑。”

“真主会保佑他这个胜利之子的。”

他们乘坐的小船在河面上静悄悄地行驶着，只有木桨滑动时发出的“咯吱咯吱”的声音，偶尔也能听到鳄鱼尾巴在水面上发出的啪啪声。这种可怕的两栖动物最近在喀土穆附近聚集得越来越多了，因为这里有大量的“食物”吸引着它们。河里有许多尸体，除了那些攻城时被杀死的人之外，还有不少死于疾病的起义军以及奴隶。虽然哈里发下令禁止河水被弄脏，但是命令里并没有提到如何处理尸体，所以，人们并不清理河里的尸体，那些没有被鳄鱼吃掉的尸体会顺着河流的方向流到第六瀑布，甚至更远的地方，有些竟然还漂到了柏柏尔。

呆坐了许久的伊德里斯想到了新的问题，于是他对塔德西尔说道：“我们早上没有吃东西，还要等到午后才能见到马赫迪，我们要去哪里才有吃的呢？”

塔德西尔回答：“不是奴隶的人都会去市场上购买食物，你在那里可以买到豆子和腊肉，不过价格可不便宜，我告诉过你，恩图曼现在粮食十分紧缺。”

伊德里斯表示如果自己离开孩子们去市场上采购，孩子们会有生命危险。塔德西尔承诺道：“我的士兵们会守在那两个孩子的身边，你如果不放心的话，可以把钱交给某个士兵，让他替你去买食物。”

伊德里斯肯定不愿意把钱交给其他人，因为他对这个建议有些不满，还没等伊德里斯再说些什么，船就抵达恩图曼。塔德西尔留下了几名士兵之后，就去拜见哈里发了。

孩子们发现恩图曼和喀土穆完全不一样。恩图曼原本只是个小村庄，现在由于反抗军的涌入，迅速发展成为一个容纳了 20 多万人的地方。但是它又没什么基础建筑，不同于喀土穆规划完善的城市布局，喀土穆有二层楼的建筑，比如总督府、教堂、医院、公园以及居民区，而恩图曼这里大部分是茅草屋顶的圆锥形小房子，每座房子之间由带刺的篱笆分割开，有些地方支着临时搭建的帐篷，还有些地方只是用几块毡毯和几根树枝搭起来的小棚子，几乎没有街道。人们在空地生火煮饭，看起来十分拥挤。马赫迪和他的高级将领们明白，恩图曼聚集的人太多，很容易遭受疾病和饥饿的威胁，所以他们不断派出军队去北方掠夺城池和财富。

在恩图曼居住的这些人看到斯达西和妮尔，也表现出不友好的态度。恩图曼有很多俘虏，孩子们看到不少欧洲人和埃及人都是衣衫褴褛，满身伤痕，被罚做苦工，还有很多妇女和儿童在乞讨，他们都是面黄肌瘦，眼神中充满了惊恐和绝望。妮尔常常不得不转头，以免看到苏丹人对奴隶和俘虏的谩骂或殴打。除了饥荒之外，疾病也肆意横行，患病的人躺在简陋的屋子外面，没有任何遮挡，空气中飘浮着伤寒、赤痢和天花的病菌，得不到医治的人很快就会死去，俘虏们把尸体抬到城外的沙地里埋起来，但往往都会被兀鹰和鬣狗吃掉。成群的兀鹰在天空上盘旋，它们的翅膀被阳光投射在地上，看起来好像死神的双手，看到这一切的斯达西忍不住觉得死亡还是仁慈的。

不过在这座人间地狱中，也有一小片净土，仿佛恶臭的沼泽中盛开的洁白的鲜花。在恩图曼的城堡还有一些希腊人和克普特人，这些人既不是奴隶和俘虏，也不属于起义军，马赫迪需要他们进行商业贸易和其他事情。有些人还改变了自己的信仰，成为马赫迪的信徒，甚至在马赫迪的政府中担任职位，享有比苏丹人更多的权利。有这样一个希腊人让伊德里斯一行人停下来，询问他们来恩图曼的目的。斯达西告诉他，自己和妮尔是从法尤姆被绑架来的，希腊人感到十分惊讶，他说：“天哪，那么遥远的地方，你们一路上肯定吃了不少苦头。”他表示愿意带他们去见马赫迪，想要知道马赫迪会如何安排这两个孩子未来的命运。希腊人尤其对妮尔表示了关爱，他给了孩子们一大把无花果和几枚银币，还警告士兵们要善待孩子们。临走时，他反复用英语念叨着：“可怜的小鸟。”

第十五章　礼拜广场

走过几条曲折又窄小的街道后，他们终于来到市场。路上看到很多肢体残缺的人，少了一条胳膊或者半条腿，这些人是私吞战利品的罪犯或是小偷。马赫迪手下的哈里发和埃米尔负责管理城市的各项规定，他们签发有关处罚的决定，用来惩罚那些违反法律或者违抗马赫迪的人，即使有些只是抽烟这样轻微的违规，也会被鞭打至浑身伤痕，疼得失去了意识。那些有权势的人只是表面行事，他们自己可以想干什么就干什么，这些惩罚只是针对穷人，穷人犯一次错误就会被抄家，身无分文的人只能去乞讨，可是在缺少食物的恩图曼，最后的结局都是落魄饿死。

在市场中央，孩子们注意到那里竖着一根很长的竹竿，上面挂着一个人头，不知道挂了多久，脸已经干枯，变成了黑色，但是头发和胡子依旧是白色的。一个士兵告诉伊德里斯，那个头颅就是戈登将军。斯达西听到了，感到十分难过。戈登将军是个英雄一样的人物，他作战勇敢，因英国军队没有支援他而死，戈登将军的遗体被留在异国他乡遭受羞辱，不能以基督徒的葬礼进行安葬，这简直是最大的悲哀。那么厉害的人下场都如此凄惨，斯达西顿时失去了对英国政府的信任，曾经他一直认为，英国政府不会让自己的人民受到一丁点儿的伤害，否则它会向全世界宣战。在斯达西的心底曾经深深地认为：英国人会为了解救劳利逊先生的女儿，在追捕失败后，也不会放弃希望，他们会派出一支能力超强的特工前往沙漠寻找。现实让斯达西意识到，喀土穆和沙漠大部分地区都被马赫迪起义军控制住了，埃及政府和英国都把重点放在了如何避免埃及遭受进一步的破坏，他们并没有想着解救那些失去了自由的欧洲俘虏。

斯达西现在被绝望笼罩着，他觉得自己和妮尔已经站在了悬崖边上，再加上他在喀土穆看到的各种悲惨的情景，斯达西的意志力已经被击溃，他望着市场，看着伊德里斯在小贩摊上购买食物，大脑里一片空白。

市场上的商贩大多是苏丹妇女和黑人土著妇女，出售的商品各种各样，有在白布上绣了彩色花朵的头巾，有雕刻装饰的葫芦，有各种图案的坐垫，有彩色玻璃球，不过数量最少，聚集着人最多的还是出售食品的摊位，售卖食物的摊前总会围着一群乞丐。有钱的人可以买得起用水牛、羚羊或者鹿制成的干肉条，几乎只有一两家出售蜂蜜水和一种被称作“热罗子”的果汁。

伊德里斯有些沮丧，因为食品的价格太高了，他身上的钱只够买到不多的食物，没准几天之后也要沦落到乞讨的境地了，除非见到斯马因，他的全部希望都在斯马因身上了。令人出乎意料的是，斯达西现在也把希望寄托在见到斯马因上了。

过了大约 1 小时，塔德西尔从阿卜杜拉赫哈里发那里返回了。伊德里斯以为他会带着什么好消息回来，连忙上前打听，希望能得到有关斯马因的消息，结果被塔德西尔没好气地训斥了一通，他严厉地说："你这个白痴，我是专门给你找斯马因的吗？你觉得身居要职的哈里发大人和我都是闲着的人吗？"

伊德里斯讪讪地说："那我能做些什么呢？"

"你想怎么做都随便，我已经帮过你了，让你住了一晚，还给了你吃的，也告诉了几个解决问题的办法，现在你的事和我没半点儿关系了。"

伊德里斯着急地问道："那我今晚能住在什么地方呢？"

"这不关我的事，你自己想办法吧！"说完，塔德西尔就带着自己的士兵准备离开，伊德里斯只好请塔德西尔转告留在喀土穆的驼队其他成员，让他们来市场会合。等到中午的时候，所有人才全部到齐了，两个贝都因人同伊德里斯争吵了起来，起因是觉得他们受到了欺骗，说好的会有丰厚的报酬，结果现在一无所获，而且连住的地方都是个问题。争吵也解决不了问题，最后他们达成一致，先用竹竿和木头在城边搭一个可以遮风挡雨的小棚子，暂时当作住宿的地方，然后尽快找到斯马因，以后的事情只能听天由命了。

苏丹人和贝都因人的动手能力都很强，他们很快就搭好了小棚子。到了祷告时间，除了黑密斯留在原地准备晚上吃的东西，其他人都赶去参加祷告，他们很容易就来到礼拜广场。因为恩图曼的居民都朝着那里走去，伊德里斯带着两个孩子，跟着人流来到广场。礼拜广场是一块比较大的空地，周围部分地方用泥巴砌的墙圈了起来，没有墙的地方用带刺的铁丝网代替，广场中间有一座用木板搭建起来的高台。高台前面的地上铺着几张羊皮，是为哈里发和高级将军们准备的。马赫迪准时出现在广场上，在庄严的号角声中，他由卫兵簇拥着登上了高台，旁边竖着象征着埃米尔的旗帜，五颜六色像鲜花似的。广场四周站满了整齐威严的起义军,他们都拿着长矛,不难看出这里的守卫有多么森严。

伊德里斯等人被认为是塔德西尔的随从，被安排到群众队伍的第一排，这让伊德里斯感到十分幸运。信徒们一见到马赫迪，顿时陷入疯狂的激动中，有的人立刻双膝跪地，有的人伸着双臂高呼:“真主派来的使者！无比强大的救世主！慈悲为怀、普度众生的伟大救世主！”可怕的嘈杂声在马赫迪举起双手后，立即平静下来。马赫迪把手指放在耳朵旁边，开始带领信徒们进行祷告。

斯达西和妮尔站得比较靠前,可以清楚地看到高台上的马赫迪。这位被信徒们疯狂崇拜的人是个肥胖的中年人，皮肤黝黑。斯达西的视力极好，他甚至看到马赫迪的脸上刺着图案，一只耳朵上戴着象牙做的耳环。马赫迪身穿白色的长袍，头戴白色的无檐帽，登上高台前他脱下了红皮软鞋。他的穿着比较简单，一阵风吹过，会把他身上的檀香味吹到信徒那边，信徒们伸出鼻子贪婪地在空气中使劲嗅着。斯达西曾经以为马赫迪是一个面貌可憎的刽子手，没想到看到的是一张和蔼可亲的面孔，眼里还饱含着泪水，脸上挂着亲切的笑容，这让斯达西感到有些意外。

马赫迪带领信徒开始进行祷告了，他的声音低沉而又清晰，信徒们瞬间安静下来，专心聆听他的教诲。马赫迪讲到了惩罚：凡是不服从马赫迪的命令、私吞战利品或者抽烟喝酒的人，还有那些在战斗中对敌人仁慈的人，都会受到惩罚。触犯这些罪过的人，都会遭到饥荒或者染上重病，他们的脸会像得了天花一样变成蜂窝，他们的生活会像一只破了的羊皮水袋，他们的财富会消失在沙漠里，他们的快乐会被永远地埋葬。只有对真主完全地忠诚和服从，才会像得到奶牛甘甜的乳汁一样，天堂只会向胜利者表示欢迎。那些在战争中为信仰死去的人将获得永生，是最幸福的事情。

人群中有人高喊："我们愿意为信仰而死！""坚持信仰就是胜利！"各种赞美之词纷纷响起，接着战士们也纷纷举着长矛表示支持，号鼓也纷纷奏响。看着热情高涨的人群，斯达西终于明白为什么装备精良的埃及政府军打不过这支大多拿着长矛的野蛮士兵了。

马赫迪抬手示意了一下，台下的人群渐渐安静下来。马赫迪接着进行布道，他讲到真主赋予了自己的使命，让他全身心投入信仰中，并把信仰带到全世界。凡是反抗马赫迪的人就是反抗真主，注定是要失败的，并且真主给他的预言，他会在世界末日前征服埃及、征服所有的地方，任何力量都不能改变这个预言。虽然要流很多血，很多战士不能回到家人身边，但是为了信仰牺牲的人，是任何言语都无法称赞的。

最后马赫迪向台下的信徒们伸出双手，说道："我是真主的仆人，我是你们的救世主。我祝福这场圣战，祝福所有身为战士的你们，祝福你们的辛苦、伤痕，甚至死亡，我们最终会获得胜利。我深爱着你们，我的子民，我会为你们受到的考验而痛哭。"说完，马赫迪真的流下了两行热泪。布道终于结束了，在两个哈里发阿卜杜拉赫和阿里·乌勒得·黑努的搀扶下，马赫迪从高台上走下来。人群中开始响起尖叫声和呼喊声，哭泣的范围也越来越大。

这时，伊德里斯着急地问斯达西："在台上那群人里你看见斯马因了吗？"斯达西摇了摇头，说道："没有斯马因的人影，说不定他在某一次战斗中被打死了吧！"他一直在跪在羊皮垫子的人群里面寻找，可惜没有看到那张熟悉的脸。

马赫迪在哈里发的保护下，和信徒们又待了一会儿，直到太阳开始落山，才返回自己的住所。人群被卫兵隔绝，不能靠近马赫迪，但是追随着马赫迪离去的路线，将他的脚踩过的泥土都挖了起来，并为此引发了一些争执和斗殴。斯达西目睹了这一切，才意识到信徒们对马赫迪的崇拜是多么疯狂，他们居然认为被马赫迪踩过的泥巴有医治病人、预防疾病的功效。

人群渐渐散了开来，伊德里斯正准备带两个孩子离开广场，这时白天碰见的那个希腊人来到他们跟前，他挡住了伊德里斯的去路，对他说："我已经向马赫迪大人汇报了你们的事情，他答应接见你们了，你们跟随我来吧！"

伊德里斯万分激动，问道："真主终于显灵了，感谢您，先生，请问斯马因是和马赫迪在一起吗？"

希腊人回答："斯马因并不在这里，他在法索达。"接着，他转身用英语对斯达西说，"不用指望斯马因，我已经劝说马赫迪保护你们了，他希望在白人中间传播自己慈悲的名声，这里的处境很危险，只有马赫迪的保护才能让你们免于饥饿或者疾病，也能让你们远离那些暴徒，但是你们必须讨他的欢心才可以。"

斯达西回复道："谢谢你，先生，那我应该怎么做才能让马赫迪保护我们呢？"

希腊人谨慎地看了一眼伊德里斯，问斯达西："他们中间有人懂英语吗？"

斯达西摇摇头，说："没有，只有黑密斯会英语，可是他没在这儿。伊德里斯和葛布尔能听懂几个字，其他人都不会。"

"很好。你见到马赫迪大人之后，首先要立即跪下，如果他向你伸出了手，你就要低下头恭敬地亲吻他的手，并且说'祈求您保护我们'。如果马赫迪大人问你会不会遵从他的信仰，你就马上表示接受。最好再说一句'一见到您我们就愿意接受您带来的恩惠之光'，记住‘恩惠之光’这几个字，会很有效的。马赫迪会将你们当作信徒，只要把你们列入他的亲信中，你们以后就不愁吃穿，有舒适的地方居住。否则你们会遭遇什么我就不清楚了，而且还会连累我遭殃的，你记住了吗？”

斯达西面色凝重，咬着嘴唇一言不发，眼神发呆，希腊人见状接着说：“我知道你是虔诚的基督教徒，这么做违背了你的信仰，可是没有其他的办法了，在喀土穆被攻占后，只有接受了马赫迪信仰的人才能在大屠杀后活下来。要不是禁止杀戮修道士，那教堂里的修道士们也会遭殃的，不过其他普通人就没那么幸运了。实话说，不仅我成为了伊斯兰教徒，还有很多欧洲人，无论是德国、意大利，还是英国、希腊的人也不得不这样做了。我们这么做并不是放弃自己的信仰，虽然我们对外宣称信奉伊斯兰教，但是上帝知道这一切，知道我们是为了保护生命，暂时服从野蛮和暴力。”

看到斯达西还是没有点头，希腊人继续说道：“这并不是背叛，也不是胆小鬼的行为，你在自己心里依旧可以保留基督教的信仰。保护生命是人的本能，不顾生死是一件可以算得上是犯罪的事情。就算你不考虑自己，那么看看你身边的这个小姑娘吧，她的性命就掌握在你的手里。我对你保证，如果上帝可以把你们救出这座地狱，那么你不仅不会责备自己，任何一个人也不会责备你，能活下去才是最重要的！”斯达西听到这里低下了头并没有回复。希腊人的那些话是在自欺欺人，斯达西的沉默是在欺骗他。希腊人以为斯达西的沉默是因为害怕了，他没有反对就表示同意，便继续叮嘱他说：“前面就快到马赫迪大人的住宅了，他不愿意住在喀土穆戈登的将军府，反而要住在恩图曼这些木头房子里。年轻人，勇敢一些，你记住回答他们的问题时要干脆利索，他们瞧不起胆小懦弱的人。马赫迪也不会对你大喊大叫的，反而他会一直微笑，要知道他下令死刑的时候，也是面带微笑的。”

这时他们走到了大门口，希腊人大声对守卫说道：“快进去通报，马赫迪的客人们到了！”

第十六章　拜见马赫迪

他们走进屋内的时候，马赫迪正躺在一张柔软的沙发床上，有两位妻子打着孔雀羽毛做的扇子正在给他扇风，另外两位妻子则在给他揉着脚掌。除了马赫迪的妻子们，陪同他的还有两位哈里发——阿卜杜拉赫和塞雷大，第三位哈里发阿里·乌勒得·黑努没有在这里，他被派去攻打北方的柏柏尔和阿布哈迈德了。看到他们进来，马赫迪便吩咐妻子们离开，然后他在沙发床上坐直了身体。

伊德里斯、葛布尔和两个贝都因人一进来，便双膝跪下，双手交叉在胸前，向马赫迪问候。希腊人向斯达西使了一个眼色，意思是让他也跟着跪下，但是斯达西面色苍白，紧咬嘴唇，目光坚定，只是对着马赫迪鞠了一躬，一句话都没说。看得出来斯达西心里的害怕和犹豫已经消失了，他表现出来一种在威胁面前不屈服的精神，没有丝毫动摇和退缩。希腊人看到这种场景顿时吓得颤抖起来，而马赫迪只是用眼角的余光瞥了两个孩子一眼，接着面带微笑对伊德里斯和葛布尔两人开始问话。

"我听说你们是从距离这里很远的北方来的？"

伊德里斯一边磕头一边回答："是的，我们放弃了在法尤姆的生活前来追随您，我们和您一样都属于坦嘎尔族的族人。"

"这一路很艰难吧，我派了天使去保护你们，让你们免遭迫害。你们看不见天使，但天使无处不在。"

"万能的救世主，太感谢您了！"

"你们带这两个孩子前来，是为了让斯马因交换他的妻子和孩子，可恶的埃及人将他们关在了塞得港。"

"是的，无所不知的救世主，我们愿意为您效力。"

"为我效力就等于为你们的救赎出力，你们已经为自己打开了通往天堂的大门。斯马因的妻子是我的姐姐，老实说，等我征服了埃及的时候，我的姐姐和她孩子一样可以获得自由。"

"是的，那么伟大的救世主，这两个孩子就交给您处置吧！"

马赫迪闭了会儿眼睛，然后睁开，脸上露出慈祥的微笑，他对斯达西说道："年轻人，你过来。"

斯达西朝马赫迪的方向走了几步，便站住了，眼睛毫不畏惧地看着马赫迪。

马赫迪说："你来到我这里是否感到高兴呢？"

"我们是被绑架来的，我并不高兴。"斯达西的回答简单干脆，这让听惯了顺着自己话的马赫迪和其他人大吃一惊，哈里发阿卜杜拉赫的眉毛看起来似乎拧在了一起，希腊人不安地搓着自己的手，马赫迪却依旧保持着笑容，接着说："你们现在可是待在真理的发源地，难道你不想喝一口这里的泉水吗？"

斯达西沉默着没有回答，马赫迪以为他没有听懂自己说的话，于是他又说："你愿意追随我的信仰，成为我的信徒吗？"

斯达西马上用手在胸前画了一个十字，表情好像一个从即将沉没的小船跳进水里的人似的，口气镇定地回答道：“我从小就是一个基督教徒，我的父亲教导着我，而我对您的信仰一无所知，如果我现在因为害怕就成为您的信徒，那就是一个胆小鬼或者卑鄙的小人，您愿意让一个胆小鬼或者卑鄙的小人成为您的信徒吗？”

斯达西的回答让马赫迪十分尴尬，屋子里出现了片刻的寂静，连苍蝇的嗡嗡声都听得十分清楚，马赫迪脸上的笑容消失了，取而代之的是满脸的不愉快，他端起面前盛着蜂蜜水的杯子喝了一口，试图拖延时间来掩饰自己的不适。

斯达西知道自己的拒绝会给自己带来麻烦，一想到可能面临的危险，他就激动得浑身微微发抖，这个勇敢的男孩，挺起胸膛，做好准备等待马赫迪对自己的惩罚。经过了数十天在沙漠中的风吹日晒，斯达西的身材更加消瘦，脸也变得黑里透红，但是眼神发出的光芒坚定不移，他低声对自己说：“无论谁愿意接受这个人的信仰，但是我绝对不能接受。”斯达西的心里充满了骄傲和喜悦，冲淡了一丝恐惧。

马赫迪收起了伪装的慈善，不急不缓地说道：“那么你的意思是拒绝咯？”

“我和我的父亲都是接受《圣经》教诲的基督徒，我们……”

没等斯达西继续说完，马赫迪就打断了他的话，说道：“如果有人捂着耳朵，拒绝聆听真主的教诲，那他就是一根木头。”

这时，在一旁早就听得不耐烦的哈里发阿卜杜拉赫，一边撸着衣袖一边说：“大人，这个小男孩太张狂了，让我来教训他一顿吧！”

斯达西心想：“这下惨了！”

马赫迪一心想在世人面前塑造自己慈善宽容的美名，如果现在对斯达西动手，他担心惩罚两个小孩会让自己的名声受损，于是制止了哈里发的请求，他用手指搓着念珠，想了一下，说道："这两个孩子拒绝成为我的信徒，那么就不受我的庇护了，我不想和异教徒有牵连。既然他们是为了斯马因才来到这里的，那就把他们送到斯马因那里，交给他来处理吧！这是我的决定。"

哈里发阿卜杜拉赫回答道："那就遵照您的决定来办吧！"

接着马赫迪又指着伊德里斯和葛布尔几个人说："他们不远千里辛苦来到这里，为了给我效力，以我的名义好好犒赏他们！"哈里发表示应允照办。

说完马赫迪挥了挥手表示接见结束，让所有人离开。离开马赫迪的住宅，来到一处僻静的街道，希腊人就忍不住抓住斯达西的肩膀，充满了愤怒和绝望地说："你知道刚刚你都干了些什么吗？你不仅让自己送命，还连累了那个可爱的小姑娘，说不定连我自己都被你害得性命难保了！"

斯达西说："对不起，我没有别的办法了。"

"你知道些什么？马赫迪让你们去见斯马因，是让你们去送死。你们即将踏上的旅途，比之前走过的路还要艰险，法索达正在流行伤寒，就算你们能平安抵达，到了那边，用不了多久你们就会染病身亡。"希腊人气急败坏地说道。

"反正我们留在这里也是死路一条。"斯达西说。

"那不一定，如果你接受了马赫迪的建议，你就能受到他的保护，在他的大宅子里不愁吃不愁穿，我知道他肯定会这么做的。可现在，事情全被你搞砸了。"希腊人开始喋喋不休地抱怨起来，他没想到自己热心帮忙，想让孩子们有个依靠，结果现在得罪了马赫迪，"都怪我多管闲事，把你们引荐给马赫迪大人，这下我也受到了牵连，不知道以后会受到什么样的报复，你们想干什么就干什么去吧，我再也不管了。哈里发阿卜杜拉赫一个礼拜之后就会派驼队去法索达，你们就等着吧！”希腊人转身走掉了。

可是没过多久他又返回来，像其他爱唠叨的希腊人一样，他需要和人交流，他要把心里的怨气发泄出来，其实这个希腊人心地善良，虽然他对马赫迪唯命是从，但他并不是个残暴的人，他想让斯达西明白，刚才在马赫迪面前的行为和言语会造成多么可怕的结果。

希腊人对斯达西说道："没有人能改变你心底的信仰，你以为我放弃了基督徒的身份，是懦弱的行为吗？并不是这样的，我不是傻瓜，为了生存这是必需的折中。可你倒好，看起来像个英雄，可实际一点儿也不真实。我以前帮助了很多白人俘虏，现在因为你的缘故，我不能帮助其他人了，因为马赫迪对我很不满，所有人最终都会死去，但是你让那个小姑娘更快地遭遇不幸，是你亲手杀死她的！你不清楚法索达有多危险，哪怕是身体强壮的成年人在那里感染了伤寒，也会像只苍蝇一样死去，更何况那个柔柔弱弱的小姑娘。如果哈里发命令你们步行跟着驼队，那么她连一天都坚持不下去，这一切都是你害的，现在你高兴了吗？！”说完，希腊人就气呼呼地走了。

斯达西和妮尔跟着阿拉伯人往临时搭建的小棚子那里走去，回去的路仿佛变得更长了，因为疲劳过度，再加上一天都没吃东西，到处奔波。妮尔累得腿脚发软，走不动路了，伊德里斯和葛布尔还不停地催促着孩子们，没走几步妮尔就因为又饿又累，晕了过去，斯达西只好抱着她往回走。他贴着妮尔的耳朵，想告诉她自己为什么刚才在马赫迪面前要那么说，可是斯达西的大脑一片混乱，想说的话，却都卡在喉咙里，他不停地叫着妮尔的名字，除此之外一句话也说不出来。而妮尔已经熟睡在他的臂弯里，斯达西只好保持沉默，反而伊德里斯和葛布尔都沉浸在被马赫迪接见的喜悦中，两个人一路上都在聊天，幻想马上就会得到大批的牲畜和大量的钱币，他们认为只要把两个孩子带到法索达，见到斯马因之后就万事大吉了。伊德里斯感觉身体的不适加重了，他说："我觉得自己好像生病了，见到马赫迪后我觉得很快就会恢复健康啦！"

葛布尔回答道："马赫迪好像是沙漠中的绿洲、烈日下的清泉，听他说话的时候，好像吃了香甜的椰枣啊！"

"埃米尔努尔·艾·塔德西尔还说我们见不到马赫迪呢，可他没想到我们不仅见到了马赫迪，还和他说了话，他祝福了我们，还命令哈里发阿卜杜拉赫奖励我们哩！"

"太好了，我们就要有很多的钱了，马赫迪下的命令就是真主的旨意。"

一个贝都因人忍不住插了一句："真主保佑！希望到时候和你说的一样。"

伊德里斯指了指斯达西和妮尔，对葛布尔说："你说我们拿这两个小东西怎么办？"

"我们把他们送到斯马因那里，斯马因肯定还会奖励我们一些财富吧！"

"我不确定，连马赫迪都说不想和异教徒有牵连，万一斯马因也是这个想法，怎么办？"

"那我们也算是完成了马赫迪交代的任务。真可惜，刚才哈里发要教训那个臭小子，要是马赫迪没有阻拦就好了，让他吃点儿苦头，省得他对真主和马赫迪那么不恭敬。"

伊德里斯点点头，说道："马赫迪是仁慈的。"他想了一下，继续说，

“斯马因有了这两个孩子，他就会放心，无论是土耳其人，还是英国人，都不敢动法特玛和他们的孩子一根头发了。”

伊德里斯想尽快甩开孩子们这个包袱，于是提议说：“干脆让哈里发阿卜杜拉赫的驼队直接把他们带到法索达，交给斯马因，我们就免得再次奔波了。”

“你是说我们留在恩图曼吗？”

“那当然。我们在这里休息一阵子，等斯马因回来，再找他讨要赏钱吧！”

离住处不远了，但是斯达西的步伐也慢了起来，他感到浑身无力，有些支撑不住了，尽管妮尔的体重很轻，可现在抱着她的两条胳膊却越来越沉。苏丹人急着回去休息，便朝斯达西大呼小叫起来，催促他快些走，还用拳头击打他的头。葛布尔也用带着刀鞘的小刀戳着他的肩膀，这一切斯达西都在默默地忍受着，他要拼尽全力保护怀里的妮尔。终于，有个贝都因人推搡了斯达西一把，差点儿让他摔倒，斯达西咬紧牙关，眼神里充满了愤怒，对他们说：“别忘了，你们必须让我们活着到达法索达。”

这句话很有效，立即让贝都因人停住了手里的动作，因为他们不敢违背马赫迪的命令。另外，伊德里斯忽然感到头晕，浑身软绵绵的，他只得靠在葛布尔的肩膀上，缓过劲儿之后，伊德里斯有些担心地说：“真主啊，我浑身都不舒服，好像真的生病了。”

葛布尔回答道：“别胡说，你刚刚才见过马赫迪，被他祝福过，怎么可能会生病呢？”

回到临时搭建的小棚子里，没有人管两个孩子，他们吃了一些从市场买回来的食物后就休息了。斯达西挣扎着用最后一丝力气把熟睡中的妮尔交给迪娜照顾。迪娜自己也有些不适，但她还是把妮尔放在了一条毛毯上，给了斯达西一把从骆驼那里偷来的粮食，可是斯达西既没有胃口也没有睡意，这一天的压力让他感觉筋疲力尽。斯达西想到自己今天惹下的麻烦，不过为了自己的信仰和灵魂，他别无选择，而且他深信，父亲也会支持自己，并为自己感到骄傲和自豪。斯达西虽然不在意是否会让自己送命，但是一想到连累到妮尔，这个和自己同甘共苦需要自己保护和照顾的小妹妹，斯达西的心里就像刀割似的难过。

当四周传来其他人的呼噜声时，斯达西终于忍不住哭了起来，他蜷缩在一块垫子上，像个小孩子一样哭到不知不觉睡着。他其实真的只是一个孩子而已。

第十七章　乞讨生活

拜见过马赫迪，并且得到马赫迪的祝福都不能让伊德里斯恢复健康，当天晚上，伊德里斯的病情就变得严重起来，第二天早上已经开始陷入昏迷之中。葛布尔、黑密斯和两个贝都因人都被哈里发叫到一个地方，哈里发赞扬了他们对马赫迪和真主的效忠，给每个人都有奖励。几个小时后，他们回来却都垂头丧气，闷闷不乐，原来所谓的奖励只是每人一匹马和一枚埃及金币，这和他们的期望相差很远。贝都因人甚至因此和葛布尔吵到动手打架。最后，贝都因人表示，他们要和去法索达送信的驼队一起出发，希望见到斯马因可以得到更多的奖赏。黑密斯表示也要和他们一起走。

驼队要一周后才出发，对于斯达西和妮尔来说，这是难熬的一周，伊德里斯生病后，大部分事情都由葛布尔做主，而他根本不想给孩子们食物。好在斯达西手里有两枚希腊人给他的银币，他想去市场上买些食物，葛布尔并不担心斯达西逃跑，因为在恩图曼到处都是马赫迪的信徒，而且妮尔还牢牢地被他们抓在手心里。

斯达西在市场上十分惹人注意，当地土著人看到欧洲小孩来买东西，便慢慢聚集在一起戏弄和辱骂他，幸好有些人看到他昨天从马赫迪的住宅走出来，告诉了那些欺负他的人，人们才不再理会他。市场上的东西都不便宜，尤其是食物，斯达西根本买不到肉干，只买到一小袋大米，可是就连这么点儿食物斯达西也保不住，回到住处依然让葛布尔抢走了大半。葛布尔宣称"要给生病的兄弟吃"。斯达西拼尽全力进行反抗，招来的是一顿毒打。黑密斯也暴露出了他生性残酷冷漠的那一面，对于孩子们的境遇毫不关心，他宁愿给沙巴喂食，也不肯分给两个孩子一点儿食物。当斯达西恳求他给妮尔一点儿吃的东西时，黑密斯居然冷冷地说："你们可以去外面乞讨啊！"

最后，为了不让妮尔挨饿，斯达西只好出去乞讨，幸运的是几乎每天都能讨到一点儿食物。有时候碰上某个前埃及政府军军官，会给他几块饼或者一把果干，有时候遇见幸存的神父和修女，尽管他们的食物也不多，还是竭尽所能把随身带着的食物都给了斯达西，并承诺去小棚子那里探望他和妮尔。结果第二天当他们真的来了的时候，葛布尔和黑密斯却将他们赶走了，因为他们想把两个孩子接到教堂那里居住。好心的神父悄悄找到斯达西，给了他一袋米和两袋奎宁粉。奎宁粉是一种预防和治疗疟疾的药粉，未来的旅途凶险无比，到达法索达要经过白尼罗河，两岸很多沼泽地带，晚上在地上睡觉的时候，如果不生火，很容易因蚊虫叮咬而染上疟疾。神父嘱咐他一定要保存好这两袋药粉，关键时刻可以保命。

听完神父的嘱咐，斯达西明白接下来的旅程更加凶险，他用痛苦的声音说道："如果我们死去就不用再受折磨了。"

神父低下头开始祷告，他心里为两个孩子的遭遇而难过，临走的时候，神父对斯达西说："亲爱的孩子，你要相信上帝，他不会抛弃你的，会保佑你们的！”

虽然有好心人的帮助，但是斯达西的日子并不好过，除了乞讨，他还去做临时工。有一次他在广场上看到一些人在用砖头砌墙，他便混在里面帮忙，那些人对待斯达西并不友好，不仅嘲笑他还将他推倒。到了晚上收工的时候，工头看他实在可怜，于是给了斯达西12颗椰枣。这让斯达西十分开心，因为椰枣在恩图曼是种稀少的食物，而且还是妮尔非常爱吃的食物之一。

看到椰枣的妮尔很高兴，她想要和斯达西一起分享这美味，于是她把自己的双手放在斯达西的肩膀上，晃着自己的脑袋，看着斯达西的眼睛，用可怜兮兮的口气对他说：“你太辛苦了，我们一人吃一半吧，好不好？”

斯达西为了让妮尔吃饱，得到足够的营养，他只能对妮尔撒谎，微笑着说：“我已经吃过了，你瞧我的肚子鼓鼓的，已经吃饱啦！”说完斯达西紧闭着双唇，忍住快要涌出来的眼泪，因为他实际上已经饿得前胸贴后背了。要知道这一个礼拜他几乎都是靠偷骆驼的口粮活下来的，现在他又饿又累，但是看到妮尔的笑脸，他觉得一切都是值得的。斯达西准备第二天再去做临时工，结果意外又发生了，哈里发派人通知他们第二天晚上出发去法索达。

哈里发的传令官告诉葛布尔，他必须带着孩子们，还有黑密斯和贝都因人一块儿出发，葛布尔以伊德里斯生病为理由拒绝服从，他说：“我的兄弟生了重病，我走了，谁来照顾他呢？”

传令官回答说：“马赫迪的旨意哈里发是从来不会违抗的，伊德里斯自然会有奴隶去照顾，既然命令让你一块儿去法索达，你就必须去。”

“那我亲自去见哈里发，请求准许我不去法索达。”

“哈里发是你想见就能见的吗？你如果不服从命令和我们去法

索达，那等待你的就是绞刑架。”说完，不再理会葛布尔的抱怨就走了。

葛布尔嘟囔着：“真主啊，我怎么觉得自己像个奴隶啊！”葛布尔见识过恩图曼的死刑场，经常有人因为违反法令被处死，这让他不得不听从哈里发的命令，毕竟他还不想拿自己的性命冒险。

就算葛布尔再心狠手辣，他的心里也隐藏着对自己兄弟的手足之情。“这次分别，不知道什么时候才能见到伊德里斯了。”一想到在伊德里斯重病的时候离开，他就觉得难过。贝都因人劝说他，说不定到了法索达，情况会比在恩图曼好很多，斯马因会给他们很多金银财宝，这些话不仅不能减轻葛布尔的烦恼和悲伤，反而让他变得怒气冲冲，斯达西就成了他的出气筒。

这一天对斯达西来说简直生不如死，不仅不能去市场上乞讨或者打工，而且还要被葛布尔指使做各种活儿，他像个奴隶一样不停忙碌，准备晚上出发的行李。斯达西这些日子没有一天吃饱过，再加上繁重的劳作奔波，让他虚弱无力，斯达西感觉再这样下去，自己要么被葛布尔的鞭子打死，要么会活活累死或者饿死。

就在他们即将出发前，曾经帮助过他的那个心地善良的希腊人来了，和他们道别，他交给了斯达西几盒奎宁粉和一些食物，还有几颗玻璃珠子。当希腊人知道伊德里斯不和他们一同上路之后，就对葛布尔、黑密斯和贝都因人说道：“你们听清楚了，我是马赫迪大人派来提醒你们的。”这句话让葛布尔等人惶恐起来，不停地鞠躬，希腊人接着说，“到达法索达的路上，你们要好好对待这两个孩子，不能让他们挨饿，也不能鞭打他们。假如你们虐待了这两个孩子，他们会告诉斯马因，斯马因会给马赫迪写信，那么等下一次送信的驼队到来，就是你们接受死刑惩罚的时刻。”

其他人纷纷点头哈腰表示会遵守马赫迪的指示，葛布尔和黑密斯的表情有些郁闷，好像被套上了口罩的马，想要嘶叫却不能发出声音。希腊人吩咐他们赶紧去准备行李，接着他转身用英语对斯达西说道："我刚才那番话并不是真的，马赫迪没有让我转达任何指示，我估计他们也没机会再见到马赫迪或者哈里发，我刚刚说的那些话是为了让你们路上好过一些。"他顿了顿又严肃地说，"小伙子，你之前的行为可害惨了我，马赫迪迁怒于我，为了得到他的原谅，我只好捐出了我的大部分财富。不知道我还能活多久，以后我可能再也不会帮助那些被俘虏的人了，但我还是会尽我所能去帮助你，尤其是这个小姑娘，我有一个年龄和她差不多的女儿，我很爱她，我爱她超过了自己的性命。如果是我的女儿遭遇这一切，会让我生不如死。我女儿的脖子上挂着银制的十字架，那是我们的信仰，要没有她，我也没有活在这个地狱里的意义了。上帝会知道我做过的事情……"

希腊人越说越激动，他克制着自己的情绪，他用手揉了揉眼睛，过了一会儿他继续说道："去法索达的路上很艰辛，途经的都是荒无人烟的野蛮落后的地区。马赫迪估计你们撑不到那里，所以才准许你们去的，他为了不损害自己一直以来建立的仁慈名声，才没有立即处罚你们。哈里发阿卜杜拉赫给他出的主意，让绑架你们的人和你们同行，而且故意给他们的奖励很少，激发他们的愤怒和恶意，对你和小姑娘不利。你千万要记住，无论如何也要保护好那几盒药粉，万一遇到疾病，对你们来说，那是比食物更有用的东西。"

斯达西感激得眼泪都快流出来了，他不停地道谢，希腊人摆摆手，说："我认识送信的驼队队长，他是我的老朋友，我给了他一块手表，嘱咐他路上照顾你们，你们遇到麻烦的时候可以向他求助。"

时间不早了，希腊人和孩子们道别，他拉住妮尔的一只手，紧紧贴在自己的胸前，喃喃地说："上帝会保佑你的，可怜的孩子！"

这时，太阳已经落山了，又是一个繁星闪烁的夜晚，黑暗中响起了马的鼻息声，以及骆驼的脚步声，孩子们再次踏上了未知的旅程。

第十八章　告别迪娜

这支前往法索达送信的驼队队长叫哈提姆，他的确像自己对朋友做出的承诺那样，对两个孩子照顾得十分周到。他原先是个贩卖象牙的商人，对路线十分熟悉，途经白尼罗河上游的这条路十分不好走，他们要经过杰泰奈、杜维姆和库斯提，还要穿过阿巴森林小岛，马赫迪发动起义前曾住在岛上一棵已经干枯了的大树里。队伍常常会被长满纸草的河湾挡住去路，需要绕道前进，纸草会散发一种难闻的气味，曾经英国的工程师们把这些影响水域的纸草清理干净，让船只可以顺利通行，从喀土穆到法索达的水路比较便利，可是如今没有人来维护，这些纸草又很快蔓延繁殖开来，水路不能让船只顺利通过了，于是河水向两侧的河岸流去。

两岸都是郁郁葱葱的树林，偶尔会有几株参天大树，林中有不少白蚁的巢穴。有些地方的树木直接矗立在河中，那些干燥的地方生长了密密麻麻的松树。队伍沿着河岸不远的地方前行，刚开始的几个星期，还能经常看见村庄，村子里的房子都是用茅草做的，房顶的形状稀奇古怪。过了阿巴，从戈兹－阿布－库玛村落开始，就进入了黑人居住的地区，不过这里现在已经变成了荒芜的原野，原先居住在这里的居民都被当作奴隶贩卖到各个地方，例如喀土穆、恩图曼和其他苏丹城市。就算有人侥幸逃到了丛林深处，也会因为饥饿或者疾病死去，瘟疫在白尼罗河和青尼罗河沿岸蔓延，一旦有人得了瘟疫，整个村子都会很快被传染，然后所有村民都死去。没有了人类的耕种，那些蜀黍、木薯等庄稼地已经变成了杂草。

野生动物却越来越多，斯达西和妮尔常常可以看到象群。一群群大象仿佛灰褐色的石头，缓慢地向瀑布的方向走着。丛林密集的地方，看不见象群，但是可以看到晃动的树枝，听到被大象踩过的树枝咔嚓断了的声音。每当这个时候，哈提姆队长就忍不住提起自己当年做象牙生意的事情，他对斯达西说："天哪，这里的财宝多得数不清，可惜现在不能去猎杀大象了，因为马赫迪不让埃及商人来到喀土穆，这些象牙自然卖不出，只能代替钱财送给埃米尔或者哈里发。"

除了大象，还有长颈鹿，这些敏感的动物，远远看到驼队便会迈着沉重的步伐迅速逃走。还有水牛和羚羊，有时候驼队缺少新鲜的肉时，便会有人去打猎，不过因为羚羊警惕性高，并且跑得飞快，就算是猎豹也不见得每次都能捕到，很少有人能够接近并猎杀它们。

驼队一直处于缺少食物的境地，前几个星期路过村庄，他们还可以用钱或者玻璃球换些蜀黍、香蕉或者鱼肉，好在哈提姆一直都特别精心地照顾着孩子们，从不让他们挨饿，而且当葛布尔打斯达西时，哈提姆队长都会出面阻止。有一次晚上宿营的时候，斯达西从骆驼背上卸下来鞍子，不小心把行李摔到了地上，葛布尔用鞭子抽了斯达西几下，哈提姆队长马上就训斥了葛布尔一顿，并命令他去摆放鞍子。凶狠的葛布尔必须服从驼队队长，于是他只好把怒气发泄到新来的小奴隶卡利身上。

离开恩图曼之后，斯达西就觉得十分开心，一路上的自然风景和各种动物都是他喜欢看到的。斯达西健壮的身体再次承受住了路上的艰苦和疲劳，充足的饮食也让他恢复了一些精力。斯达西在路上休息的时候，开始经常和妮尔计划如何逃走，计划很容易，但是斯达西却担心妮尔的健康。踏上新的旅程的前三个星期，妮尔没有表现出得了热病的症状，这让斯达西略微放心了一些。妮尔的小脸越来越瘦，脸色虽然没有晒黑，但是看起来苍白得快要透明了似的，她的小手又干又细。斯达西和迪娜在哈提姆队长的帮助下，想方设法让妮尔舒服地待着，不过这里潮湿又炎热的气候对妮尔的健康十分不利，缺乏沙漠里干燥有益的空气，再加上每天赶路的辛苦，让原本身体就不结实的妮尔变得越来越虚弱。

自从过了阿巴之后，斯达西每天给妮尔吃一点儿奎宁粉，这保证了妮尔不会染上热病。斯达西开始担心奎宁粉用完了之后怎么办，他把希望都寄托在尽快见到斯马因，盼望斯马因会因为要拿他们换自己的孩子，而让他们保持健康，说不定会把他们送到比法索达更有益健康的地方去。

祸不单行，不幸的事情再次发生了。自从离开恩图曼之后，迪娜的身体就一直感到有些不舒服。在到达法索达的前一天，迪娜正准备解开骆驼背上的包袱，给妮尔拿件遮阳的衣服时，突然晕了过去，从正在行进中的骆驼身上直接摔到地上。斯达西慌忙跑过去查看迪娜的情况，黑密斯也过来帮忙，他们甚至给迪娜做了人工呼吸，可是也没有让她醒过来。傍晚的时候，迪娜忽然睁开了眼睛，清醒了一会儿，她拉着妮尔的手依依不舍，在表达了对妮尔的热爱和祝福之后，就闭上了眼睛，再也没有睁开。

葛布尔拿着刀想割掉迪娜的一只耳朵，用来向斯马因证明迪娜是死在半路上的。为了可以讨要一份特别的赏赐，对在路上死去的奴隶都会这样做的。斯达西和妮尔拼命反对，哈提姆队长出面制止了葛布尔，他们安葬了迪娜，为了防止野狼和鬣狗对尸体的侵害，他们还用石头和带刺的树枝堆在迪娜的坟墓上。失去了迪娜，对斯达西和妮尔来说是一大打击，尤其是妮尔，直到第二天她还是时常泪流满面，孩子们比以往感到更加孤独，斯达西把她搂在怀里不停地安慰着，也不能减少妮尔的悲伤。

驼队终于抵达法索达，可是谁也没想到，这里已经变成了一片废墟。驼队里的成员决定用茅草和树枝搭起帐篷，用来过夜。三天前法索达发生了一场大火，到处都是残垣断壁，只有一座圆形屋顶，墙壁被烧成黑色的茅屋和一座木棚还算保留完整，木棚原来是用于储存象牙的地方，如今是法索达的酋长塞基·塔玛拉的住宅。酋长和哈里发阿卜杜拉赫关系不和，但却是哈提姆队长的旧日好友，他在自己的住处招待了哈提姆队长和两个孩子。

在塔玛拉酋长的住处，大家得知了一个坏消息——两天前，斯马因就离开法索达，往尼罗河的东南方向走了，因为附近的奴隶已经抓得差不多了，他要去更远的地方进行奴隶交易。距离法索达最近的国家是埃塞俄比亚，但是那里在打仗，马赫迪的起义军正在和埃塞俄比亚人交战。斯马因的队伍只有300人，他是不敢穿越边境的，因为那里有约翰王的军队，还有武装民兵在守卫着。

塞基·塔玛拉酋长和哈提姆队长商量该如何安置两个孩子，说道：“过不了多久我就要率领队伍到南方，攻打驻扎在拉多的艾敏巴夏，他有军队和汽船。哈提姆你完成了任务也要返回恩图曼去，所以，在法索达一个人都不会留下的，这里除了疾病什么都没有，没有食物，没有住处。我知道白人不会感染天花，但是热病是会要了这两个孩子的命。”

哈提姆队长回答道：“我的任务是把孩子们带到法索达，本来我不用多管这事，但是我认识很多年的老朋友，希腊人卡里奥普利让我照顾好这两个小孩，所以我得尽量让他们活着。”

“留在这里只有死路一条。”

哈提姆队长忧心忡忡地问：“你有什么好办法吗？”

“不如让那些带孩子们到恩图曼的人，再把他们送到斯马因那里。斯马因是往山里走的，山里地势高，气候比这里干燥，传染病没有河岸附近那么严重。”

哈提姆回答道：“这个办法很好，只是山里那么大，去哪儿才能找到斯马因呢？”

“斯马因沿路会放火，他要烧毁树林，把野兽赶到山谷中去猎杀，另外也让那些隐藏在树林里的人无处躲藏，他好抓来当奴隶。你让那些人顺着被火烧过的痕迹去找，肯定能找到斯马因，这不是一件很困难的事情。”

“有多大概率追上斯马因呢？”

“有时候他需要把打到的猎物晒成肉干，会在某个地方逗留一个礼拜，虽然他已经走了两三天，但是肯定可以追上他的。”

“如果不去找斯马因，就在法索达等他回来，你觉得如何？”

“斯马因可不一定会返回法索达，这里没有生意了，他要是抓够了奴隶，会找个城镇把奴隶卖了的。而且我们俩一旦离开法索达，这两个孩子就算躲过了热病，也逃不开饥荒啊！”

哈提姆队长叹了口气，说：“你说得很有道理。”没有更好的办法了，只有让葛布尔他们带着孩子继续上路了。哈提姆队长真是个既善良又负责任的老人，他在旅途中见识过葛布尔的凶狠，十分担心葛布尔会虐待两个孩子。于是塔玛拉酋长派人叫葛布尔过来，酋长十分威严，连他自己的士兵都惧怕他，葛布尔看见他更是战战兢兢。酋长命令葛布尔，把两个孩子平安送去见斯马因，如果有一个孩子发生意外就要送葛布尔上绞刑架。

细心的哈提姆队长想到迪娜已经去世了，路上需要一个能够照顾妮尔的女仆，就请求酋长送给妮尔一个女奴，酋长爽快地答应了。这个女奴十分年轻，长得也很甜美可爱，妮尔非常喜欢这个新同伴，她和斯达西还商量着给女奴取了一个名字，叫梅亚。

斯达西从心底支持第三次的旅程，因为他知道，留在法索达只有等死，而往东南方向走，就会离埃塞俄比亚南面的边境更近，他和妮尔说不定就能找到机会逃跑。而且他希望到了高原地带，会让妮尔减少感染热病的机会。考虑到种种因素，斯达西便充满热情地开始为继续出发做准备工作。

葛布尔和黑密斯等人也不反对继续前进，因为留下来也没有更好的机会，不如争取找到斯马因，说不定能得到奖赏，而且也有机会抓到奴隶，他们知道贩卖奴隶能赚到不少的钱。无论如何，他们宁愿继续跋涉，也不想留在法索达，接受哈提姆队长和塞基·塔玛拉酋长的管束。

准备工作用了 3 天，因为孩子们需要休息，积攒体力。接下来的路程不能骑骆驼了，所有人的坐骑都换成了马，只有葛布尔的仆人卡利和妮尔的新女仆梅亚是步行。哈提姆队长给孩子另外准备了一头驴，专门驮着帐篷行李和可以维持 3 天的食物，他们还用毛毯和竹子给妮尔做了一个马鞍，让妮尔可以乘坐得舒服一些，塞基·塔玛拉酋长能帮到的事情也就只有这些了。

法索达到处都是苍蝇和蚊虫，它们不叮咬人，但是会飞进耳朵里，甚至有时候说话都会有苍蝇飞进嘴里，让人十分难受。斯达西知道，苍蝇和蚊子可以传染热病和红眼病，为了保证妮尔的健康，他主动向塞基·塔玛拉酋长提出尽快出发，而且雨季也即将来临了。

第十九章　狮口脱险

“斯达西，我们每天都在不停地走，怎么还没有见到斯马因呢？”妮尔问道。

“我也不清楚原因。我们在走，斯马因也在走，我们必须走得更快一些，才能早点儿追上他吧。你是想尽早看到斯马因吗？”斯达西回答说。

“嗯，是的。”妮尔点了点头说。

斯达西感到有些奇怪，于是问妮尔为什么会这么想。

妮尔说：“等见到了斯马因，葛布尔就不会每天老是伤害可怜的卡利了。”

斯达西叹了口气，说道：“可是斯马因也不是好人啊，他正在到处抓奴隶，听说他们对待奴隶更加残忍。”

妮尔一想到有人受到伤害，就忍不住开始流泪，泪水顺着她清瘦苍白的小脸滑落在地上。

葛布尔这次成为了队伍的首领，在最初的几天里，他可以轻易地找到斯马因部队经过的痕迹，沿途烧毁的树丛，营地驻扎过留下的骨头和杂物。可是第五天的时候，他们在一大片空地上迷失了方向，大风把篝火烧过的灰烬吹得到处都是，空地上的足迹混乱不堪，有十几个方向的足迹，估计斯马因把手下分成多个小队分头行动了。葛布尔拿不定主意该往哪儿走，他尝试走了几个方向之后，又回到了原地。老是这么转来转去也不是办法，最后他们选择了一个方向，走进了一片森林。

穿过森林后来到了一片岩石地带，地上有很多细小的石头和平坦的岩石坡，很像城镇里的石子路。这里也没有湖泊或者河流，但是因为时常下雨，石缝里和凹陷的岩石中间都能找到水。斯马因的部队经过这里时把野兽都吓跑了，幸亏还有大量的珍珠鸡可以捕获当作食物，否则大家可能会被饿死。这些珍珠鸡的胆子都很大，并不怕人，时常会从马蹄下面突然蹿出来，而且它们跑得并不快，沙巴每天都能抓到好几只珍珠鸡，一口把它们咬死。

黑密斯每天都会用单筒枪打猎，那支枪是他从哈提姆队长手下的一名士兵那里用花言巧语骗来的，可惜只有枪没有弹药，他很担心子弹被用光了，一直很节约地使用。如果能让斯达西使用自己的步枪，那么还有可能猎杀到羚羊，中非地区的羚羊长得很好看，跑得飞快，只有步枪才能打到它们，可是葛布尔并不放心让斯达西拿着武器。

漫无目的地走了好几天，葛布尔感到越来越心慌，他担心迷路，在荒郊野外也许会饿死，也许会遇到猛兽或者是土著黑人的攻击。有时他还想返回法索达,因为他觉得也许斯马因回到法索达了。但是，他又并不想返回，塞基·塔玛拉酋长命令他带着孩子们去见斯马因，万一因为他没有完成任务而惩罚他怎么办。葛布尔并不知道酋长现在已经离开法索达，去征讨艾敏巴夏了，因为说起这些事情的时候，葛布尔并不在场。他为这些事情心烦意乱，脾气变得越来越暴躁，可是又不能鞭打两个孩子，于是，他把所有的不满和怨恨都发泄到卡利身上。

这个可怜的奴仆小卡利几乎每天背上都要挨上好几鞭。每次卡利都是小心翼翼地靠近葛布尔，无论他抱住主人的双脚，还是亲吻主人的手，甚至磕头哀求都没有任何作用，凶狠的葛布尔总能找到理由把他的后背抽打得伤痕累累。晚上为了防止卡利逃走，葛布尔会用木板做的镣铐铐住卡利的双脚。白天赶路的时候，还用绳子绑着卡利，让他跟在自己的马左右。黑密斯对这一切无动于衷，反而表现得有些高兴。

善良的妮尔每天都会看到卡利挨打受苦，一听到卡利的求饶声，或者被鞭打的惨叫声，就忍不住泪流满面，她想让斯达西去帮忙阻止。可是斯达西越是阻止葛布尔，卡利被打得就越狠，斯达西气得咬牙切齿，却没有办法。卡利看出来斯达西和妮尔是出于真心地想帮助自己，于是在痛苦的折磨中，他从心底爱上了这两个孩子。

这一天队伍行进在一条夹在两座巨石中间的狭窄小道里，这条小道通向岩石高处，从周围被水流冲刷过的痕迹可以看出，雨季的时候这里都是水，不过现在都是干涸的状态。峡谷两旁的石壁上稀稀拉拉长着几丛杂草，还有一些带刺的植物，树木并不多。葛布尔觉得站的位置越高，就越容易看到远处，他觉得翻过了这条山脊就是一片高原。万一斯马因的部队在驻扎的地方生起了篝火，他可以一眼看到浓烟。他们沿着狭窄的小道一步步往上爬，有的地方宽度仅能允许一匹马通过，有的地方又变成一块圆形的平地，周围都是石墙。峡谷顶的岩石上面坐着一群狒狒，它们正在游戏打闹着，偶尔对着这支队伍龇牙咧嘴。

此刻已经接近傍晚，葛布尔需要尽快给队伍找一处可以露营的地方，需要可以容纳所有人的一片空地，还要竖立一道栅栏，把所有马匹圈进去，用来防止野兽前来袭击。沙巴一直跑在队伍前列追赶着猴子，它时不时吼叫几声，在山谷中引起回声，动静把周围的猴子都吓跑了。

突然，远处的沙巴不再吼叫了，它站立不动，用鼻子在空气里使劲地嗅着，不一会儿它就夹着尾巴往回跑，葛布尔和黑密斯看到沙巴背上的毛都立了起来，知道沙巴一定是发现了什么更可怕的东西。为了弄清楚到底发生了什么，他们悄悄地继续往前走，走到拐弯的地方，只看了一眼便停了下来，眼前的景象让他们顿时像木头桩子一样愣住了。

原来在前面一截的峡谷比较宽敞，距离不到100步的地方，有一块岩石，那上面正卧着一只真正的成年雄狮。

这只狮子发现了这支队伍，它支起了前腿蹲着，眼睛炯炯有神，直视着葛布尔和黑密斯。夕阳的余晖照射在狮子金色的毛上显得庄重神圣，好像守卫着埃及神圣法老陵墓的狮身人面像。空气中弥漫着危险的气息，敏感的马匹察觉到危险便开始向后退，骑在上面的人也控制不住，每个人都胆战心惊，不知道该怎么办。葛布尔等人开始祈祷真主的保佑："伟大的真主，请救救我们吧！"

这只丛林之王仿佛一尊铜铸的塑像矗立在他们的必经之路上，狮子站在高处俯视着这支队伍，所有人连大气都不敢喘一声。

葛布尔在恩图曼曾听商人说起过，如果遇到狮子蹲在商队需要通过的道路上，只能另外找一条路躲开它，可现在这个情况，哪里有路可绕呢？除了后退，没有别的办法，万一后退的时候，狮子扑上来也是死路一条啊！葛布尔左思右想不知该怎么办。队伍有些骚动，有些人沉不住气，悄悄地互相问：“到底该怎么办呢？”

“我们应该往回走。”

“真主会显灵，让这只狮子离开吗？”

这时，黑密斯突然说道：“我们先把卡利丢出去吸引狮子的注意，趁狮子去追他的时候，我们再逃跑。”

“对啊，这是个好办法。”两个贝都因人都表示同意。

葛布尔没有说话，他想到万一卡利飞快地躲进岩石的缝隙里，那么狮子还是会跑向自己这边。他想到一个更残忍的办法，那就是先杀死卡利，再把他的尸体扔给狮子。这样等狮子追上来，碰见了一具流着血的尸体，说不定会被吸引住，停下来撕咬，那么他们就能趁机逃走了。

想到这里，他一把拉过来卡利，举起了自己手中的刀，正准备挥下的一瞬间，斯达西抓住了他拿着刀的手，厉声问道：“混蛋，你要干什么？”葛布尔立刻挣脱了斯达西抓住的那只手，可是斯达西马上又揪住了他的衣服，继续阻止他残害卡利。葛布尔恼羞成怒地呵斥：“小子，你找死！干脆连你一块宰了吧！”

斯达西脑海里飞快地冒出了一个想法，顿时让他面无血色，他想：狮子会去追逐奔跑的马，如果它在追赶马的时候，直接跳过了卡利的尸体，那么葛布尔肯定会急着杀了妮尔和自己去喂狮子。于是，斯达西用尽全身的力气抵抗着葛布尔，他大声地喊道：“给我枪，让我打死这只狮子！”

听到这里，贝都因人有些犹豫，可是黑密斯在塞得港见识过斯达西精准的枪法，黑密斯立刻说：“对，这小子枪法很准，他肯定能打死狮子。”

葛布尔也想起来斯达西教伊德里斯用枪时候的情景，尽管他对斯达西拿着枪有些不放心，但是面对被狮子吃掉的危险，他也就不再反对。他迅速把枪交给了斯达西，黑密斯也把弹药袋递给了斯达西。

斯达西接过枪和子弹后，立刻跳下马，从弹药袋里摸出一把子弹，边朝前走着边往枪里装子弹。刚开始走了几步，斯达西的脑袋感觉晕晕乎乎的，脑海中浮出的画面都是葛布尔把刀架在了妮尔和自己的头上，接着他看到了狮子，眼前的这只丛林之王让他顿时忘掉了一切。斯达西脸色惨白，浑身冰凉，双脚像灌了铅一样迈不动步，他的打猎经验里从来没有射猎过狮子，更何况还是这么近的距离，几乎可以感受到狮子的气息。

此刻狮子正在好奇地看着这个单薄的男孩，晃了晃自己像盾牌似的脑袋赶走空中的飞虫。所有人都紧张地盯着斯达西，大气都不敢喘一下。贝都因人也被眼前的情景惊呆了，他们从来没有见过，一个小男孩在高大的岩石对比下显得更加矮小，他面对着 头巨大的金色猛兽，在阳光的照耀下显得威严恐惧。

斯达西感觉自己的双腿变得软绵绵起来，他尽力克制住自己内心的恐惧，一步一步朝前走着。他觉得自己的心脏跳得越来越厉害，有时候仿佛都要从喉咙里跳出来了。他端起枪，心里开始冒出各种想法：是再走近一些，还是现在就开枪？离多远开枪才能百分百命中？别管了，继续走，距离越近，成功的机会就越大……距离 40 步，再近一点儿，30 步，20 步！斯达西仿佛都闻到了狮子身上的气味。他停下来站住，心想：这是生死攸关的一刻，上帝保佑我！

终于，狮子坐不住了，它站了起来，拱起后背，嘴巴张开，露出了牙齿，它的眼睛盯着斯达西，好像在说：“这个小家伙胆子真大，居然敢走到我的眼前！”狮子摆出了准备起跳的动作，随时都会扑向斯达西。

眨眼的工夫，斯达西便瞄准了狮子，枪口正对着狮子的额头，砰的一声，斯达西扣动了扳机，击中了已经跳起来的狮子，只见狮子仰面落了下来，四脚朝天，身体抽搐着从岩石上滚落到地面。斯达西端着步枪，依旧瞄住了狮子，等它彻底不再抽搐，确定死了之后，斯达西打开了枪盒，装进了几颗新的子弹。

击毙狮子的枪声还在山谷中发出阵阵回响，葛布尔、黑密斯和两个贝都因人起初还没有回过神来，过了不一会儿，他们就爆发出兴奋的叫喊声，他们想跑向斯达西庆祝逃过了狮子的捕杀，结果座下的马儿们却不敢挪动半步，狮子的气息对马儿来说太危险了，哪怕狮子已经死了。

斯达西这时缓缓转过身，看着他们，眼睛在葛布尔身上停住，自言自语道：“一切都该结束了，我再也不能让你伤害妮尔，或者其他人了。”斯达西的脸色变得凝重起来，刚刚因为射杀狮子面色苍白，现在看起来更加没有血色，他朝葛布尔他们走了几步，然后停下来。斯达西在心里做了一个勇敢又可怕的决定，这个决定让他的心像铁一样坚硬。“这是一帮绑架犯、杀人犯、虐待狂，妮尔还在他们的手里，我不会再让你们有机会伤害妮尔了。”斯达西说着又向前踏出了几步，然后飞快地举起枪，没等其他人反应过来，只听见两声枪响。

枪声的回音在峡谷里不断回荡，只见葛布尔像个沙袋一样从马上摔到了地上，一动也不动，鲜血从他身体下面流了出来；黑密斯倒在了马背上，额头上鲜血淋淋。两个贝都因人见状，连忙跳下马，大喊着朝斯达西跑去，想趁着斯达西装子弹的工夫，用刀子杀死他。斯达西原本不想要贝都因人的命，如果他们逃跑，斯达西根本不会去追，但是这两个愚蠢的人还要试图继续害人，没等他们跑出几步，枪声再次响起，这两个贝都因人脸朝下倒在地上，其中一个没有被击中要害，他试图爬起来的时候，沙巴冲了上去，一口咬住了他的喉咙。

枪声的回音消失后，四周一片寂静，忽然卡利的乞求声打破了寂静，他跪在地上，对着斯达西喊道：“伟大的主人，你杀了狮子，杀了坏人，求您饶我一命，不要杀卡利！”

卡利的声音惊醒了斯达西，他并没有注意到卡利说了些什么，他的眼睛看到了妮尔惊恐害怕的眼神和苍白的脸，才从恍惚中清醒过来，他跑到妮尔的身边，大声叫着：“妮尔，我们自由了，我们终于自由了！”

斯达西的计划终于成功了，孩子们摆脱了绑架者得到了自由，但是他们能去哪儿呢？四周是荒无人烟的旷野，还有未知的危险。

第二十章　重获自由

趁着天黑之前，斯达西和卡利把狮子和那些人的尸体都拖到峡谷的一侧。如果在尸体附近过夜，那可是一件令人害怕的事情。卡利看着死掉的狮子，摸着它的肚子，用斯瓦希里语一再表示狮子的肉很好吃，但是斯达西没有允许他切割狮子，而是让他去寻找被枪声惊吓走的那些马。在荒野中寻找走失的马，不能顺着马跑掉的方向去追，而是要爬到高处，转到马的前面挡住它。卡利对这事很有经验，他很快就找到了两匹马，斯达西也找到了两匹，只有葛布尔和黑密斯骑的两匹马没有找到。另外，他们还在一块岩石的转弯处发现了耷拉着耳朵正在低头吃草的驴，面对这样凄惨的场景，它依然镇定自若，幸好驴子身上驮着帐篷和包袱，这下解决了晚上露营的问题。

他们有了 4 匹马，卡利和梅亚也都骑上了马，斯达西带着大家继续向前走。苏丹的马通常对于野兽习以为常，但是唯独特别惧怕狮子。因此，路过斯达西打死狮子的地方，尽管狮子的尸体已经被挪走了，但是地上还留着狮子的鲜血，那摊血已经发黑了，大概是狮子的气息还在，让马儿不停地打着响鼻儿，不再前进一步。斯达西正在为难该怎么办的时候，那头驴默默地走了过去，看到驴安全地走过什么事也没发生，马儿才跟着通过了那里。

这时天色已经完全黑了下来，他们继续走了大约1公里，斯达西看到一片半圆形的平地，周围长满了荆棘和含羞草，于是决定今晚就在这里安营扎寨。卡利负责生火，他用从葛布尔身上摘下来的一把长剑砍伐了许多荆棘枝条，收集了大概能烧一整夜的枝条。梅亚在附近找到了水，给每个人的水壶灌满了水。然后卡利又帮着斯达西搭建了给妮尔过夜的小帐篷，帐篷外面用较长的荆棘枝条建了一个围栏，斯达西以前在旅行者的游记中看到过，这样可以阻止野兽的攻击。围栏不够把马和驴也安置在里面，斯达西只好卸下它们的马鞍和驮着的包袱，让它们在附近吃草喝水。

从驴子背负的包袱里，找到了3包玉米、1捆木薯干和一些盐。这些足够让他们吃一顿丰富的晚餐了。可怜的卡利一直受到葛布尔的虐待，这一次他终于能够吃顿饱饭了，大部分食物都是被卡利吃掉的。卡利十分感激斯达西，把他当作自己的新主人。吃完晚饭，卡利就跪着对斯达西和妮尔表示忠诚，愿意永远做他们的仆人，接着他又向斯达西的步枪致敬，他认为自己的安全都依靠这支可怕的武器。卡利拍着胸脯对两个孩子宣布，在“伟大的主人”和“比比”晚上睡觉的时候，他会和梅亚轮流守夜，保证不让篝火熄灭。“比比”在斯瓦希里语里是女主人的意思。说完他就坐在篝火旁边，嘴里用方言轻轻地唱着歌谣，歌词大意是庆祝凶猛的狮子被打死了。

虽然夜已经很深了，但是孩子们都睡不着。妮尔晚餐的时候吃得很少，在斯达西的劝说下才吃了一小块肉和几粒煮熟的玉米，她表示吃不下也睡不着，只想喝点儿水。斯达西担心她生病了，就摸了摸妮尔的额头，感觉有点儿凉，于是劝说妮尔进帐篷里面休息。斯达西拿着枪坐在帐篷外面，万一篝火不能阻止野兽的来袭，他好时刻准备着。斯达西的脑海里不停浮现出傍晚时的画面，葛布尔和黑密斯倒在自己面前，接着是两个贝都因人，事情发生得太快，虽然他现在感到了自由，但是他同样感到心头上像压着一块大石头。他望着篝火闪亮的光芒，火红的光亮中时隐时现着一个黑影，不知不觉斯达西沉沉地睡着了。他太累了，紧张的神经太需要休息了。

夜已经很深了，卡利也不由自主地开始打瞌睡，但又睡不沉，时不时会醒来然后往篝火里添加树枝，保持着篝火一直在燃烧。寂静的夜里，只有树枝被火烧得噼里啪啦响的声音。月亮的光亮被岩石阻挡，照不进峡谷的深处，山顶上方的星星闪闪发亮。尽管白天炎热无比，夜晚总是十分寒冷，斯达西被冻醒了，他担心妮尔会不会一样感到寒冷，于是走进帐篷查看，好在有毛毯的保暖，妮尔睡得很安稳。斯达西感到放心，他想到经过了那么多天在尼罗河上的航行，又在山下走了好几天，现在又来到了高地，这些地方的疾病没有低洼地带那么任意泛滥，冷到骨髓的寒气坚定了他的判断，于是斯达西返回篝火旁，坐下来接着打起了瞌睡，很快又睡着了。

这时，沙巴突然开始吠叫，把大伙儿惊醒了。只见沙巴警惕地站着，眼睛朝着他们来时的方向，不停地嗅着鼻子。卡利连忙向篝火中添加树枝，他低声让斯达西拿好枪。斯达西走到围栏边上，观察着黑暗的深处。沙巴的吠声时断时续，不一会儿，斯达西听到了某种体型硕大的动物奔跑的脚步声，他开始紧张，思索着是水牛还是犀牛，这些动物连篝火都不害怕，它们比一般的野兽更有攻击性，会破坏沿途经过的所有东西，自己拿着枪是否能击退这些大型动物呢？斯达西又开始想到，万一来的不是野兽，而是斯马因的部队怎么办？如果来的队伍里有斯马因，那他和妮尔还暂时没有性命之忧，如果斯马因不在里面，那么他们会不会再次遭到折磨？“上帝啊，希望来的是动物，不是人类。”各种想法在斯达西的脑海中一一浮现，让他心乱如麻。

脚步声越来越近，听着似乎是蹄子的声音。终于在黑暗中出现了一道影子，“原来是马！”卡利大叫起来。原来这些脚步声是先前走失的两匹马，它们看见了自己的同伴在围栏外边，便不再奔跑，慢慢走近自己的同伴，用脚使劲踩了几下地面，接着就一动不动地站着。

斯达西依旧谨慎地端着枪，他觉得能让马朝着篝火奔跑，说不定马儿的身后可能会有更加危险的动物，也许会出现一头狮子或豹子。他等了好久，等到几匹马都平静下来，连沙巴都躺在了地上，闭上了眼睛，不再吠叫，斯达西才放松下来，心想，说不定野兽在追赶马儿的时候，看见了篝火，所以没有跟上来。

斯达西对卡利说道：“这两匹马一定是遇到十分可怕的事情，它们才会鼓足勇气越过那些尸体跑过来。”

卡利回答道：“主人，我大概知道是什么原因，野狼和鬣狗闻到了狮子和那些人尸体的味道，趁着夜晚涌进了峡谷里，所以才把这两匹马吓得跑了出来。”

斯达西点点头，对卡利说：“可能事情就是这样。你去围栏外把马身上的马鞍和包袱卸下来吧，我会用枪保护着你的，别害怕。”

“有主人在，卡利不怕。”卡利按照斯达西的吩咐，搬开了一些荆棘枝条，跑到围栏外去忙碌。这时，妮尔从帐篷里走了出来。沙巴马上站起来，摇着尾巴迎向了她，拿鼻子在妮尔身上蹭着，但是妮尔没有理会沙巴，她伸出一只手推开了沙巴，问斯达西："出了什么事？"

"没什么事，是那两匹失散的马跑回来了。是不是沙巴把你吵醒了？"

"我早就醒了，一直想到帐篷外面透透气，但是……"妮尔欲言又止。

斯达西追问："但是什么呢？"

妮尔鼓足了勇气，说道："我怕会让你生气。"

斯达西满脸惊讶，他说："我怎么会生你的气？"他看到妮尔的眼神中透露出对自己的畏惧，心想："妮尔害怕我！"一开始斯达西觉得很自豪，觉得自己像个男子汉，可是这个想法没有停留多久，因为在这段艰难困苦的遭遇中，斯达西的思维能力和观察能力都有了显著提高，他同时也看出来妮尔表情中的厌恶，对夺取别人性命的憎恶和对残酷的反感。斯达西明白在书上看到美国人在西部屠杀红皮肤的印第安人的事件，和在现实中亲眼看到杀死别人，刚刚还活蹦乱跳的人下一秒就倒在血泊之中并不是一回事，他不禁悲伤地想到自己在妮尔心里留下了很坏的印象，妮尔再也不会像过去那么信任他、崇拜他了，而自己所做的一切都是为了妮尔。如果没有妮尔，那自己根本坚持不了这么久，要么被折磨死，要么逃走。为了保护妮尔，自己忍受饥饿、挨过鞭打，这一切痛苦都被妮尔对自己的依赖和信任支持着。

而现在站在自己面前胆战心惊的妮尔，和过去那个天真可爱的小妹妹完全不同。妮尔望着自己的眼神里，不再充满了信任，而是满眼的害怕。斯达西感到很委屈、很难过，要不是为了男子汉的自尊，他就会放声大哭起来，他努力忍着即将涌出来的眼泪，问妮尔："那你觉得我可怕吗？”

妮尔轻轻地点点头，说：“嗯，有一点点可怕的感觉。”

斯达西想了想，让卡利去取了两条毛毯，铺在了篝火旁，对妮尔说：“坐在毯子上会暖和一些，你要是困了的话，就靠在我的肩膀上睡吧！”两个人紧紧地坐在一起，不再说话。岩石中的云母在夜色的照耀下，发出五颜六色的光芒，周围静悄悄的，只有马儿吃草的声音。

过了好一会儿，斯达西终于开口说道：“妮尔，你要相信我，刚才发生的一切都是迫不得已，刚才你也看到了，葛布尔准备要杀了卡利去喂狮子，说不定他也会杀了我们丢给狮子当诱饵，我并不怕死，但我害怕让你受到威胁。老实说，如果不是因为这个威胁，我也不会把他们都杀死。尽管我曾经那么想过，但只是在心里想想，还没有真正那么去做。你也看到过他们是如何折磨卡利的。就算我们能逃过狮子的这一关，如果以后他们找不到斯马因，他们会怎么对待我们呢？葛布尔肯定会来折磨我们，一想到他会用鞭子抽打你，我就觉得无法忍受。万一我们被折磨死了，他会说我们是感染热病死的。还有那个黑密斯，如果不是他，我们也不会被绑架……妮尔，我做的事情的确很残忍，但我是因为要保护你，才不得不去做的。我并不是因为天性残忍才去伤害他们的性命，是因为我答应过你的父亲，要照顾你，我要想尽一切办法把我们救出去，你是我最在意的人！”

斯达西对妮尔倾诉着自己一肚子的委屈，可是妮尔并没有完全听懂斯达西说的这些话，但她依旧紧紧靠着斯达西。斯达西等自己的情绪缓和了一些，又接着说道：“我并没有变，原来是什么样的，现在还是什么样，我像你的哥哥一样，永远都会一心一意保护你。只要那些坏人还活着，我就不能保护你的安全。现在没有坏人了，我们可以逃到埃塞俄比亚，那里虽然也都是黑人，但他们是基督教徒，并不支持马赫迪。只要你不生病，我们就能坚持到那里。假如我们失败了，被斯马因抓住，我觉得他也不会因此而惩罚我，因为他并不认识那个葛布尔，也不认识那两个贝都因人，虽然他认识黑密斯，但是他不会在乎黑密斯。我们也可以告诉他，黑密斯没有和我们在一起。妮尔，只要能够顺利到达埃塞俄比亚，我们就真正得救了。就算失败的话，情况也不会比现在更糟糕，因为这个世界上再也不会有比葛布尔更残忍的家伙了。妮尔，你不用害怕我。真的，相信我！”说到这里，斯达西将妮尔搂在怀里，开始抚摩她柔软的头发，想要唤起她的信任，让她变得开心一些。

妮尔胆怯地看着斯达西，认真地听着他说话。从妮尔的眼神中依旧能看到她心里的恐惧，她想说些什么，却又欲言又止，最后妮尔低着头，头发把她的脸大部分都挡住了，她带着颤抖的声音问斯达西：“他们还会回到这里吗？”

斯达西满脸疑惑地问：“谁？你在说谁？”

“那些……被你杀死的人。”妮尔嘴唇哆哆嗦嗦地说。

斯达西有些意外，说道：“妮尔，你在说些什么呀？”

妮尔带着哭腔说：“斯达西，我好怕，真的好怕。”

斯达西沉默了一会儿，他并不相信死人会复活，不过现在是深夜，一想到尸体就在不远的地方，他的后背就起了一层鸡皮疙瘩，他说：“是迪娜给你讲的鬼魂的事情吗？你放心，死人是不会……”话还没说完，就发生了一件十分可怕的事情。

原本静悄悄的深夜，突然被一阵恐怖的声音打破，从峡谷的方向，也就是那些尸体躺着的方向，传来了一片鬼哭狼嚎的叫声，好像是恶鬼撕心裂肺的笑声，又像是疯子声嘶力竭的哭声，里面有快乐、绝望、痛苦、悲伤，还有凶恶和嘲笑。妮尔啊的一声尖叫，捂着耳朵，把头埋进了斯达西的怀里。斯达西的头皮一紧，沙巴也站了起来，冲着声音的方向狂吠不止。

只有卡利淡定地坐着没动，他抬起头带着喜悦的口气说 ："那是狼群的笑声，它们在嘲笑狮子和葛布尔呢！"

第二十一章　开始探险

自从昨天发生了那件改变了所有人命运的事件之后，晚上孩子们都没有休息好，等到他们都筋疲力尽地睡着后，他们就睡得很沉。斯达西睡在了篝火旁边的一块毛毯上，妮尔一直睡到中午才醒过来，斯达西只比她早起来一会儿，他让卡利去准备午餐。在阳光的照耀下，深夜的恐惧通通消散了，经过了充足的睡眠，两个孩子看起来都精神焕发，尤其是妮尔，脸色变得红润起来。吃完饭，每个人都想离那些尸体越远越好，于是大伙儿很快就继续赶路了。

非洲的午后被称作“白色时间”，这是一天中气温最高的时刻，整个大地变得寂静无声，天空中没有一只飞鸟，丛林里没有一只鸣叫的虫子，只有炎热和沉静，所有在非洲旅行的人们都要停下来，找片阴凉的地方休息，只有斯达西这一行人还在前进。斯达西选择在峡谷中穿行，一方面有一面岩石可以阻挡部分太阳的炙热，让他们可以躲在阴凉里继续前行，他们还能在岩石的缝隙中找到一些水，因为没有被太阳晒到，变成水蒸气；另一方面可以防止被斯马因的部队发现。

峡谷的走向是从低到高延伸着的，两边的岩石中有些地方露出了大片的硫黄矿石，岩石缝隙中储藏的水经过高温的蒸发，让空气中也飘着硫黄的味道，这使斯达西和妮尔回忆起不愉快的经历来，在喀土穆的起义军都是用硫黄油膏来清洗头发的。峡谷中有些地方还有鼹鼠的味道。

好在不愉快的经历很快就被重获自由的喜悦冲散了。他们可以随时看到好看的景色就停下来休息，比如路过了一处壮观的瀑布，周围盘绕着的蔓藤散发出兰花的香味，还有很多美丽的鲜花，妮尔很高兴停留在这座野外花园之中，蔓藤的叶子对于马来说也是可口的饲料。

路上很少遇到野兽，只有一些好奇的小猴子会不时在岩石高处蹦来跳去，在蓝天的衬托下，看起来好像印度神庙周围装饰的小神像。还有一些个头儿较大的猴子会向沙巴做鬼脸，露出牙齿表示对它的惊奇和不满，见惯了这些情景的沙巴毫不理会这些挑衅。

恢复了精力的斯达西作为队长，开始思考着未来的路怎么走，如何带着妮尔走出反抗军控制的地区，以免再次落入起义军的手里。怎样在荒野的旅行中找到足够的食物？他首先要解决的问题是该往哪个方向走。斯达西在恩图曼的时候，曾听希腊人说过，从法索达到埃塞俄比亚边境，走捷径的话骑马大约需要 5 天。斯达西计算了一下，捷径的路程大约是 160 公里，现在距离他们离开法索达已经有两个星期了，为了寻找斯马因，他们拐到了南方，那肯定不是通向捷径的道路。斯达西回忆起在离开法索达的第 6 天，他们经过了一条河，可以肯定那条河并不是尼罗河。然后他们往高地的方向走着，接着经过了一片广阔的沼泽地带。在塞得港的学校里，斯达西学到了很多有关非洲地理的知识，他知道那里是巴洛尔，是由尼罗河的一条支流索巴特河形成的河湾，那条支流并不出名。斯达西认为他们经过的那片沼泽八成就是巴洛尔。

斯达西反复考虑后决定沿着斯马因的踪迹走，他想到斯马因需要抓奴隶，他不会往法索达的东部走，因为东边已经被起义军清除过了，大量得了瘟疫死去的人让那里已经变得荒无人烟了。他肯定会到没有发生战乱的南方，而要到达埃塞俄比亚的边境只能通过更加野蛮荒凉的南部。这个决定让斯达西自己都吓了一跳，斯达西又想到，可以离开这片向南的高地，转道往东走，但是，他经过了一番衡量之后，还是放弃了这个想法。斯达西觉得沿着斯马因部队的路线走最安全，也能最快地脱离险境。不过为了安全起见，他觉得还是要和斯马因的部队保持两三天的路程。斯达西判断斯马因不会走回头路，因为带着大批奴隶会很浪费时间，斯马因最有可能会往尼罗河方向走，那里更容易进行奴隶交易。

东部边境会遇到马赫迪的人，和南部边境相比，斯达西宁愿选择从南边进入埃塞俄比亚。就算他们可以避免撞见斯马因的部队，但是假如碰上了非洲原住民，对两个孩子来说还是有些危险的，不过斯达西想到卡利和梅亚会帮助自己的。很容易看出梅亚是来自丁克或西鲁克部落的，因为这两个部落生活在尼罗河边上，经常会在河湾里走动，所以脚看起来都是细长的。而卡利就不容易看出来是哪个部落的，长期遭受葛布尔的折磨，让卡利看起来又瘦又小，而且他不会说阿拉伯语，在非洲通用的斯瓦希里语，卡利会说的词语也有限，斯达西曾经跟在运河工作的赞比亚人学习过一点斯瓦希里语，因此，他判断卡利来自更遥远的地方。

途中休息的时候，斯达西询问卡利来自哪个部落，卡利说：“瓦希玛。”

“你们的族人很多吗？”

“嗯，瓦希玛族有很多人，会和山布鲁族打仗，他们抢我们的牲畜，我们再抢回来。”

“你知道你的家在哪里吗？”

卡利一边摇头一边说：“很远，很远。”

“你的家景色看起来和这里一样吗？”

“不一样，我们有高山和大湖。”

“大湖有名字吗？”

“黑水湖。”

斯达西回想自己所知道的非洲地理，并没有一个叫黑水湖的地方，他想也许是当地人对湖泊的称呼不同吧，卡利所说的黑水湖大概是艾贝特湖，那个地区目前属于起义军的控制领域，归艾敏埃米尔管辖，为了证明自己的猜测，斯达西继续问卡利：“你在你的故乡见过白人吗？你有没有见过冒着黑烟的轮船和军队呢？”

卡利摇了摇头回答：“没有，我以前从未见过白人，我们那里的白人很少，在我出生之前，有白人在那里找象牙，他们穿着白色的长袍，我爸爸接待过他们，给了他们许多象牙。”

“卡利，你的爸爸是做什么的？”

卡利挺起胸骄傲地说：“我爸爸是瓦希玛的国王。”

“你想不想念你的家人？”

卡利低下头，说：“想妈妈。”

“如果你再见到你们部落的人，他们会怎样对待你呢？”

“他们会向卡利跪下磕头的。”

“那你能把我们带到你的故乡吗？然后你可以留在那里，我们会继续向大海的方向走。”

“卡利不会留下，卡利也找不到他们了，卡利爱上了伟大的主人和月亮的女儿，要永远追随你们的。”

斯达西听到这里，笑着看了看妮尔，说：“妮尔，你听见了吗？你是月亮的女儿啊！”接着他就陷入担心，妮尔的脸色看起来不太好，没有一点儿血色，确实有点儿不像是人间的女孩。

卡利过了一会儿说道：“卡利热爱伟大的主人，因为主人杀死了坏人，让卡利不再挨打，不再挨饿。”他高兴地拍着自己的肚子，接着说，“好多肉，好吃的肉。”

斯达西对卡利是怎样被抓住成为奴隶这件事有些好奇，可是一想到卡利从被抓走之后，估计已经转手了好几个卖家，连卡利自己都不确定他是从哪里来，到过哪些地方，又是怎么出现在法索达的。斯达西只能从和卡利的聊天中推断，他也许来自艾贝特湖，也有可能是艾伯特·爱德华湖，或者维多利亚湖，如果是后者的话，那么卡利应该听说过艾敏埃米尔和他的部队，那些会让黑人害怕的汽船。斯达西觉得他们未来经过的地方有可能就是卡利的故乡，他们有很大的概率会遇见卡利的族人。

他们又走了几个小时，直到太阳快要落山，天气也变得凉快起来。斯达西看到一处地势低平的空地，旁边有积水的水洼，还有结满了果实的无花果树，于是他们停了下来准备过夜。

附近的岩石不太高，斯达西让卡利爬上去看看四周的动静。不一会儿，卡利就向斯达西汇报，除了看到很多动物，没有别的情况。卡利举着双手在头上表示，那些动物长着犄角。斯达西也爬到岩石上面，他四下观察，发现远处有树木被烧过的痕迹，新长出来的树芽只有几厘米高，看样子斯马因的部队前不久也经过了这里。在那些残存的树干下面，他看到了一群非洲角马，一种身体像马、头像水牛的动物，这些动物正在专心地低头吃草，并没有发现远处这几个人。

斯达西想给自己的小伙伴们补充一些肉食，于是他端起了枪，瞄准距离自己最近的一只角马。砰的一声，那只角马立刻像被闪电击中了一样倒在地上，其余的角马顿时飞快地逃走了，同时还出现了一只大水牛也跟着角马四散逃跑，刚刚它正在一块石头后面，挡住了斯达西的视线，所以没人看见这只大水牛。出于狩猎的本能，斯达西接着迅速瞄准了这只大水牛，并朝它开了一枪，打中了它，没想到水牛中了枪之后，并没有倒下，反而只是晃了晃身体，然后继续逃跑，等斯达西重新装上了子弹，水牛已经消失在高低不平的山路尽头。沙巴在第一枪响起后就朝着逃跑的动物们冲了过去。

斯达西和卡利走到被击毙的角马旁边，卡利用刀子割开了角马的肚子，斯达西走近了想看看自己的猎物，结果意外的是，卡利居然满手鲜血捧着角马的肝脏举在斯达西的面前，让他直接食用，斯达西看了一眼血淋淋的动物内脏就觉得反胃，连忙拒绝，让卡利自己享用。得到主人允诺之后，卡利立刻用嘴直接咬着那块内脏，津津有味地吃了起来。等吃得差不多了，他接着就用刀子将角马的皮剥了下来。卡利的动作十分娴熟，很快就把猎物的四肢和身体分开，然后把角马脊背上最鲜嫩的肉切成一条一条的，便于携带。

这时，斯达西想起来怎么沙巴不见了。他想让沙巴也来分享这道美味，于是就吹了几声口哨，往常沙巴听到口哨总会马上出现，这次却一点儿动静也没有。正在收拾猎物的卡利抬起头，说道："沙巴去追水牛了。"

斯达西问道："你看见的，还是猜的？"

"看见的。"说完，卡利就背起了角马的肉，朝他们的营地走去。

斯达西又朝远处吹了几下口哨，等了一会儿，便跟着卡利一块儿返回了。梅亚正在附近收集荆棘枝条，妮尔在营地里摆弄着自己的小玩意儿。

“斯达西，我听见你刚才在吹口哨，你是在找沙巴吗？它和你们一块儿去打猎了？”妮尔说道。

“嗯，是的。”斯达西告诉妮尔沙巴去追水牛了，自己有些担心它，因为非洲水牛个头儿巨大，身材强壮，连狮子对它都畏惧三分，如果沙巴和水牛搏斗起来会是十分危险的事情。妮尔听到这里也开始变得不安，她表示自己要等沙巴回来才能去睡觉。

等到夜幕降临，沙巴还是不见踪影，妮尔难过得哭了起来。斯达西有些后悔告诉妮尔关于沙巴有可能发生危险的事情，于是他安慰着妮尔，说道：“那头水牛已经挨了我一枪，我估计它伤得很厉害，不断地流血会让它没那么强壮，即使沙巴和它打起来，沙巴的动作也很敏捷，水牛轻易伤不到沙巴的。天色已经全黑下来了，地上的足迹很难看清，我没法去找沙巴了，也许它要很晚才能回来，你放心，它最终一定会回来的。你忘了吗？我们在沙漠里，那么远的地方，它都能找到。”

斯达西对自己说的话并不完全肯定，因为他从书上知道，非洲水牛是一种报复心很强的动物，即使身受重伤，它也会躲在猎人经过的路上，突然袭击打伤自己的人，用头上的角把敌人挑起来，抛向空中。万一它攻击沙巴的话，沙巴很容易吃亏。而且夜晚是肉食动物活动的时间，沙巴说不定会遇到其他更可怕的危险。

卡利和梅亚已经生好了篝火，准备好了晚餐。妮尔在斯达西的劝说下，勉强吃了几口东西。沙巴一直没有出现。最后，斯达西费尽心思，对妮尔再三保证第二天天一亮就去寻找沙巴，妮尔才勉强同意去帐篷里休息。虽然她钻进了帐篷，但是没过多久她就要把脑袋伸出来，询问沙巴有没有回来，一直折腾到午夜时分，妮尔才睡了过去。

梅亚坐在篝火旁边，代替卡利守夜。斯达西走到卡利身旁，在他旁边的毛毯上躺了下来，卡利问道："月亮的女儿为什么哭？"

斯达西回答："她是因为沙巴可能被水牛杀死了才那么难过的。"

"也许沙巴还活着。"卡利说完，他们都不再说话，斯达西不一会儿就睡着了。半夜时斯达西被冻醒了，他发现篝火熄灭了，梅亚在打盹儿，忘了添加树枝。斯达西起来重新点燃了篝火，接着他看到刚刚卡利躺着的地方现在没有人了，他把梅亚摇醒，询问卡利的去向。迷迷糊糊的梅亚告诉他，她看到卡利拿着刀走的，以为卡利去砍树枝去了，不知道他现在还没回来。

斯达西问道："卡利走了多久？"

梅亚说："有好一阵子了。"

斯达西等了很久，直到天边泛白，太阳即将升起的时候，还是没见卡利回来。斯达西心里冒出了一个念头——卡利逃跑了。这个想法让斯达西又气又难过，气的是自己把卡利从葛布尔的折磨中解救出来，妮尔对他也都很好，他居然忘恩负义地跑了。斯达西想起来自己读过的一些关于非洲旅行探险的故事，里面说起过黑人的愚昧无知，他们不愿意背负沉重的东西，宁愿受到死亡的威胁也会抛下背包逃跑。斯达西想到在荒野一个人，虽然卡利身上带着刀，但是万一遇到猛兽或者起义军，一样都没有好下场，不是成为猛兽的盘中餐，就是又被抓去当奴隶。

斯达西忍不住骂起来："卡利真是个大笨蛋，忘恩负义的可恶家伙！"接着想到以后的路途中，没有了卡利的协助，很多繁重的工作都要落在自己的身上，包括喂养马匹，砍柴修建围栏，搭建帐篷，甚至打猎之后给野兽剥皮，并切割成适合晒干和食用的形状，这些工作中尤其是剥皮，斯达西承认自己虽然擅长打猎，但他对剥皮却是一窍不通。他对自己说：“唉，没办法，不会也要去做啊！”

这时太阳已经出现在远处的天际线，大地瞬间就亮了起来，斯达西听见帐篷里传来妮尔洗脸的水声，知道妮尔起来了。果然，很快妮尔就衣衫整齐地从帐篷里走了出来，第一句话就是问沙巴。得到了否定的答案之后，妮尔的眼神充满了失望和难过，斯达西安慰她说：“沙巴说不定一会儿就会回来，你记得吗？我们在沙漠的时候，经常一连几天沙巴都不见踪影，最后它总能追上我们的。”

妮尔说道：“你昨晚说过，今天会去找它的。”

“是的，但是现在我走不开了，因为卡利不见了，我不放心把你和梅亚留在这里。”斯达西接着告诉了妮尔是如何发现卡利不见了的，他觉得有些事情无法隐瞒的话，就要尽早告诉妮尔。

“卡利带着葛布尔的那把刀，趁着我们睡着的时候走掉了。有些非洲黑人并不会遵守诺言，他们常常逃跑，有时候会因此丢掉性命，我很同情他，不过他不会明白自己在干什么……”斯达西正说着的时候，忽然传来了沙巴的叫声，妮尔高兴地跳了起来，跑去迎接。斯达西首先看到了跑在前面的沙巴，接着看到了跟在它身后的卡利。

卡利浑身湿乎乎的，好像被雨淋过似的，他气喘吁吁地跑到妮尔身边，妮尔伸出双臂拥抱了他。卡利说：“卡利不想看到月亮的女儿哭，于是卡利去找沙巴了。”

两个孩子都十分高兴，斯达西拍着卡利的肩膀说：“卡利真棒，你晚上出去的时候，不怕碰上狮子吗？”

“卡利害怕，那也要去。”卡利的这句话深深地打动了斯达西和妮尔。在妮尔的建议下，斯达西将希腊人在喀土穆给他们的一串玻璃珠送给了卡利。卡利马上就戴在自己的脖子上，并且十分骄傲地向梅亚炫耀起来，他说："卡利有奖励，梅亚没有，卡利是有地位的人了。"

卡利受到了奖励，沙巴却受到了惩罚。它被戴上了脖套，妮尔牵着它，它再也不能四处乱跑了。妮尔坚信沙巴认识到了自己的错误，要不是被鬃毛遮着，一定是满脸通红的。

接着是愉快的早餐，梅亚采摘了很多无花果，卡利烤了一些角马肉，吃早饭的时候，卡利还用斯瓦希里语讲述了这一晚上的冒险经历，斯达西翻译给妮尔听。卡利讲述了自己是如何找到水牛的踪迹，幸好前几天下的一场雨，地面不是很坚硬，可以看到水牛的大脚掌走过的时候，留下了一个个很深的脚印，卡利顺着脚印走了很远，才看到已经倒在地上的水牛，周围没有搏斗的痕迹，看来是水牛自己失血过多死的。当卡利找到沙巴的时候，沙巴正在撕咬水牛的前腿，虽然沙巴已经吃饱了，但是它还是护着自己的食物，不让两只胡狼和一群鬣狗靠近水牛的尸体，那群野兽只好眼巴巴地看着美味流口水。

卡利还告诉大家，当他劝说沙巴跟自己回来的时候，沙巴对他也龇牙咧嘴，表现得很不友好，要不是他告诉沙巴，伟大的主人和月亮的女儿会生气，沙巴才收起凶恶的一面，乖乖地跟自己回来的。

吃完早饭，大伙儿开始收拾行李，准备继续前进，梅亚用羡慕的眼神看着卡利脖子上的玻璃项链，又看了看沙巴的脖套，有些沮丧，她心想：他们两个都有了宝贝，而我的脚上只有这只铜镯子。

第二十二章　深夜遇险

接下来的几天，他们始终顺着峡谷继续朝南走着。雨季即将来临，白天都是热浪滚滚，晚上要么闷热要么清凉，远处的天边有时会飘过一层层雪白的云朵，有时又能看到下着雨的乌云和雨后的彩虹。有一天早上，他们刚出发不久，头顶上空就飘来一大团乌云，突然下起了雨，雨水又大又猛，把每个人都变成了落汤鸡。幸好这朵雨云来得快去得也快，他们还没来得及找地方躲雨，大雨就停了，瞬间雨过天晴，他们又继续往前走。

沿途有很多野鸡，斯达西不用下马就能打到足够所有人吃的肉，而且充足的饮水也让斯达西不再担心会遇到饥渴的问题。新鲜的空气让旅程变得不那么劳累，斯达西感到轻松了许多，他走到妮尔的身旁，和她讲着各种趣闻，甚至还和妮尔开起了玩笑。

当他们在一棵面包树下休息的时候，卡利和梅亚去采摘面包果，那些果实个头儿比香瓜还要大，烤熟了的味道很像面包，口感又有点儿像土豆泥。

斯达西和妮尔在树下坐着聊天，斯达西表示自己像个游侠骑士，看到妮尔不明白什么是游侠骑士，斯达西便向她解释道：“很久很久以前，在中世纪的时候，有很多这样的骑士，他们四处冒险，有时候要同巨人战斗，有时候要去除掉恶龙，因为他们每个人都有一个需要自己照顾和保护的心上人。”

妮尔问他：“你是骑士的话，那我是不是你的心上人呢？”

斯达西想了想说道：“骑士和他的心上人都是成年人，你还小，算不上吧！”斯达西并不知道，其实他为妮尔这个小妹妹所做的远远超过了游侠骑士为自己心上人所做的事情。他只是觉得自己要完成对劳利逊先生的承诺，他现在所做的一切都是他必须去做的。

妮尔噘着嘴巴，带着不高兴的声调说：“可是你曾经说过，我的行为像个 13 岁的人啊！”

“是有过一次，但是你现在只有 8 岁。”

“再过 10 年，我就 18 岁啦！”

“嗯，那个时候你才算是大人，可那个时候我就 24 岁啦，等我到了那个年龄就不会想着心上人的事情了，会有很多事情等着我去做呢！”

“你会去做什么事情？”

“我想成为一名工程师或者去轮船上当一名海员。如果波兰发生了战争，那我就会像我父亲一样去参军。”

妮尔忧心忡忡地问：“那你还回不回塞得港？”

“当然会回去的，我们都要先回到塞得港去找爸爸啊！”

“嗯，爸爸一定很担心我们。”妮尔的眼里充满了期待和忧伤，恰巧这时，天空中飞来了一群灰鹦鹉，它们浑身长满了灰色的羽毛，只有头部和翅膀下面是粉红色的，十分好看，孩子们的目光被灰鹦鹉吸引住了，眼睛一直盯着它们优美地飞行。它们在空中盘旋了一会儿，就落在了远处的榕树上，开始发出叽叽喳喳的叫声，听上去好像在开会，又好像是在吵架。

斯达西认真地说道："这是鹦鹉，一种可以被训练说话的鸟儿。等我们在某个地方停留的时间长一些，我就想办法给你抓一只鹦鹉来陪你。"

妮尔高兴地回答："真的吗？那太好了，谢谢你，斯达西，我已经给它取好了名字，就叫它黛西！"

等到卡利和梅亚采集到了足够多的面包果之后，他们再次上路。下午的时候，斯达西他们又遇到了一场暴雨，地面上有很多深浅不一的坑，里面都蓄满了水。卡利看了看天上的云，说不久还会有一场大暴雨。斯达西想到峡谷的地势比较低，如果在那里宿营，万一再赶上一场大暴雨，说不定会发生山体滑坡，很危险。于是决定在山上露营。斯达西派卡利去侦察一下地形，看看哪里适合搭建帐篷。最后，他们选了一处坡度比较缓的地方开始安营扎寨，妮尔的帐篷搭建在干燥的地方，旁边有一座白蚁丘，正好可以作为一面屏障，减少了修建围栏的工作量。几匹马也被安置在安全的地方。

营地边上有一棵参天大树，枝叶繁多，正好可以用来遮挡雨水。围栏外面的树木并不密集，可以看到远处的棕榈树林，林中密密麻麻地缠绕着蔓藤。那些高耸的棕榈树比其他树木看起来都要高，它们的树冠仿佛孔雀张开的尾巴。斯达西听人说过，秋天的时候尽量不要在棕榈树下停留，因为那个季节正好果实成熟，很容易掉下来，棕榈树的果实十分巨大，从那么高的地方落下来，连马都可能会被砸死，更不要说人了。不过，现在还不用担心，因为那些果实还没有成熟。

西边的太阳还没有完全落下，透过树叶可以看见很多小猴子在树枝间跳来跳去，相互追逐打闹。斯达西和卡利准备了很多树枝，保证篝火可以燃烧整个晚上。傍晚的时候忽然刮起了大风，树杈做的围栏被吹得摇摇晃晃，卡利用刀子把树杈向下的一头削尖，插进土里，这样可以让围栏更加坚固一些。太阳落山后，风停了，空气开始变得闷热起来，刚开始的时候，在深蓝色的天空里还能看到云朵飘浮着，很少的几颗星星在眨着眼睛。没过多久，夜色就黑得什么也看不清了。孩子们吃过晚饭，四个人围坐在篝火旁，漆黑的四周传来了各种声音，有猴群吵闹的声音，有野狼的嚎叫声，还有更多不知道发自什么动物的奇怪的声音。从这些声音中可以感受到不安和害怕，黑暗让自然界里的每一种生物都感到威胁。

在片刻的沉静之后，忽然有一种仿佛从地底下发出的雄厚、深沉的吼声，是狮子！正在围栏外吃草的几匹马被叫声吓得跳了起来，纷纷向篝火的方向靠拢，连一向勇猛无畏的沙巴也夹着尾巴往斯达西的脚边挪了挪，很显然，沙巴觉得斯达西可以保护自己。

狮子的吼声接连不断地响起来，声音时而低沉时而洪亮。斯达西吩咐卡利给火堆添一些木柴，让篝火烧得更旺盛。卡利往火里扔了一捆木柴，顿时火花四溅，接着火光冲天。

妮尔拉着斯达西的胳膊，担心地问道："狮子会不会来吃掉我们？"斯达西指着围栏回答："不会，放心吧，你看，我们的围栏那么高，狮子是跳不进来的。"话虽如此，但是斯达西开始担心那些靠近围栏的马，它们紧贴在围栏的外面，万一把围栏撞倒的话，那围栏的防护作用就没有了。

狮子的吼声开始变成又长又尖厉的嚎叫，因为山谷的回音，所以分不清狮子到底在什么地方，只是四周除了狮子的吼叫之外，再也听不到任何声音。所有的动物都被吓得安静下来，即使最勇敢的人也开始发抖，好像窗户上的玻璃被远处的炮弹震得乱抖一样。斯达西趁着火光看了一眼妮尔，她的嘴角向下，眼睛湿润，斯达西说：“妮尔，别害怕，我们很安全，不要哭哦！”

妮尔觉得有些不好意思，逞强地说：“我没有哭，只是……只是眼睛出汗了。”

就在大家都紧张的时刻，忽然响起了另一只狮子的吼叫声，近得仿佛就在耳边似的，妮尔也被吓得大叫了一声，马儿们已经被吓得撞在围栏上了，幸好卡利之前做了加固，才让那些围栏没有被推倒。沙巴发出呜呜的叫声，身体像风中的树叶一样开始发抖。卡利的牙齿也在打架，他结结巴巴地说：“天哪，主人，两只，是两只狮子啊！”

斯达西清楚地意识到，危险越来越近，狮子们被马吸引过来，好在燃烧的篝火让它们有所顾忌，两只狮子的叫声此起彼伏，好像在对话一样，只是听众们都感到胆战心惊。整个黑暗中都充满了恐怖和死亡的气息。卡利也想到最有性命危险的是那几匹马，他掰着手指说道：“狮子会吃掉一匹马，也许是两匹，我们还有其他几匹马。”

“卡利，把火烧得再旺一些！”斯达西忽然说道。卡利不断地往篝火里添加柴火，让火焰更旺盛。这时，狮子的吼声突然消失了，卡利抬头看着漆黑一片的天空仔细地听着什么。

斯达西问他，“你在听什么？”

卡利回答道：“雨来了！”

斯达西也竖起了耳朵，聚精会神地听了起来。茂密的树叶挡在帐篷和营地上方，挡住了雨滴的落下，只能听到雨点落在树叶上的沙沙声，声音越来越大，终于雨量多得落到了孩子们的头上，卡利预测的暴雨来了。

在火光的照映下，雨滴好像一颗颗粉红色的珍珠，串成线似的落下来。不一会儿，雨水越来越多，从茂密的树叶上像瀑布一样倾倒在地上，倾盆大雨很快就将篝火吞噬了，火堆渐渐熄灭。卡利往里面扔多少木柴都没用，被淋湿了的柴火冒着烟。斯达西给妮尔裹了一条围巾，让她躲进帐篷里。

“虽然大雨把火堆浇灭了，但是篱笆还是完好的，没事的。”斯达西安慰着妮尔。

暴雨越来越疯狂，围栏几乎不复存在，狂风将篝火中残余的枝条和灰烬吹跑了，火堆彻底熄灭，营地一片黑暗，斯达西在闪电的光芒下看到卡利将一根绳子向树上扔了过去，并且顺着绳子往树上爬，斯达西不满卡利自作主张的行为，于是质问他在做什么，可是轰隆隆的雷声将卡利的回答淹没了。闪电和雷声交替出现，斯达西担心妮尔会害怕，于是钻进了帐篷。帐篷是固定在树干上的，暂时还能经受住暴雨的肆虐，但是随时都有可能被狂风吹跑。斯达西陷入左右为难的境地，如果继续让妮尔留在帐篷里，万一待会儿狂风连同帐篷一起把她卷上了天怎么办？如果走出帐篷，那么会立刻浑身湿透，而且面临狮子的威胁。正在斯达西不知该怎么办的时候，狂风帮他做出决定，没过多久狂风就把帐篷的顶刮没了，剩下四面的帐篷没法挡住大雨的袭击。

斯达西紧紧搂着妮尔，尽量给她温暖和安慰，但是斯达西知道不远处的狮子也在等待暴风雨平静下来，也许它们正躲在某棵树下面，而自己的步枪在漆黑的环境里无法发挥作用，看不见狮子的话，更不可能打中它，何况现在还是两只狮子。正当斯达西感到绝望的时候，树上传来了卡利的声音：“主人，快点儿抓住绳子爬上来！”说话间有根绳子落在了斯达西的肩头，他立刻用毯子将妮尔裹了起来，不想让她被绳子勒疼，然后用绳子绕在妮尔的腰上，把她绑紧，接着托着妮尔让卡利使劲拉绳子。

卡利很快就把妮尔拉到了树上，在树干中间找了一个比较舒适的位置，让妮尔不容易受到风雨的侵袭。卡利很快解开绳子又扔了下去，让斯达西赶紧上来，斯达西接着让梅亚先上去了，他在营地里拿到自己的步枪和弹药包之后，最后一个爬上了树。他一上来就先检查妮尔待的地方是否合适，看到妮尔的衣服都湿了，斯达西又开始担心她会感冒引起热病。可是现在暴风雨还没有停，这和以往他们遇到的暴风雨不一样，以往亚热带地区的暴风雨一般下得越大，停得就越快。

斯达西没法让梅亚去拿妮尔的干衣服，那些东西都在树下的营地里，他们四个人现在只能互相依偎着躲在树上，等待暴风雨过去，等待危险过去。斯达西自从篝火熄灭后,再也没有听到过沙巴的动静,他有些难过，但是不敢告诉妮尔，他只能盼望明天天亮的时候沙巴安全无恙。

又过了两三个小时，雨终于停了，周围除了山谷中积蓄的雨水沿着岩石的坡度往下流的哗哗声之外，没有其他的响声。斯达西想起卡利之前用湿了的树枝点火的经历，于是让卡利到树下试着生火，正当卡利准备顺着树干溜下去的时候，突然他们听到了马的嘶叫声，声音里充满了恐惧和痛苦，他们四个听着都不约而同地颤抖了起来，接着是撕裂声和马渐渐变小的呻吟声，不一会儿又响起了第二匹马的嘶叫声，更加绝望和无奈。在幽暗的夜空下，弱肉强食的自然法则正在上演，身处其中的斯达西他们虽然看不见发生的血腥场面，但是一样能感受到残酷和畏惧。斯达西开始庆幸，如果不是卡利先爬上了树，然后把妮尔和自己也拉了上去，那么现在狮子撕咬的可能就不是马了。

漫漫长夜就这样在死亡的威胁下度过了。

第二十三章　抵达瀑布

当第一缕曙光照耀在山谷和丛林中时，狮子便不见踪影了，太阳升起来，大地又再次变得明亮。四个人小心翼翼地从树上爬下来，斯达西让卡利把火堆生起来，每个人都需要把身上的湿衣服烤干，梅亚在包袱里找出妮尔的干衣服，给她换上。斯达西拿着枪在营地周围巡察，确认因暴风雨和狮子的袭击造成的损失情况。

营地的围栏只剩下几根树枝立在地上，围栏几步外第一匹马的尸体凄惨地躺在地上，身体已经被野兽吃掉了一半；距离它不到 100 步的地方躺着第二匹马的尸体，几乎是完整无缺的；再往远一点儿是第三匹马的尸体，头被咬得看不出原样，肚子已经被掏空了，地上到处都是野兽的脚印，泥坑里雨水混着血水看着惨不忍睹。三匹马虽然已经死了，但是它们的眼睛依旧睁得很大，可以感受到它们遭遇狮子时候的惊恐和临死前的痛苦挣扎。

斯达西握紧了手里的步枪，满眼怒火，他恨不得眼前立即出现一只狮子，他会毫不犹豫瞄准它的脑袋射击。不过现在报仇不是最重要的事，他还有很多事情要去办，首先是把幸存的马找回来，暴雨后它们不知道跑到哪里去了，没有马的话他们没办法继续前进。还有沙巴也不见了，斯达西猜测沙巴跟着马跑进了附近的森林，因为他找遍了周围都没有看到沙巴的尸体，这让他心里稍微感到了一些安慰。斯达西暗暗祈祷不要让这只忠心的小伙伴受到野兽的伤害。让他感到更高兴的是，他找到了那头驴。这头长着长耳朵的聪明家伙在大树下和树枝堆后面找到了一个角落，正好藏在里面，躲过了狮子的捕杀。假如被狮子发现，它也会用自己的蹄子进行顽强的抵抗，幸好狮子们的注意力都被那几匹马吸引住了，没有发现它。现在危险过去了，这头驴也躺了下来，估计它觉得在经历了这一晚的惊心动魄之后需要好好休息一下。

雨后的地面变得有些柔软，斯达西非常仔细地观察才发现了马的足迹，看着方向是跑进了森林里，接着它们又拐进了山谷，这倒是个好机会，因为在山谷里更容易抓住它们。斯达西顺着足迹继续往前走，没走几步，斯达西就发现地上掉了一根拴马的脚链，看来有匹马挣脱了脚链，那么它大概跑得很远了。斯达西心想，只能把它当作是损失了。他继续往山谷高处走，刚翻过一座岩石就发现一片洼地，有两匹马正在洼地边上，一匹躺在地上打滚儿，另一匹低头在吃着刚长出来的嫩草。两匹马看起来都十分疲倦，好像跑了整整一夜。斯达西喜出望外，他向马走了过去，马儿看见他并不躲避，白天明媚的阳光和清新的空气已经将它们心中的恐惧扫除干净了，它们打着响鼻儿，那匹躺着的马很快站了起来。走到跟前，斯达西才发现其中一匹马的脚链不见了，看来路上发现的那根脚链就是它的，幸运的是它没有因为摆脱了脚链而离开自己的同伴。

斯达西向四周望了望，希望看到其他的马，结果却发现了被狂风吹翻的帐篷顶此刻正挂在远处的岩壁上。斯达西安顿好那两匹马，爬上岩壁将帐篷顶拿了回来，这下妮尔晚上不用睡在用树枝搭起的小棚子里了，对于妮尔来说，帐篷是更好的选择。因此，失而复得的帐篷顶，也让斯达西感到高兴。

更令斯达西惊喜的是，沙巴突然从附近的岩洞里跑出来，嘴里还叼着一只脊背断了又少了一只脚的胡狼。沙巴跑到斯达西脚边，放下嘴里的猎物，一边摇着尾巴一边兴奋地叫着，好像在说："虽然我打不过狮子，但是其他动物还不是我的对手呢！你瞧，我这一夜的收获，怎么样？"看到沙巴骄傲的样子，斯达西忍不住笑起来。他告诉沙巴，胡狼可不能作为礼物送给妮尔，会把她吓着的。

斯达西带着找回来的马和沙巴返回了营地，卡利已经烧火煮上了玉米和鹿肉干，妮尔也把湿衣服换了下来，她看见沙巴很高兴，但是精神看起来有些萎靡不振。斯达西看到一脸苍白的妮尔，开始担心起她的健康，于是问道："妮尔，你是哪里不舒服吗？"

妮尔回答道："斯达西，我没事，只是困得想睡觉。"

斯达西拉着妮尔的手说："嗯，昨晚的经历太可怕了，上帝保佑我们现在平安无事，大家没有休息好，你一说困，我也想睡觉了。天哪，你的手怎么这么凉？"

"我的头有点儿痛。"

斯达西摸了摸她的脑门儿看看她是否在发烧，发现妮尔的头和手都是凉冰冰的，看来妮尔是太虚弱太疲劳了。斯达西叹了一口气，说："你先吃点儿鹿肉喝点儿热汤，然后就去睡觉。今天天气不错，不会再下雨了，你可以一觉睡到晚上呢！"

妮尔有些不安地问："那么今晚我们还要待在这里吗？"

斯达西回答："当然不会，那些马的尸体会有臭味儿，等你睡醒了，我们会另外找一棵大树扎营，或者在山谷里的岩洞里过夜。”妮尔听完拉着斯达西的胳膊，央求他立即出发，表示自己在这个恐怖的地方连眼睛都不敢闭。她不停地恳求着，说道：“我在这里睡觉的话，肯定会生病的，斯达西，我们现在就离开这里好不好？好不好？”

斯达西无奈地说：“好吧，我们去山谷那边过夜，那里比较凉快。不过路上如果你感到累了，或者身体哪里不舒服，你就要马上告诉我，可以吗？”

妮尔连忙点着头说：“好的，好的，都听你的，你把我捆在马背上，这样就算我在路上睡着了也没关系。”

“我不会捆着你的，我们现在只有两匹马，你和我骑一匹，卡利和梅亚骑另一匹，驴子会背着我们的行李和帐篷。”

“太好了！”

“不过，早餐后你必须先休息一会儿。卡利、梅亚和我还有好些东西要收拾，因为少了几匹马，我们要重新安排，至少要过了中午我们才能出发。”

妮尔不好意思地说：“只有我一个人休息……你们忙碌着又要受累了，我能帮着做些什么呢？”

“我们几个人的身体都很结实，你不用担心，我会有机会休息的。在塞得港的时候，每当考试前夜，我都是通宵看书不睡觉的，这件事连我爸爸都不知道。你看看你这个小苍蝇，脸现在都变成透明的了。”斯达西一边开着玩笑一边忧心忡忡，因为妮尔确实看起来很憔悴，仿佛随时就会一病不起，他忽然想到如果妮尔死了，那他也没有活下去的动力了，更不可能回到塞得港了，想到这里，他的腿开始颤抖起来。

斯达西心想：“万一妮尔出了什么事，我该怎么办呢？”他转身走到树下放重要物品的小箱子前，他掀开盖着箱子的毛毯，打开箱子，在里面翻找着什么。那个箱子里有一个玻璃瓶子，里面装着的是仅存的奎宁粉，斯达西牢记着希腊人的嘱托，不到万不得已的时候，他是不会拿出来的，现在正是斯达西感到需求迫切、万不得已的时候，他觉得经历了那么可怕的一夜，妮尔肯定会生病，而自己必须阻止妮尔生病。斯达西的心情很沉重，不知道药粉用完了之后他该怎么办。如果不是因为自己是队伍的首领，要顾及男子汉的尊严，斯达西拿着瓶子就会哭起来。

为了不让妮尔看出来自己难过的心情，斯达西摆出严肃的表情，对妮尔说："吃早饭前，你先把这些奎宁粉都吃了。"

妮尔反问他："我都吃完了的话，万一你生病了怎么办？"

"我可比你健康，快吃药，要听话。"

妮尔没有再说什么，乖乖地把药吃了。自从目睹斯达西开枪打死葛布尔那些人之后，妮尔就开始对他有些畏惧，尽管一路上斯达西对她都关怀备至，无时无刻不关心她照顾她。妮尔吃完了药，他们坐下吃早饭，经历了风雨交加惊心动魄的一夜，一碗热汤让每个人都浑身舒坦。妮尔吃完饭就睡下，一连睡了好几个小时。这期间斯达西忙着和卡利、梅亚整理行装，因为少了几匹马，有些东西带不走也不是非常必需的物品，只好埋在一棵大树下，他们把行李搬到驴子背上，给马安上马鞍，做这些事情的时候，卡利和梅亚也困得有些东倒西歪，斯达西担心他们睡得醒不过来，只好让他俩轮流着打了会儿盹儿。

等到他们出发的时候，已经是下午两点了，斯达西抱着妮尔坐在第一匹马上，卡利和梅亚坐在后面那匹马上，驴子驮着帐篷、食物和其他包袱。他们没有立即进入峡谷，而是沿着峡谷和森林边缘的地带前进。经过了一整晚暴雨的灌溉，地上已经冒出了嫩绿色的野草，但是草下面的土地颜色依旧是黑色的，有大火烧过的痕迹。斯达西猜测是斯马因的部队经过这里时留下的痕迹，对野外情况更熟悉的卡利提出了不同意见，他认为土地上烧过的痕迹是被大风刮过来的，而且发生的时间大概在十多天之前。

斯达西仔细检查了一下地面，看看是否能发现斯马因的部队扎帐篷宿营的痕迹，或者马匹的足迹。结果他什么也没有发现，这让他有些兴奋。斯达西觉得无论如何这是个好消息，意味着他们离起义军的势力范围越来越远，撞见斯马因的可能性也越来越小了。

躲过了被狮子吃掉的危险，也远离了敌人，让两个孩子心情开朗起来，他们坐在马背上兴致勃勃地观赏着四周美丽的热带植物。他们尽可能地让马走在树荫下面，森林里的土壤不仅柔软而且潮湿，长满了深浅不一的野草，还有苔藓和蕨类植物，草丛中时常出现一截儿腐朽的树干，上面布满了五颜六色的好像蝴蝶一样的兰花。在被阳光照耀着的地方又生长着不同形状的兰花，好像黄色的小动物，脑袋上面还长着两只大耳朵一样的花瓣；还有顶部开着迷你粉色花瓣的素馨，好像一个个花环挂在枝条上。在坡度平缓的山谷和洼地也长满了蕨草，它们生长得十分密集，形成了一片难以穿越的矮树丛。整座森林高矮错落，有的地方是低矮的灌木，看起来很宽阔，有的地方生长了缠绕在树干向上生长的植物，看起来高耸入云。这些攀缘植物并不会一直顺着一根树干生长，它们经常爬到一定高度，就朝旁边临近的枝条伸过去，好像在树木中间织了一块轻柔精美的绿色蕾丝花边。

森林里的草木旺盛，种类繁多，尽管斯达西阅读广泛，但也有很多叫不上来名字的植物。他能认出来的树木有蒲叶棕榈树、埃及榕树、面包树、椰枣树、酒椰树和大戟树，还有远志树、阿拉伯橡胶树等。这些植物交错生长，深绿和浅绿色的树叶也层叠在一起，有些树枝的颜色是独特的红色，在这些翠绿的颜色中，星星点点着黄色和紫色的小花。在森林更深处，蔓藤类的植物在树木顶上形成了好像彩带、布帘似的装饰，高低参差不齐很像英文字母里的 M 或 W 的形状。橡胶树藤像章鱼似的伸出很多条细长的枝条，牢牢地缠在大树上，变成金字塔一样的形状，顶上开满了白色的小花，如同落了一层积雪。有些地方被粗细不一的藤蔓遮蔽得密不透风，想要通过那里恐怕只有大象才可以，它们用自己庞大沉重的身躯在密林中踩出一条曲折的小道。

除了植物还有各种昆虫、鸟类和动物，这里的森林不同于欧洲的森林，在欧洲森林里可以听到各种美妙的鸟鸣声，悦耳动听。但是这里的声音是奇特的难以形容的，有的像是锯子在工作中发出的声音，有的像敲打铁皮的响声，有的像是古老的门在开合的时候发出的咯吱咯吱的声音，有的又好像是拍手的声音。时常有羽毛艳丽的鹦鹉从他们头上飞过，还能看见长着橘红色嘴巴的巨嘴鸟在树顶上面活动。在白色橡胶树藤上偶尔还会出现像森林里的小精灵一样的小猴子，它们几乎浑身都是黑色的，只有尾巴是白色的，脸上长着白色的小胡子。

斯达西和妮尔看得目不转睛，这是一片欧洲人从未造访过的原始森林，沙巴在丛林里愉快地奔跑着，不时发出兴奋的吠声，吸引得妮尔也想下马走走，四处采些花儿。吃过了奎宁粉，早餐后又睡了一觉之后，妮尔的身体感觉好了一些，新鲜的空气、美好的景致让她两颊泛红，两眼炯炯有神，她不停地问斯达西那些植物和动物的名字，斯达西尽可能地把自己知道的都告诉她，最后妮尔表示自己要亲自在地上走一走。

斯达西笑着说："如果你走在下面，很快就会被蚂蚁吃掉。"

妮尔顿时紧张起来："什么蚂蚁这么厉害？"

"原始森林里的蚂蚁很凶猛，它们成群结队聚集在树上，看到有人经过，就会一块儿掉在他的身上，开始咬人，地上也有这种蚂蚁。如果你一下马，成千上万的蚂蚁群就会向你涌来，你躲都没法躲。"

"那你有办法对付这种蚂蚁吗？"

"我当然有办法啦，蚂蚁害怕火和热水。"

"斯达西，你太厉害了，知道那么多东西。"妮尔的眼神中充满了崇拜，对斯达西的信赖又增加了一分。

妮尔的话让斯达西很高兴，他说："只要你身体健康就好，其他的事情通通都让我来做吧！"

"谢谢你，斯达西！我的头现在一点儿也不疼了！"

"太好了，感谢上帝！"

孩子们边看边聊着就走出了森林，即将进入峡谷。太阳依旧挂在天空的正中央，万里无云，周围没有任何可以遮阴的地方，马儿走得汗流浃背，妮尔也开始抱怨天气太热，于是斯达西往峡谷西边走。那里有一片阴影，看起来比较凉快，还有一个积蓄了雨水的坑洼，他们在那里休息了一会儿，喝了些水。在他们的头顶上方，不断有羽毛色彩鲜艳的巨嘴鸟从峡谷的方向飞到森林那边。于是，斯达西就开始给妮尔讲起这种鸟的习性来。他说："我从书上看到过，这些巨嘴鸟繁殖的时候，会在树上找一个洞，雌鸟在里面生蛋孵化，雄鸟会用嘴衔着泥再把树洞封起来，只留下一个小口子，让雌鸟把头伸出来。等到小鸟孵化出壳之后，雄鸟才会用它的嘴把封着洞口的泥土打开，放雌鸟出来。"

妮尔问："那孵小鸟期间，雌鸟怎么吃东西呢？"

"雄鸟每天会到处找吃的，然后带回来喂给雌鸟。"

妮尔打了一个哈欠，接着问："那雄鸟会让它睡觉吗？"

斯达西笑着回答："如果雌鸟像你现在这样困得都打哈欠了，那雄鸟肯定会让它睡觉的。"

进入峡谷后，有了岩石的遮挡，气温变得不那么炎热了，每个人都开始昏昏欲睡，妮尔已经靠在斯达西的胸前，头枕在他的肩膀上睡着了。斯达西一边努力和瞌睡对抗，一边抓紧妮尔的腰带，还要让马儿走得慢一些，生怕妮尔不小心从马背上摔下去，这个马鞍还是好心的哈提姆队长专门为妮尔安置的。

斯达西听到睡熟了的妮尔发出的呼吸平缓，看到她的表情安详，这让他觉得自己坚持让妮尔吃完那些剩余的奎宁粉，是一个非常明智的决定。暂时不用担心热病的问题了，于是斯达西开始琢磨下一步的计划。

他心想："山谷的走势越来越高，而且越来越陡峭，地面就越来越干燥，如果我们走到一个能遮挡风雨的高处，最好附近有条河流，那么我们就在那个地方多待几天，让妮尔好好休息几个礼拜，可以的话我们就等雨季结束了再上路。否则每天这么辛苦，谁都受不了。刚刚经历了那么多可怕的事情，要是换成别人，说不定早就患上热病了，感谢上帝，妮尔现在睡得这么安稳。"

想到这里，斯达西的心情变得轻松又愉快，他低着头看着靠在自己胸前的小脑袋，不由得感慨起来："真奇怪，我现在怎么这么喜欢这只小鸟呢？甚至比以前更喜欢她了！"斯达西不知道怎么形容自己的心情，只好给自己找了一个理由，"嗯，一定是我们被绑架之后，一直在一起相依为命，共同经历了那么多波折，而且一路上都是我在照顾她，我现在是她唯一的依靠。”

他小心地用右手抓住妮尔的腰带，生怕自己不小心，让妮尔掉下去。他们缓慢行进着，卡利在后面低声地哼唱着一支自己瞎编的歌曲，内容是赞美斯达西英勇杀了狮子的故事。斯达西压低了声音问卡利：“瓦希玛族遇到了狮子会怎么办呢？”

“瓦希玛人害怕狮子，会挖个大坑，如果狮子掉了进去，就用矛扎狮子，把狮子扎得像刺猬一样，然后把狮子拉出来吃掉，狮子的肉很好吃。”卡利边说边拍着自己的肚子。

斯达西觉得这种方式捕猎并不光明正大，于是将话题转移到其他动物身上，说话间，忽然听到了瀑布的声音。斯达西又惊又喜，他们加快了赶路的速度，朝着发出水流声音的方向前进，转了两个弯之后，眼前出现了一块巨大的石头，挡住了他们的路。

第二十四章　大象被困

妮尔被马的颠簸惊醒，恍惚间以为到了宿营的地方。斯达西告诉她，他们前方有一个瀑布，自己计划在瀑布边上宿营，但是现在道路被一块巨大的石头挡住了。石头大得把两侧的缝隙都堵得很严实，想要从旁边挤过去是不可能的。如果绕道从山上过去，就要原路返回。但是现在距离太阳落山不到两个小时了，斯达西不确定他们还有没有足够的时间，他派卡利爬到石头上，查看一下后面是否还有别的石头挡在路上。

斯达西自己蹲在地上，开始仔细地观察岩石的边角，他发现岩石断裂的切口很新鲜，没有苔藓之类的植物覆盖在上面，这说明石头是最近才从高处滚落下来，恰好卡在这条路的中间。斯达西抬头向上看了看，指着一棵长在高处的面包树，对妮尔说："我明白了，你看那棵面包树，它的树根长在了岩石的缝隙中，时间久了，树根越长越大，岩石就被挤开了。通常石头都比木头坚硬，但是在野外这种事情很常见，我想那块岩石虽然被从石壁上挤开了，但是它还没有彻底崩裂，直到遇到一点儿震动，它才会掉落下来。”

妮尔问道：“那是什么让岩石震动了呢？”

“我不能确定，可能是昨晚的那场暴风雨，也可能是之前的某一次吧！”

这时，一直跟在队伍后面的沙巴突然蹿到了前面，它在空中使劲嗅着什么，然后从堵着路的那块石头和岩壁中间的缝隙里钻了进去，结果没过一会儿，沙巴就夹着尾巴迅速地退了出来。斯达西感到紧张起来，他从马背上拿到步枪，准备去察看是什么能把沙巴吓得不轻。上一次让沙巴感到威胁的是狮子。妮尔有些担忧，她哀求道：“斯达西，你别靠近那里，说不定有狮子！”

这个有些过度自信的年轻人回答道：“狮子可不会在白天出来活动呢！”其实，斯达西巴不得遇到一头狮子，好让他发泄一下昨晚被狮子咬死了几匹马的愤怒。正当他准备往前走的时候，卡利忽然在石头上大声喊了起来：“布瓦哪，库布瓦！”

斯达西对这句话疑惑不解，听不懂卡利在说什么。很快，等卡利满脸兴奋地跑回来，大家弄明白刚刚他说的是——大象！

斯达西感到有些惊诧，说道：“这里怎么会有大象呢？你看到了几只？”

“一只，只有一只大象。”卡利说，“伟大的主人，石头后面是瀑布，瀑布前面是大象，大象出不来了。你把大象杀了，卡利就能吃到象肉了。”卡利说得手舞足蹈起来，他拍着自己的膝盖，望着斯达西开始大笑。

斯达西觉得卡利说得有些让自己摸不着头脑，于是决定亲自去查看，于是队伍掉头开始寻找一条可以通往山顶的路。出于安全考虑，斯达西和梅亚交换了位置，斯达西和卡利同乘一匹马走在前面，路上斯达西通过向卡利询问才了解到可能发生的事情。

有可能是森林里发生了火灾，大象为了躲避火灾而跑进了峡谷，不小心在奔跑时撞到了松动的岩石，而岩石掉下来挡住了大象的退路，于是大象跑到峡谷的尽头，被困在了里面。为此，斯达西他们找到了一条通向山顶的路，不过路很陡，只能牵着马前进。卡利再三保证，这是最近的那条路。于是，斯达西他们牵着马徒步向上走着，来到了一块凸出的岩石前。岩石一侧是瀑布，另一侧就是那块石头堵住了路的峡谷，斯达西趴在岩石上往下看，果然有一只大象困在里面。

斯达西感到很奇怪，大象横躺在地上，看见这几个人也一动不动，只有沙巴朝它狂吠的时候，大象才挥了挥耳朵，抬了抬鼻子，但很快就垂下来。大家就这么一直安静地看着大象，直到卡利打破了沉默，他喊了起来："大象快要饿死了！"

大象的确是瘦得都能看得见脊背上的骨头，肚子也是瘪着的，不难想象大象饿得连站起来的力气都没有了，它大概困在这里有一段时间了。斯达西看到峡谷的入口虽然比较宽阔，但是越往里走越窄，两边都是陡峭的悬崖，悬崖下面有几株已经被折断了的树，树枝和树叶都被吃得一干二净，从悬崖垂下来的藤条也被扯断了，一片树叶也没有了，连谷底的野草也被大象连根吃光了。

斯达西觉得大象几乎不可能活下来了，于是想婉转地告诉妮尔，他说："这只大象不知道困在这里有多久了，它把所有能够着的植物都吃光了，它能看到岩石上面的面包树和新鲜的树藤，但是吃不到，它只能忍受着饥饿的折磨。"

妮尔没有回应斯达西，只是默默地看着大象。大象也眯着眼睛，看着悬崖上的孩子们，喉咙里发出一种很微弱的声音，似乎是在哀求着什么。

“与其这么看着它慢慢死去，不如让我帮它早点儿结束痛苦吧！”斯达西说着，便抬起了枪准备瞄准大象，妮尔立即抓住他的胳膊，使劲把他从悬崖边上拉开。

“斯达西，不要打死它，我们可以救它的，给它吃的，我不让你杀死它，不可以！”妮尔眼中含泪地喊道。看到斯达西开始犹豫，妮尔接着说，“如果你杀死了这只大象，我就会得热病的。”

妮尔的这句威胁起了作用，斯达西放下了端着的枪，他愿意拿一切去换妮尔的健康，他沉默了一会儿，说道：“好吧，我们先来给大象找些吃的吧！”妮尔听完，刚刚快要哭了的脸立即露出了灿烂的笑容，她拥抱着斯达西感谢他！

卡利和梅亚听到不仅不杀大象，还要给大象寻找食物，都觉得很奇怪，但是面对斯达西的命令，他们是绝对服从的。他们开始收集面包果，卡利砍下来很多带着大豆荚的树枝，多亏拿着葛布尔的那把双刃刀，有了那把刀，砍伐的工作就不那么辛苦了。不等大家忙完，妮尔就迫不及待抱着一颗面包果走到悬崖边，准备给大象扔下去，嘴里念叨着：“让我来，让我来！”好像生怕被人阻拦，其实没人会拦着她，只是斯达西担心她用劲太大把自己也给扔出去，于是抓住妮尔的腰带，说：“扔吧！”

硕大的面包果咕噜咕噜滚到了谷底，正好落在了大象的脚边，它甩出长鼻子一下子抓住了果实，卷起来放进了自己的嘴里，面包果瞬间就消失了。

妮尔看到后，兴奋地大叫：“它吃了，它吃了！”接着妮尔又铆足了力气开始扔下另一个面包果，2 个、3 个……10 个，每一颗面包果都被大象吃掉了，接着又扔了好几把大豆荚和一捆捆的青草。妮尔太热爱这项工作了，不让任何人来帮忙，她的两条胳膊最后都扔得发酸了，于是她开始用脚把那些树枝藤条往下面踢。大象终于得到了一顿饱餐，它伸长了鼻子，发出呼噜呼噜的声音，表示它还想吃，不过妮尔却认为那是大象在对自己说 ：“谢谢！”

卡利和梅亚累得满身大汗，起初他们以为斯达西是想让大象吃胖了再打死它。终于在太阳下山前，斯达西让他们停止给大象喂食，因为必须马上搭帐篷建围栏了。好在岩石的四周有两面石壁阻挡，只要用长满刺的阿拉伯胶树的树藤堆在一面,就能很快搭建起围栏了。

搭帐篷，生火准备晚餐的时候，妮尔一直趴在岩石边上看着大象，她不断向斯达西汇报大象的一举一动，一会儿喊着 ：“大象的鼻子还在四处找吃的呢！”一会儿又说：“大象的耳朵在动，好像大扇子呀！”最后她大喊着 ：“哎呀，斯达西，你快来看看，大象站起来啦！”

斯达西连忙走过去拉住了妮尔的手，大象真的站在了地面，孩子们终于看清这只大象庞大的身体了。他们曾经在运河的船上看到过大象，印度的大象都是通过苏伊士运河运往欧洲的，但是没有一只比眼前这只巨大，这只巨象仿佛一块会移动的灰色岩石，它的象牙也格外的与众不同，差不多有 1 米半或者更长，只是前腿看起来很细，身体也很瘦，估计是饿了很多天的缘故。

斯达西说道 ：“这只大象的个头儿可真大啊，要是它能站起来，伸长了鼻子，说不定都能够着你的脚咯！”

可是巨象没有想用鼻子去够谁的脚，而是慢吞吞摇晃着虚弱的身体走到峡谷的尽头，看了看那里的积水，因为被石头挡着，它只有返回，走向靠近瀑布的那一边，伸长了鼻子去喝水。

“幸亏它的鼻子足够长，否则不饿死也会渴死。”斯达西说道。

巨象一直在喝水，好一会儿也没有停下来，妮尔开始担心起来，她问斯达西："大象喝了那么多水，会不会有问题啊？"

斯达西笑着回答："我也不知道它的肚子能装多少水，不过现在你是它的保护人，要不你去劝劝它？"

妮尔立即朝大象喊起来："够啦，够啦，别再喝啦！"

神奇的是，这只巨象仿佛听懂了妮尔说的话，居然停下来不再喝水，开始用鼻子吸了水，往身上喷，好像在洗澡一样，先往脚上喷水，然后再把水喷在脊背上，最后朝身体两侧喷着。等到天色黑得完全看不见的时候，斯达西才带着依依不舍的妮尔回到营地，此时梅亚已经把晚饭准备好啦！

孩子们的心情很愉快，妮尔因为救了大象而开心，斯达西是因为妮尔开心而开心。他看到妮尔满脸笑意，眼睛像天上的星星闪闪发亮，而且身体比以往都要健康，就觉得很欣慰。夜空晴朗，满天的星星仿佛都眨着眼睛，他们待在瀑布旁的岩石上，周围充满了芬芳的森林气息，四周有天然的屏障保护着他们，唯一的出口被卡利和梅亚用树枝和带刺的荆棘搭建了高高的围栏，斯达西觉得十分满意，今晚一定是平安和美好的。他特别开心地想着："妮尔不会得热病了！"

饭后谈论的都是和大象有关的事情，妮尔津津有味地说起大象，觉得它身材庞大，头脑聪明，甚至大象的耳朵在妮尔眼里都值得称赞。

"斯达西，大象是不是自然界里最聪明的动物？"妮尔问道。

"我不清楚它是不是最聪明的，但是它肯定是最强大的，连狮子都要躲着它。你怎么老是说它聪明呢？"斯达西说道。

"刚刚我让它不要再喝水，它就停下来了。"

斯达西不由得开始拿她开起了玩笑："这只大象一定是学过英语，这可算得上是一项奇迹呢！"

妮尔知道斯达西在和自己开玩笑，于是说道：“随便你怎么说，反正我相信它很聪明，而且我们可以很快驯服它。”

“大象是有可能被驯服的，非洲象比亚洲象驯服起来要难一点儿，不过，汉尼拔用的就是非洲象。”

“谁是汉尼拔？”

斯达西对自己知道而妮尔却不知道的事情有些自豪，他说：“以你的年龄来说，不知道汉尼拔很正常。他是北非古国迦太基的最高统帅，他在和罗马开战的时候，使用大象打败了自己的敌人。迦太基在非洲，所以汉尼拔应该用的就是非洲象。”

正当他们聊得热闹的时候，大象发出了几声震耳欲聋的叫声，不知道是因为吃饱喝足之后的满足，还是对自由的热切渴望。沙巴被吓得跳起来，开始狂吠。

斯达西说：“如果它是在召唤自己的同伴，那我们就麻烦了。”

妮尔赶紧表示：“说不定它是在告诉别的大象，我们并不是坏人。”

斯达西笑着说：“好吧，万一象群真的出现，你可不要哭鼻子哦！”

看到斯达西的笑脸，妮尔知道他是在开玩笑，于是说：“我们可以把大象驯服，让它来保护我们，这样以后就算碰见了10只狮子，我都不会害怕了。”

斯达西让沙巴安静下来，想了一会儿，很认真地对妮尔说：“妮尔，你有没有想过，我们不会永远都待在这里。当然，这里环境很好，我们会在这里停留一两个星期。在这期间，我们会给大象喂食，让它不至于挨饿。可是等我们走了以后，大象还是困在谷底，会再次面临饥饿的危险。没有人喂它的话，它早晚都会饿死的。”

妮尔听完这些话感到十分难过，她低着头沉默下来，显然斯达西说的问题她并没有考虑到。过了一会儿，她抬起头看着斯达西，用小手把挡在自己眼前的刘海撩到一旁，眼神里充满了信任，说道："我知道，你那么聪明，一定会有办法救出大象的。"

斯达西有些诧异，他用手指着自己的鼻子问："我？"

妮尔认真地点了点头，把自己的小手握成一个拳头，碰了碰斯达西的手。可爱的妮尔知道，斯达西会想尽一切办法去救大象，因为他从来没有拒绝过自己的请求。

第二十五章　入住树洞

这一夜过得十分平静，每个人都睡得很充足。早上当太阳升起来的时候，天空的南面飘浮着不少云彩。吃过了早饭，卡利和梅亚就按照斯达西的吩咐，去给大象采集食物去了。妮尔要求亲自给她的新朋友大象喂食，于是所有采集到的面包果、带着新鲜树叶的树枝都被堆放在岩石边上。为了让妮尔更方便省力地往下扔，斯达西用无花果的树枝做了一个干草杈。

大象早就在谷底伸长着鼻子等待好吃的东西从天而降，它一看到昨天喂过它的小姑娘又出现在悬崖上面，就高兴地用鼻子叫了几声表示欢迎，并伸出来自己长长的鼻子。孩子们看着大象，觉得它比昨天显得更加巨大了，妮尔甚至觉得大象的腿也比昨天晚上看起来粗了一圈。虽然还是可以看到它身上瘦得凸起的骨头，但是它的精神很饱满，叫声也充满了力量，一双灵敏尖锐的小眼睛望着妮尔。妮尔铆足了劲往下不停地丢着食物，斯达西担心她会不小心掉下去，所以一直拉着她的腰带。等妮尔累得需要休息的时候，就换成斯达西继续往下扔食物。两个孩子干得兴高采烈、浑身是劲，大象有时候会做些怪模样，逗得他们笑个不停。

刚开始的时候，大象会把所有扔下来的东西都吃掉，等它吃饱了之后，就开始变得挑剔起来，遇到不是很可口的食物，它就用前脚把吃的踩烂，还要用鼻子卷起来，举着向孩子们示意，似乎在说："这个东西可不好吃，你们记住了，下次不要给我吃这个。"吃饱了的大象，显得很满足的样子，悠闲地呼扇着两只大耳朵。

妮尔觉得现在如果走到大象面前，大象也不会伤害自己。可爱的大象对小姑娘的呼喊，会举起鼻子摇晃表示回答，这让妮尔十分得意。她对斯达西说："你看，这只大象在对我表示友好呢！"

斯达西也说："看来有些动物的确很聪明，这只大象一定已经明白我们对它是友好的，但是现在还不能接近它，它不会伤害我们，但不能保证它会服从我们，我们暂时还要和大象保持一定距离。另外，我觉得沙巴下去的话，说不定会激怒它，不过说不定等待的时间再久一些，它们彼此熟悉了，没准会成为好朋友吧！"

这时，卡利走过来打断了斯达西的话，因为他不知道以后每天给大象找食物的工作要持续到什么时候，他满脸堆着笑容说："伟大的主人，请杀了大象，卡利就可以吃到象肉了，也不用再去收集果实和树枝了。"斯达西没有理会卡利的请求，他也懒得和卡利解释，直接说了一句："你真是头驴。"不过他忘记了斯瓦希里语里"驴"怎么说了，于是用英语"荡克"（donkey）来代替，结果卡利把这个词当作斯达西对自己的赞赏，他得意扬扬地对梅亚说："梅亚是黑皮肤黑脑袋，卡利是荡克。这是伟大的主人对我的称呼。"惹得斯达西和妮尔笑得合不拢嘴。

斯达西让卡利和梅亚好好照顾妮尔，万一发生了什么事情就立即大声喊自己。然后斯达西拿着枪来到了那块岩石堵住道路的地方，仔细查看岩石的情况，他发现岩石底部有道裂缝，里面插着一根较粗的树枝，他用手掌测量了一下裂缝的宽度，低头沉思了一会儿，接着返回了营地，他打开弹药袋，开始检查弹药剩余的情况。他数了不一会儿，梅亚忽然在距离帐篷大概50步远的一棵面包树上大喊："主人！主人！"

斯达西立刻朝梅亚跑了过去，这棵面包树十分粗壮并且高大，距离地面不高的树干部分已经开始腐烂，变成了一个大洞，梅亚正爬在树上，斯达西询问发生了什么事情，梅亚说："我看到前面不远的地方有群斑马，还有羚羊在旁边吃草。"

"太好了，我们正需要补充一些肉干，我现在去拿枪。对了，你爬到那么高的地方去做什么呀？"斯达西有些好奇地问。

"我发现这上面有一个灰鹦鹉的鸟巢，我想给小姐找些鸟蛋，所以爬到这儿来。可是鸟巢里是空的，梅亚得不到玻璃珠子了。"梅亚有些沮丧地回答。

斯达西向梅亚保证，只要她好好照顾妮尔，就一定会得到珠子，这才让梅亚高兴起来。她从树上滑下来，向斯达西保证："梅亚很爱小姐，会好好服侍小姐的。"斯达西笑着摸了摸她的脑袋，便拿着枪朝斑马和羚羊的方向走去。大约半个小时之后，远处传来了一声枪响，又过了一个多小时，斯达西回来了，他告诉大家几个好消息，一是自己打到了一只小斑马，让卡利骑着马去把猎物带回来；二是他查看了周围，发现附近有很多动物，除了斑马、羚羊，还在河边发现了一群水羚羊。接下来的日子可以大量储备肉干了。

安排好了接下来的任务，斯达西就去查看刚刚看到的那棵盘根错节的古老的面包树，他围着树转来转去，还用枪托去敲了敲树干。

妮尔好奇地走过去，想弄清楚斯达西在做什么。

斯达西解释说：“你看这棵树多么粗壮啊，我估计就算 15 个人都抱不住它，这棵树的年代很久远，说不定法老时代它就在这里了。不过现在树干下面已经腐烂了，你看这里有个大洞，可以让人很轻松地钻进去，我查看了一下这个树洞，里面足够容纳我们几个人了，我在考虑可不可以把这里改造成一个大房间。刚才梅亚爬在这棵树上的时候，我就开始琢磨这件事可不可行，这样你就不用再住帐篷，我们也不怕暴雨了。这里更安全，野兽也闯不进来。”

“那我们还去埃塞俄比亚吗？”

“当然要去，不过我答应过你在这里休整一两个礼拜，一来因为大象的缘故，二来是因为雨季已经来了，现在上路对你的健康不利，我再也不能冒着让你生病的危险走。今天虽然天气很好，但是你看，那些乌云堆积得越来越多，说不定什么时候就又要下一场暴雨，帐篷是无法抵御狂风暴雨的，所以树洞里会相对安全许多，只要树干还没有腐烂到树皮。我们在树洞里可以做一扇窗户，让光亮照进来，再在洞外搭建一道坚固的围栏，这样一来，哪怕有再多的狮子围着我们大吼大叫，我们也不用再害怕了。如果需要的话，我们可以在这里住到雨季结束。春天的雨季不会持续很久，最多只有一个月。我暂时还没有发现比这个树洞更适合我们居住的地方了。”

妮尔已经成为斯达西忠诚的粉丝，对他说的一切都毫不怀疑，尤其是一想到可以待在新朋友的身边，还有一座有趣的树洞房子居住，就高兴得手舞足蹈起来，她甚至开始考虑怎么布置树洞，要如何在里面摆放家具。说到兴头上时，妮尔就想马上钻进树洞去看看，结果被斯达西拦住，他说道：“先别急，我们进去前，要先把里面的客人请出来。”说完，斯达西就让梅亚拿了几根点燃并冒着浓烟的树枝扔到树洞里。

事实证明，经验丰富又谨慎小心的斯达西是正确的，因为浓烟让树洞里跑出来一些危险的生物。树干上有两个树洞，较大的那个位置靠下，距离地面大概有半米的高度，较小的树洞距离地面大约有 3 米。梅亚刚把那几根树枝扔进下面的大树洞里，马上就从上面的树洞里飞出来几只吱吱乱叫的蝙蝠，在阳光的照射下它们像没头苍蝇似的什么也看不清，只能拍着翅膀绕着大树乱飞。这还没完，没过多久，突然从下面的树洞里又蹿出来一条巨大的蟒蛇。这条蟒蛇刚享用完一顿大餐，正在洞里舒服地盘成一圈在睡觉，它被浓烟熏醒，立刻像根弹簧似的从烟雾弥漫的树洞里逃出来。

孩子们吓了一跳，斯达西反应很快，他迅速地抱起妮尔，朝空旷的地方跑去，幸好那条蟒蛇并没有朝孩子们追过去，而是穿过了营地，从堆放在地上的行李中钻过，向峡谷方向飞快地滑了过去，看来它是想找个地方躲起来。孩子们镇定下来，斯达西放下了妮尔，转身拿起枪顺着蟒蛇逃跑的方向追了过去，妮尔也紧跟在他身后。

他们没跑多远就看到一幕让人瞠目结舌的场景，只见那条蟒蛇出现在空中，然后掉了下去摔在地上，接着又出现在空中，孩子们趴在悬崖边上，才看到原来那条蟒蛇被大象当作玩具正在玩呢，大象把蟒蛇一次次抛向空中，扔够了之后又用自己巨大的脚掌踩在蟒蛇的头上，最后它用鼻子卷起身体还在颤抖的蟒蛇，直接扔进了瀑布里。然后大象摇晃着脑袋，呼扇着大耳朵，目光热烈地看着妮尔，伸长了自己的鼻子，好像在为自己除掉了蟒蛇的行动讨要奖励。

妮尔立刻跑回营地拿了一篮子无花果，开始往下扔，一次扔好几颗，大象用鼻子在草丛里寻找自己的奖励，找到一个就立即用鼻子卷起来放进嘴里。有些无花果掉进了石头缝里，大象就用鼻子使劲地吹气，不仅把无花果吹了出来，连石头都被吹飞了，逗得孩子们哈哈大笑。妮尔扔完了一篮子无花果，又回营地找来其他的食物扔给大象，她边扔边表示大象已经被驯服了，现在随时都可以下去和大象亲密接触，她说："斯达西，在这里大象是最厉害的动物，它什么都不怕，无论是狮子还是蟒蛇，我们现在终于有了保护者，我知道它很善良，也很爱我们。"

斯达西说："如果它真的可以保护你，那我以后就可以放心地出去打猎了，在整个非洲没有比它更可靠的保护者了。在野外生活的大象大多都充满了野性，很难和人亲近，但是也有例外，我在书上看到，亚洲大象对小孩子特别友好，在印度从未发生过大象伤害小孩子的事情。有时候动物园圈养的大象闹脾气，饲养员就会让小孩子去安抚它，很有效果。"

"真的吗？"妮尔听得很入迷。

"是真的。不管怎么说，当时你阻止我杀了它，是件正确的事情。"

听到斯达西对自己表示肯定，妮尔高兴得两眼放光，她踮起脚尖努力让自己的手可以放在斯达西的肩膀上，她看着斯达西的眼睛认真地说："那么你现在告诉我，我的行为可以称得上多少岁？"

"嗯，起码有 70 岁吧！"

"哼，我知道，你又在拿我开玩笑！"妮尔瘪了瘪嘴，露出不高兴的表情。

"月亮的女儿要生气了吗？你还记不记得谁有能力给大象自由呢？"

听到斯达西这么说，妮尔立刻表情变得温柔起来，像只小猫似的，说道："记得，是你，所以我非常非常爱你，大象也和我一样啊！"

"嗯，我正在想办法，不过不能马上去做，要等我们出发之前再救它。"

“为什么要等那么久？”

“因为要等到大象完全被我们驯服，而且对我们十分依赖才可以，不然它会离开我们的。”卡利说道。

斯达西与妮尔的对话被卡利打断了，此时他带着猎物回来了，沙巴跟着他去的，小斑马被沙巴吃掉了一些，为此妮尔狠狠地批评了它，幸好刚才发现蟒蛇的时候，沙巴不在营地，不然它肯定要去追蟒蛇，万一被蟒蛇缠起来勒住，或者和大象发生冲突都很危险。但是此时已经吃饱了的沙巴对于妮尔的批评却表现得毫不在意，它找了一块舒服的地方躺了下来，懒洋洋地打着哈欠。

斯达西告诉了卡利树洞的事情，一听到住在树洞里，卡利十分高兴，这样他就不怕下雨，也不怕再遇到什么猛兽了。他们俩钻进了树洞，开始动手整理里面的空间。卡利从河边找来一块比较平的大石板，搬进了树洞里，在石板上面放了好些烧着的树枝，既要保持树枝燃烧的状态，又要避免把树洞里腐朽的木头点着。他说这样可以把树干里的虫子都赶出去，免得它们咬到主人和小姐。卡利的这个方法很管用，很快就从树皮的缝隙里爬出了很多各种各样的昆虫，有金龟子、蜘蛛、毛毛虫等。但是卡利站在洞外，眼睛一直瞧着那两个树洞，斯达西等了半天，觉得树洞里的虫子都被清理得差不多了，于是问卡利：“你怎么还盯着树洞？里面应该不会再有东西跑出来啦！”

“不，还有莫兹姆（Mzimu），卡利怕莫兹姆。”卡利有些紧张地说。

“莫兹姆是什么？”

“是凶神。”

“你见过凶神吗？”

“没有，但是卡利在巫师的屋子里听到莫兹姆恐怖的声音。”

“那么巫师不怕莫兹姆吗？”

“巫师会法术，会驱魔，只要我们献上贡品，巫师就会让莫兹姆不再发怒。”

斯达西说：“也许那条蟒蛇就是莫兹姆。”

卡利摇着头说：“不是，如果蟒蛇是莫兹姆，大象就杀不死它，反而莫兹姆会杀了大象。”

这时，树洞里突然发出了一阵奇怪的声音，接着冒出了一股红色的烟雾，然后又轰隆隆地响起了一阵坍塌的声音。吓得卡利立即趴在地上，发出害怕的尖叫声。斯达西也被吓了一跳，但他很快就冷静下来，听见叫声的妮尔和梅亚跑了过来，斯达西对他们解释道：“可能是树洞里有块腐朽的木头被火烤得炸开了，接着掉到石板上，压着那些燃烧的树枝冒起了烟雾。”他让梅亚赶紧提几桶水来浇灭那些树枝，免得把树洞烧毁了。

看到卡利依旧跪在地上吓得直嚷嚷，斯达西拿起枪，朝树洞里开了一枪，然后对卡利说：“你看，我已经把莫兹姆打死了，以后不用再害怕了。”卡利赶紧跪拜自己的主人，伟大的主人不仅可以杀死狮子和坏人，而且连莫兹姆都能战胜。

第二十六章　克拉科夫

梅亚做好了午饭，大家饱饱地吃了一顿，刚才的惊吓并没有影响到卡利的食欲。他吃了一块熏肉，还生吃了小斑马的肝脏，再加上不少无花果。在营地边上就长着一棵无花果树，每天他们都有大量新鲜的无花果可以吃。吃完饭后，斯达西和卡利回到树洞这里，开始清理里面的废弃物，他们搬出来烧剩下的木炭、腐烂的木块，还扫出来大量的金龟子和蜈蚣的尸体，以及二十只被烤熟了的蝙蝠。斯达西觉得很有趣，蟒蛇和蝙蝠能够成为邻居，共同生活在里面。不过他也想到了说不定是蟒蛇不屑于吃那么小的猎物，而且树洞里面没有可供它攀爬上去捕捉蝙蝠的支撑。

经过两个小时的忙碌，树洞里面终于被清理得干干净净了，斯达西检查了一圈，十分满意。树洞至少能容纳十个人，下面的树洞做屋子的大门，上面的树洞做屋子的窗户，不仅光线好，而且通风透气。斯达西打算用帐篷布把树洞分成两个房间，一间给妮尔和梅亚住，另一间属于自己和卡利。树洞的顶部还没有腐烂，所以下雨的话，不会有雨落下来。他们还从河边挖了很多被太阳晒得热烘烘的沙子，运到树洞里铺在地上，然后又在沙子上铺了一层晒干的苔藓，这样走在上面软软的，像地毯似的，很舒服。

这些工作让大家都很累，特别是卡利，他除了这些，还要去腌肉、喂马，还要给大象采集食物，因为大象的胃口很大，每天要吃的东西就需要卡利忙活好几个小时。卡利很喜欢树洞，他对斯达西说："住在树洞里，卡利就不用晚上修筑围栏了，晚上就能闲着了。"

斯达西问道："你喜欢闲着吗？"

"是的，卡利是男人，卡利喜欢闲着，只有女人才干活。"

"可我现在就在给小姐干活啊！"

"小姐长大之后就要给主人干活，如果她不愿意，主人就会拿鞭子抽她。"

卡利的话顿时让斯达西气得暴跳如雷，他想起苏丹人对妮尔和自己的鞭打，这让他浑身被电击了一样，他生气地批评了卡利："你这个笨蛋，你知道小姐是什么人吗？"

看到主人突然发怒，卡利有些不知所措，他胆怯地回答："不知道。"

"小姐，是……"斯达西一时之间不知道该如何表达妮尔的重要，于是他说："是慈善女神！"

卡利听完吓得跑到妮尔面前跪下，开始乞求宽恕，这让妮尔很诧异，不知道自己已经变成了"慈善女神"。

把树洞建造成适合居住的房间这项工程，整整花费了 3 天时间，大部分的行李已经陆陆续续搬了进去，斯达西给树洞起了个名字，叫"克拉科夫"。雨季正式来临的时候，4 个人连同沙巴都躲在树洞里，可以悠闲地欣赏着雨景。非洲的雨季不同于其他地方，有些地方的雨季漫长，天空阴沉沉的，下起雨来经常是连绵不绝地要持续好几个星期。而在非洲是不一样的，一天中会有十几次刮风下雨，倾盆大雨让大地变得湿润，很快就会雨过天晴，太阳从云彩背后出现，灿烂的阳光洒满森林、河流和岩石。大地一片生机勃勃，几乎都能看到绿草的生长，树木的枝叶也变得更加茂盛。成熟的果实还没有掉在地上，新的花蕾已经冒出了头。瀑布上方也会出现一道美丽的七色彩虹，空气清新湿润，目光可以望得很远，世界变得更加明亮。无论黎明还是黄昏的时间都很短，但是阳光和星光交替闪烁着灿烂的光芒，尽管曾经在利比亚沙漠中，见识过大自然的壮丽美景，但在这里孩子们依旧被非洲的景色震撼着、感动着。

接近天际线的云层被染成鲜艳的红色，再往上的云层，在太阳的照射下，色彩丰富明亮，仿佛是一条流淌着紫红色宝石和金色珠宝的湖泊。雨后的树叶和草地上到处都是钻石般的露珠。瀑布下方由于雨水密集，开始泛滥，时常传来青蛙焦躁的呱呱声和癞蛤蟆深沉的咕咕声，夜晚还能看到萤火虫在草丛中像流星般闪过。只有当乌云遮住了满天星光时，下起雨来，四周才会变得一片黑暗，树洞里更是黑得伸手不见五指。因为树洞里生火容易发生危险，于是斯达西让梅亚用动物的脂肪炼成油，放在小碟子里做成油灯来照明。他把油灯放在窗户上，光亮可以吓退一些野兽，不过油灯也吸引来很多小飞虫，还有蝙蝠和小鸟。最后，卡利用制作房门的荆棘枝，做了一扇纱窗，才解决了这个问题。

白天天气好的时候，孩子们会出去散步，斯达西会去打猎，大眼羚羊和鸵鸟在河边出现的数量特别多。妮尔时常去看大象，一开始，大象只有在饿了的时候，才会发出叫声，后来长时间看不到妮尔，它感到寂寞了也会吼叫，只要大象听见了妮尔的声音，就会兴奋地叫着，并扇动着大耳朵表示欢迎。

有一天，斯达西外出去打猎，卡利去瀑布附近钓鱼，梅亚在准备午饭，妮尔想去看看堵住峡谷通道上的那块大石头，于是一个人边走边采着花朵，不知不觉就来到了那块大石头边上。妮尔发现大石头和石壁之间有一条缝隙变宽了，宽度可以让一个人顺利地通过。妮尔犹豫了一会儿就钻了进去，往前走了几步就是一个拐弯，拐个弯儿再往前走就能到达四面被峭壁围住的瀑布，以及那困住大象的谷底，妮尔想偷偷躲在一块岩石背后看一眼大象，“我只看一眼就回去，大象不会发现我的。”于是她一步一步向瀑布的方向走去，走着走着忽然眼前一片开阔，妮尔看到一块草地。与此同时大象出现在她的眼前，它正背对着妮尔，伸着鼻子在瀑布里喝水。

妮尔的胆子顿时大了起来，她把后背紧紧贴在岩壁上，悄悄向大象那里走了几步。这时，大象正准备用水给自己冲个澡，它回头的时候正好看到了妮尔，它立刻向妮尔走了过来。

第二十七章　驯服大象

妮尔感到有些害怕，往回走已经来不及了，她微微屈膝向大象行了一个礼，然后伸出拿着花的手，声音有些颤抖地说："亲爱的大象，你好，我摘了这些花，想对你问声好……"

大象靠近了妮尔，用鼻子卷走了那束小野花，放进嘴里，立即吐了出来，显然这些花不合它的胃口。离得这么近，妮尔终于可以仔细把这个体型巨大的新朋友看个清楚，大象的鼻子好像一条巨大的黑色蟒蛇，灵活柔软，这只长鼻子先碰了碰她的手，接着碰了碰另一只手，然后碰了碰妮尔的肩膀，最后长鼻子垂下来，缓缓地左右摆动着。

"我知道你是不会伤害我的。"妮尔喃喃地说着给自己壮胆。站在大象面前的妮尔，显得十分娇小，像座大山似的大象仿佛随时都能把她踩扁，当然善良小心的大象并没有表现出生气，反而喉咙里发出愉快的叫声，妮尔之前喂它吃东西的时候，它都会这么叫。

这样的场景仿佛有些似曾相识，斯达西和狮子曾经也这样面对面僵持着，现在妮尔和大象也这样站着，大象像一栋房子似的，而妮尔好像房子前面的一束小花，她小到似乎只要大象动一动就能把她踩扁了，当然不是因为愤怒，可能只是不小心。但是善良又细心的大象只是站在那里，显然对妮尔的到来又开心又满足。

过了一会儿，看到大象并没有什么伤害自己的动作，这让妮尔的胆子渐渐大了一些，她抬起头仰望着大象，伸出手说："我可以摸一摸你的鼻子吗？"

大象虽然不懂人类的语言，但是它从妮尔的动作中明白了，它乖巧地把鼻子尖放进妮尔的掌心里，大象的鼻子长度将近 2 米，伸直了比妮尔都要高。妮尔开始用一只手摸，过了一会儿又用两只手去摸，接着她就放心地用双手抱住了大象的长鼻子，大象用鼻子把妮尔卷起来，开始像荡秋千一样左右摇摆鼻子，妮尔玩得十分开心。她大叫着："再来一次！再来一次！"

大象和妮尔一直玩了很久，妮尔完全不再害怕，像个孩子似的信赖大象，她又想出来一种新游戏，要么顺着大象的前腿往上爬，要么躲在大象的前腿后面，和它捉迷藏。

玩得正高兴的时候，妮尔发现了大象的后腿被扎了许多刺，她并不知道几乎所有的大象都被脚上扎的刺弄得很苦恼，尤其是非洲大象。非洲丛林里的大部分树木都带着刺，大象虽然力大无穷，但是却没有办法将这些刺拔出来，只能忍受被扎的痛苦，它们的鼻子够不着后腿，而且柔软的鼻子也不适合拔刺，很容易受伤，会变得不那么灵敏。妮尔不忍心让自己的好朋友受这些刺的折磨，于是她立刻蹲下来帮大象拔除刺。聪明的大象很快就明白了妮尔在做什么，于是它把脚掌抬了起来，原来脚掌底下也被扎了很多刺，这些比腿上的刺可疼多了，妮尔细心地帮大象清除着这些刺。边拔边向大象表示，自己一定会帮它清理干净那些刺，连一根小刺都不会放过。

斯达西回到营地没有看到妮尔，立即向梅亚询问，梅亚表示可能在树洞，于是斯达西往树洞的方向走去，还没走到门口，就隐隐约约听到妮尔的声音从谷底传来，他觉得有些奇怪，于是跑到悬崖边上向下看，接着眼前的一幕让斯达西目瞪口呆，大象像个雕塑一样抬着一只脚站着，妮尔正坐在它的脚掌下面，仿佛下一秒大象的脚掌落下就会把妮尔踩成纸片。斯达西立刻大喊妮尔的名字，妮尔一边答应着一边手里继续拔着刺。

这个面对危险从不后退的男孩，立即一手举着步枪，一手抓住悬崖边上一根光秃秃的藤条，双腿夹着藤条直接滑到了谷底。大象感到有些不安，它快速地扇着耳朵，妮尔见状立即站起来，抱住大象的鼻子，说："别怕，这是斯达西，他不会伤害你的。"

斯达西看到妮尔安然无恙，觉得放心了不少，不过面对这个庞然大物，斯达西的心脏还是跳得很猛烈，他有些生气，妮尔一个人跑到大象这里，万一有危险怎么办。妮尔解释说，她本来只是想看一眼大象就回去，但是大象很温柔，已经被完全驯服了，自己还和大象在做游戏，玩荡秋千，没有危险，她说着就拉起大象的鼻子，拉到斯达西的面前，对大象说："你也和斯达西玩荡秋千吧！"

大象很聪明，猜出来妮尔想让它做什么，于是，没等斯达西反应过来，他就被象鼻子卷到了半空中，看到斯达西生气的表情和在空中荡秋千的样子，逗得妮尔笑弯了腰。她一边笑一边拍着手，对大象喊着："不要停，再荡一会儿！"

斯达西像钟摆一样在空中晃来晃去，就算是任何人，在这种情况下，也绷不住严肃的面孔，斯达西最后也忍不住笑了起来。大象放慢了摆动鼻子的速度，准备把他放下来，斯达西脑海里忽然闪过一个念头，他趁着象鼻子摆动到耳朵附近的时候，跳起来抓住了大象的耳朵，转眼就爬到大象的头顶上，坐了下来。

斯达西朝着妮尔大声说："你看，我要让它懂得，我是它的主人，它要服从我的命令。"说着他就摆出一副主人的姿态来，开始抚摩大象的脑袋。

妮尔跳着脚问道："可是你怎样才能从上面下来呢？"

"这还不简单？"斯达西说完，两腿跨过大象的额头，用腿夹住大象的鼻子，像从滑梯上滑下来似的。"你看，我这不是下来了嘛！"斯达西有些得意地说。

两个孩子继续一起给大象拔除脚掌上剩余的刺，大象安静地等着。天上开始下雨了，斯达西决定带着妮尔回克拉科夫，这时意外发生了，大象拒绝妮尔离开，只要妮尔一往外走，大象就用鼻子把她拉回来，反复几次都是这样。雨越下越大，情况有些不妙，斯达西迫切需要尽快带妮尔离开，他担心妮尔淋雨会生病。他俩慢慢向出口的方向移动，但是大象一直紧跟在他们的身后，保持在一个象鼻的距离。迫不得已，斯达西站在大象和妮尔中间，他面朝大象，轻声地让妮尔慢慢退回到岩石的缝隙那里。

"那你怎么办？"妮尔问。

"别管我，你先离开这里。"看到妮尔有些犹豫，斯达西加重了语气说道，"你再不走，我只有开枪打死这只大象了。"

听到这句话，妮尔只好乖乖地退到岩石的背后。她对大象充满了信任，觉得无论如何大象都不会伤害斯达西的。斯达西站在距离大象几步远的地方，紧盯着大象。过了几分钟，他确定妮尔已经返回到掉落岩石的那个地方，接着准备自己也撤退。这是充满了危机的一刻，大象发现看不见妮尔了，突然快速地扇动着耳朵，眼睛里闪烁着奇异的光，这让斯达西觉得十分紧张，接着大象举起了鼻子，斯达西心想:坏了,这次完蛋了。可是没想到,大象并没有攻击斯达西，而是把鼻子伸向了妮尔给它喂食的那处悬崖边上，开始发出悲伤的叫声。斯达西趁机也退回到岩石的背后，他看见妮尔还在那里等着，她不想一个人回到克拉科夫。于是斯达西开始责备妮尔。

这时小雨已经变成了倾盆大雨，斯达西脱下自己的外衣给妮尔挡雨，但是妮尔还是浑身都被淋湿了。回到树洞里，梅亚给妮尔换上了干衣服，斯达西开始在箱子和行李中翻找，希望还能找到些药粉。可惜他什么也没有找到，最后在传教士给他的那个小药瓶里找到一点儿少得可怜的奎宁粉，斯达西用热水把瓶子里的药粉涮了涮，让妮尔喝了下去。

雨停了，太阳又出来了，斯达西走出树洞查看卡利钓上来的那些鱼。卡利钓了 20 多条鱼，他把鱼用一根铁丝串了起来，这样方便挂在树上晾晒。这些鱼个头儿比较小，只有 3 条大概有 30 厘米长，鱼身上有银白色的斑点，分量很轻。梅亚从小生活在青尼罗河河边，对各种鱼都很熟悉，她说这种鱼每天日落前会跳出水面，它们的味道十分鲜美。斯达西发现这种鱼的鱼鳔很大，差不多像苹果那么大，他觉得可以把这些鱼鳔当作玻璃，覆盖在窗户上的那些荆棘枝条中间，既能透光又能彻底阻止蚊虫。

斯达西想了一会儿，又对妮尔说，“我觉得这些鱼鳔还能拿来做其他东西。”

“可以做什么呢？”妮尔问道。

“能做风筝。”

妮尔感到很有趣，说：“风筝？是那种你在塞得港放的风筝吗？太棒了！可是要怎么做呢？”

“我现在就试着去做。可以用细竹条做风筝的支架，虽然我们没有纸，但是可以用鱼鳔代替，而且鱼鳔比纸更轻，还不怕被雨淋湿。这样的话，无论什么样的天气，风筝都可以在空中飞得很高，如果遇到大风，它就会被风刮得不知道飞到哪里去了，可能是很远很远的地方……”说着说着，斯达西突然拍了一下自己的脑袋。“咦！我想到一个主意。”斯达西说。

“是什么主意？”妮尔好奇地问。

“等我把全部都想好了再告诉你吧，喂，你听到了吗？那只大象现在正在吵闹，害得我都快听不见你在说什么了。”

是的，大象由于十分思念妮尔，也许它也在想斯达西，于是就只能使劲地吼叫，声音响彻了峡谷和周围的森林。“我们必须去看看它，这样它才能安静下来。”妮尔说着就朝谷底那边的悬崖走去，斯达西跟着她，但是大脑一直在思索着自己刚刚想到的事情，他低着头，嘴里喃喃自语着，“塞得港的妮尔·劳利逊和斯达西·塔尔科夫斯基已经逃出起义军的地盘，现在在……”他顿了一顿，接着又说，“该怎么描述我们所处的位置呢？我们手里既没有地图，也没有指南针……”

妮尔好奇地问：“斯达西，你在嘀咕什么呢？”

“没什么，我想起来了，我们在距离青尼罗河东边一个月路程的某个地方，迫切需要救援，等开始刮北风或西风的时候，就可以把风筝放出去，我想想，我们需要多少只风筝，20只？50只？100只风筝！天哪，这个工作量可不小，妮尔，你能帮我扎风筝吗？”

妮尔不确定地追问了一句：“你是说风筝吗？”

“是的，你听我说，风筝的作用说不定比大象对我们更有用呢！”

两个孩子说着说着，就走到了悬崖边上。大象一看见妮尔就叫得没那么厉害了，它开始摇头晃脑，扇动着耳朵，踩着小碎步，只要妮尔一离开它的视线，它就会发出悲伤的吼叫。妮尔趴在悬崖上和大象耐心地解释，自己不能时时刻刻都陪着它，因为她也要吃饭睡觉，还要打扫整理克拉科夫。当妮尔和它聊天的时候，大象的情绪会好一些，但是一到晚上，它又寂寞得不停吼叫起来，吵得孩子们几乎无法入睡。只有在妮尔给它喂食的时候，它才能安静一会儿。

晚上吃饭的时候，孩子们给大象起了一个名字——金格，妮尔也管它叫国王，因为她认为，大象在困在峡谷之前，一定是非洲所有大象中最巨大的一只，所以只有国王的称号才配得上它。

第二十八章　妮尔发病

接下来的日子，只要不下雨的时候，妮尔就去陪伴金格。渐渐地金格就知道了，小姑娘离开后还会回来，于是在她离开的时候不再阻拦。卡利一开始就对大象躲得远远的，他看大象时候的目光总是充满了惊奇，后来他自己想通了，认为大象被伟大的“慈善女神”施了魔法，于是不再害怕大象，反而经常去看望它。金格也慢慢熟悉了卡利和梅亚，它对他们都很友好，不过它只对妮尔表示服从。

又过了一个星期，妮尔带着沙巴去看金格，确定它俩可以和平共处之后，斯达西终于可以放心地去外出打猎了，有时还会带上卡利去打猎。按照他的说法，“有金格这个最可靠的保镖，我就什么都不用担心了”。而且斯达西也十分清楚，现在金格的状况是无论如何也不会离开他们了。于是，他开始动脑筋，想办法把金格从峡谷里面解救出来。

其实，办法早就有了，只是要付出很大的代价，斯达西一直在犹豫不决，他找不到可以商量的人，最后他终于忍不住告诉了妮尔。

“子弹里面有火药，拔开子弹头，把里面的火药倒出来，我们可以把火药集中起来，放在岩石最深的那条缝隙里，再插一根导火索，点燃导火索，那些火药就能把岩石炸成碎片，金格就可以获得自由了，可是那样要花费很多的子弹。”

妮尔担心地问：“火药爆炸的时候，会不会把金格吓到呢？”

“老实说，跟你讲正事，你也听不懂。我并不担心金格会不会害怕，我担心的是其他问题。”斯达西有些烦躁，他接着自言自语说了起来，“如果火药太少，那就炸不开岩石，火药也就浪费了；如果火药足够多，那么剩下的子弹就不一定能坚持多久了，我们以后的旅途中，遇到危险时，我怎么保护你们呢？遇到饥饿怎么办？我拿什么去打猎呢？如果没有枪和弹药，就算我们没有死在葛布尔的手里，也会死于饥饿，遇到生命危险。幸亏我们还有马，可以替我们背着行李和弹药，光靠我们自己是无法拿得动那么多东西的。”

一直耐心听着斯达西说话的妮尔，这时握着自己的手说：“我相信金格可以背着我们所有的东西。”

“没有了弹药，它还有什么可背的呢？”

“金格可以保护我们啊！”

“那有什么用？它的鼻子又不能射出子弹，它能替我们打猎吗？”

“我们可以吃树上的果实，那些面包果和无花果就足够了，卡利还能钓鱼。”

“如果我们离开了河边，那就没有鱼可以吃了。虽然我们现在要在这里待到雨季结束，是因为我不想让你经常被雨淋湿，那样很容易染上热病。但是雨季过了，我们就要继续前进的。万一遇到没有绿洲的沙漠，我们如何寻找食物？”

妮尔感到有些害怕，她问道：“是像撒哈拉沙漠那样的地方吗？”

“不是那样的，我是指没有河流湖泊以及果树的地方，只有低矮的灌木、阿拉伯胶树和含羞草的地方，在那里生存必须依靠打猎。金格可以找到草吃，可我们就算碰到羚羊或者斑马，没有了子弹，我怎么打猎杀死它们，你知道金格是不会捕猎的。”这个让斯达西头疼的问题一直困扰着他，一方面必须救金格，因为它已经被完全驯服，孩子们和金格之间产生了感情，不能抛下它，让它困在峡谷里等死；另一方面损失的弹药会让他们面临无法预料的危险。没想出解决办法之前，斯达西只有把解救大象的工作一直拖着，每天晚上他都告诉自己，“说不定明天就会想出更好的解决办法了”。

谁也没想到一个麻烦没解决，更多的麻烦却接二连三地到来。开始是卡利，他在河边发现了食蜂鸟，这种灰绿色的小鸟在非洲很出名，它可以把人领到蜜蜂的巢穴，卡利跟着食蜂鸟果然找到了一处蜂巢，可是由于心急，卡利没有等烟火熏到足够长的时间就去采蜜，结果被保护领土的蜜蜂发起了反击，把卡利蜇了满脸的包。卡利虽然好不容易把蜂蜜带回了营地，但是没多久他就晕倒在地。妮尔和梅亚不停在帮他把脸上的蜂刺拔掉，一直到天黑才清理得差不多，然后斯达西又用水和泥敷在他的身上。即使这样，第二天早上，卡利依然是气息微弱，差点儿死掉，全靠大家细心周到的照顾和卡利自己强健的身体，他才逐渐远离了死神，休息了十多天才恢复过来。

接着是马出了问题。自从卡利昏迷了之后，斯达西就负责牵着马去吃草喝水，他发现尽管雨季的草木生长旺盛，马却越来越瘦，没几天眼睛就变得暗淡起来，鼻孔里还会流出黏液。卡利恢复健康后，告诉斯达西，这些马被采采蝇咬了，最终都会死的。斯达西听说过这种非洲蝇，会在某些地方引起暴发性的传染病，让那里的人们失去家里所有的牲畜。采采蝇一遇到合适的环境，就会大量繁殖，被采采蝇咬过的牲畜不再吃草，只是不停地喝水，仿佛喉咙里着火了似的。慢慢变瘦，几天或者几个星期之内就会死去。当地的动物对采采蝇的危险都十分清楚。如果有群水牛在河边听见了采采蝇的嗡嗡声，整个牛群都会吓得四散逃跑。

卡利每天采来草药给马和驴擦洗，据说那些散发着洋葱气味的草药可以驱赶采采蝇，但是那几匹马依旧是瘦了下去。斯达西开始担心没有了马，他们怎么前进，那么多行李怎么拿呢？谁来背着妮尔呢？只有靠金格啦，可是要把它救出来，就要损失三分之二的弹药。

乌云在森林上空越聚越多，不停地下着大雨。与此同时，越来越多的麻烦也像乌云一样，压在斯达西的头上。最后，最大的麻烦出现了，其他的麻烦和它比起来简直是小巫见大巫，这个大麻烦就是——热病。

一天吃晚饭的时候，妮尔刚夹起来一块熏肉，还没送到自己嘴边，就闻见了熏肉的气味，感到有些反胃，于是她把熏肉放下来，说道："我有点儿不舒服，不太想吃东西。"这几天卡利都会去蜂巢那里采蜜，保证让烟熏的时间足够长，蜜蜂都离开了蜂巢才去刮蜂蜜。斯达西以为妮尔是喝多了蜂蜜，没有食欲，便没有重视。没想到，过了一会儿，妮尔就站起来，围着火堆开始绕圈跑着，而且跑得越来越快，绕的圈子也越来越大。

斯达西喊道："别跑太快，当心摔一跤。也别跑远了，小心遇到什么危险。"实际上，斯达西并不担心什么危险，因为附近的野兽早就听到过大象的吼叫，也闻到了大象的气味，就算是狮子或者豹子也不敢招惹大象，它们都会小心翼翼地和大象保持一定距离，这就保证了孩子们和那几匹牲畜的安全。

妮尔丝毫没有停下来的迹象，斯达西开始追着她，笑着问："小蝴蝶，你为什么一直飞个不停呢？"虽然他是笑着的，但是心里开始有些担心。

妮尔回答："我也不清楚，我的心里感觉闹哄哄的，完全坐不住，只想这样跑着，才感觉好受一些。"斯达西感觉有些慌乱，他拉住了妮尔，问道："你怎么了？"

"我……斯达西，我觉得自己可能生病了。"妮尔把头靠在斯达西的胸前，小声地说着。

斯达西把她的手放在了自己的额头上，妮尔的手又冷又干。斯达西让妮尔靠近火堆问她："在这里你还觉得冷吗？"

妮尔回答道："我觉得有时冷有时热，更多的时候都觉得冷。"妮尔浑身都在发抖，连牙齿都在打架。

斯达西确信妮尔得了热病，他连忙把妮尔抱进了树洞，让梅亚把所有被子都盖在妮尔身上，他决定整夜守在妮尔的身边，让她喝加了蜂蜜的热水，好让她在被子里面发发汗。妮尔开始拒绝喝水，树洞里的小油灯，灯光摇晃着照映着斯达西严肃紧张的脸忽明忽暗，妮尔眨着闪闪发亮的眼睛也拗不过斯达西的坚持。

过了一会儿，妮尔变得焦躁不安，开始抱怨被子里太热了，让她出了好多汗，可是她的身体却在被子里瑟瑟发抖。斯达西摸着她的手和额头都是凉的。如果斯达西对热病有一些了解，他就应该清楚妮尔的症状意味着什么。当梅亚给妮尔送来热水的时候，小姑娘脸上的表情又惊讶又害怕，仿佛认不出来梅亚了，这让斯达西开始觉得大事不妙。

妮尔倒是一直认得斯达西，和他说话时都很清醒。她告诉斯达西，自己不想躺着，想要坐起来，在床边活动一下。她又对斯达西表示抱歉，希望斯达西不要因为她生病了而生气。斯达西安慰着妮尔：“你乖乖地躺着休息，我不会生你的气的。”

妮尔的眼角流淌着泪水，说：“你放心，说不定明天早上等我睡醒了，我的病就好了。”

这天夜里，金格也表现得有些异常，一直不停地叫着，引得沙巴也狂吠不止。斯达西不想影响妮尔休息，出去制止沙巴和金格的叫声，让沙巴停止吠叫很容易，但是要让大象安静下来，却不那么容易。斯达西只好用几颗面包果，暂时堵住了金格的嘴。当他从悬崖边上返回树洞的时候，在篝火的光亮中，他看到卡利拿着一块熏肉，往河边的方向走去，他叫住了卡利，问道：“这么晚了你要去哪里？怎么还拿着一块熏肉？”

卡利脸上露出神秘的表情，回答：“我要去给凶神贡献祭品。”

“为什么？”

“为了让凶神远离慈善女神，不要带走她的生命。”

斯达西听完，一时不知道该说些什么，但是心里觉得有些难过，于是他咬紧牙关，一言不发地转身离开。

斯达西回到树洞，看到妮尔紧闭着双眼，放在被子外面的手一直在颤抖，知道她已经睡着了。斯达西轻轻坐在妮尔的身边，梅亚坐在床的另一边，一起守护着妮尔。梅亚用手指不停地摆弄着自己的耳环，好让自己保持清醒，免得打瞌睡。除了青蛙和癞蛤蟆的叫声，以及瀑布的水流声之外，周围静悄悄的。

妮尔突然坐了起来，大叫斯达西的名字，把所有人吓了一跳。斯达西赶紧抱住了妮尔，妮尔浑身抖得像风中的树叶一样，她抓住斯达西的胳膊说自己很害怕，斯达西不知道该怎么办，只好握住妮尔可怜的小手不停地吻着，安慰着妮尔。斯达西拿过来蜂蜜水，想让妮尔喝一点儿，结果发现杯子里的水已经凉了，他想让梅亚换一些热的蜂蜜水过来，但是妮尔已经抱住杯子，开始喝起来，冰凉的水似乎让她舒服了一些。喝完水，妮尔躺下不再说话。半个小时过去了，突然，妮尔再次从床上坐了起来，她的两只眼睛瞪得像铜铃，眼神里充满了恐惧。她大喊着："斯达西，斯达西！"

"我在这里，妮尔，出了什么事？"

"他们……他们在树洞外面，偷偷地看着我。"

"妮尔，你说的是谁呀？"

"葛布尔和黑密斯，他们围着树在转悠。"

妮尔的话让斯达西浑身冰冷，好像一下掉进了冰窟窿里。他说："你眼花了，树洞外面是卡利，没有别人了。"

但是妮尔的眼睛一直盯着树洞门口的方向，牙齿在打架，她说："不对，那些贝都因人也在，你为什么要打死他们呢？"

"我是为了你才那么做的，妮尔，别想那些事情了，都已经过去了，别再看着门口了。"斯达西紧紧把妮尔搂在自己怀里说道。

"没有过去，是今天才发生的。"

斯达西摇着头说："不，是很久以前的事情了。"

的确，那件事已经发生了很久，但是此刻妮尔生病，让那些恐怖的画面像冲到岸边的浪花一样再次充满了她的脑海。斯达西竭力地安慰着妮尔，可是无论他说什么都不起作用，妮尔始终在胡言乱语，她的眼睛瞪得越来越大，心脏也跳得越来越快，仿佛要从她的身体里跳出来似的。妮尔的身体开始抽搐，像一条离开了水的鱼，在岸边不停地摆动着身体。就这样一直折腾到东方发白，天都快亮了，妮尔才筋疲力尽地倒在床上，她喃喃地说："斯达西，我浑身没劲儿，好像要掉下去了。"说完，她就安静下来又陷入昏睡中。

斯达西吓得惊慌失措，一度以为妮尔已经死去，他用手感受了一下妮尔的呼吸，又摸了摸她脖子上的脉搏，才轻轻松了一口气。斯达西知道这是可怕的非洲热病的第一场发作。身强体壮的男子也只能经受住两次热病的发作，没有人能挺过第三次发作。在塞得港的时候，斯达西常听人说起，那些从非洲返回欧洲的传教士，第二次热病发作会在几天或者两周后，如果两周后没有发作，那么患者就有可能逃过热病这一劫。斯达西清楚，热病唯一的解药就是大量的奎宁粉，可是他现在连一丁点儿奎宁粉都没有了。

除了祈祷之外毫无办法。第二天太阳照常升起，金格又开始吼叫，它在呼唤自己的早餐，河边的方向传来了水鸟的叫声。斯达西外出准备打几只野鸡给妮尔炖汤，他满脑子想的都是妮尔的热病，结果连一群珍珠鸡从他身边经过都没有发现。他想起妮尔看见的幻觉，那些被杀死的苏丹人和贝都因人，他就抬起头，看着天空，眼含泪水地说："上帝啊，你知道我杀人是为了救妮尔，如果这是罪恶的话，请你惩罚我吧，千万不要让妮尔受罪，让她的病赶快好起来吧！"

走着走着他就碰到了卡利，卡利是去查看给凶神的贡品还在不在。卡利热爱自己的慈善女神，他用自己的方式为妮尔祈祷。他告诉凶神，如果能让小姐恢复健康，他就每天都给凶神送上一块肉；如果小姐死去了，那么他就要剥了凶神的皮，哪怕自己死在凶神的手里，也要让凶神记住他。当卡利看见昨晚放在树下的肉已经不见了，他的心里充满了希望和喜悦。虽然说不定那块肉是被豺狼叼走了，但是没准那只豺狼就是凶神的化身呢！

卡利告诉斯达西，奉献给凶神的熏肉被吃掉了，这是一个好兆头，可是斯达西只是瞪着眼睛，没有任何反应。斯达西走到了河边，看到各种鸟儿在河边喝水，有黑翅膀黄羽毛的山雀，有长着汤勺般大嘴的白鸟，有颜色斑驳长腿的麻鹬，还有鹳鸟、朱鹭、火烈鸟等各种飞禽。这些大自然的精灵们，在斯达西的眼前飞来飞去，而他面无表情，对眼前这一切都无动于衷。

最后斯达西打到两只棕黄色的野鸭，他小心地查看了一下河里是否有鳄鱼，然后走下水，把野鸭拎了出来。枪声把河流附近的鸟儿都惊走了，只剩下两只秃鹳站在距离他几十步远的地方，像两个老头，光秃秃的脑袋缩在肩膀上，陷入沉思似的一动不动。斯达西对秃鹳胸前垂着的肥大肉囊看了一眼，觉得有些令人生厌，他发现附近有很多黄蜂在盘旋，便赶紧返回营地。

回到营地，妮尔还没有醒过来。斯达西把野鸭交给梅亚，然后倒头就睡着了。一直到下午，斯达西醒来后，没多久妮尔也醒过来。梅亚煮好了鸭汤，给妮尔喝了一碗，喝完妮尔感觉不错，想出去晒晒太阳，也看看金格。斯达西小心翼翼地扶着妮尔走出树洞，在阳光下他才发现这一次热病的发作有多严重。妮尔的脸色蜡黄，嘴唇暗沉，一圈黑眼圈，仿佛一夜之间苍老了许多，连眼神也失去了往日的光彩。如果没有人扶着她，恐怕妮尔连走路的力气都没有。斯达西绝望地想，如果妮尔第二次发病，他根本无能为力。

第二十九章　深夜寻药

最近一段时间，每天都要下十几次暴雨，空气中的湿度越来越大。充满恐惧和担忧的日子开始了，一个星期之后，妮尔的热病第二次发作了。虽然没有第一次发作得那么厉害，但是妮尔变得十分虚弱，生命的气息越来越弱，仿佛随时都会香消玉殒。斯达西意识到，也许等不到第三次发作，妮尔就会离自己而去。

斯达西一直在默默承受沉重艰难的压力，变得又黑又瘦，这些压力已经超出了一个少年正常的体力和脑力的极限。因此，当斯达西看着妮尔日渐衰弱，他都会对自己说："我像守护自己的眼珠子一样守护着妮尔，难道这就是结果吗？难道我们经历了那么多磨难就是为了把她埋葬在非洲丛林里吗？"他无法理解，也无法接受现状，斯达西时常陷入自责，觉得自己没有照顾好她，辜负了当初劳利逊先生的重托，痛苦时常吞噬着他的内心，让他恨不得自己身染热病来代替妮尔。显然，斯达西快被痛苦压垮了。

妮尔现在一天之内清醒的时间很有限，斯达西会把她从昏睡中唤醒，喂她吃些有营养的食物。天气稍微好一些，妮尔会请求斯达西抱着自己去晒会儿太阳，因为妮尔自己已经连站起来的力气都没有了。她时常在他怀里睡着。妮尔清楚自己病得很重,精神好的时候,她会和斯达西谈论这些，边说边哭，没有人面对死亡的时候不害怕。

“看来我是再也见不到爸爸了，等你见到他的时候，替我告诉他，我很想他！”

斯达西一边克制着自己的眼泪，一边回答：“别这么说，你一定会见到爸爸的！”

妮尔用微弱的声音说道：“如果你能看到爸爸，让他快点儿来看我吧，以后你也会来看我的吧？”说着她的脸上浮现了一丝微笑，接着妮尔用更低的声音说，“可是我真的好难过啊！”她把头靠在斯达西的肩膀上，开始哭了起来。

斯达西心如刀绞，他用颤抖的声音说：“妮尔，没有你的话，我一个人是回不去的。我不知道没有了你，我该怎么办。”

经常说着说着，妮尔就会带着泪水睡着了。斯达西只有把她抱得紧紧的，好像一松手，她就会消失了一样。

有一天，卡利从外面惊慌地跑回来，他一边跑一边挥舞着双手，情绪激动，眼神里充满了恐惧，他告诉斯达西，他看到远处有烟。斯达西顺着卡利指出的方向眺望，果然在丛林深处，远处两座高山中间有一缕青烟缓缓升起。卡利激动不已，他认为那可能是斯马因的部队，被当作奴隶的过往经历让卡利害怕起来。斯达西也觉得祸不单行，又碰上了起义军。如果他们被抓住，妮尔肯定没命，他们不会拿奎宁粉来治疗妮尔，而其他人也躲不掉再次成为奴隶。就算他们能够逃脱，但是妮尔能支持多久，他以后有什么颜面去面对自己的父亲和劳利逊先生呢？他甚至都不能清楚地说出来妮尔葬在哪里。

斯达西脑海中冒出了无数个念头，让他产生了一种强烈的愿望，需要马上看到妮尔。他决定立刻返回树洞，路上他告诉卡利，把火堆熄灭，晚上也不要再点燃了。斯达西看到妮尔的时候，正好妮尔已经醒了，沙巴依偎在她的身边。夕阳的光芒照在树洞里，那些在空气中飘着的浮尘在夕阳的照射下看得特别清晰，沙巴甚至伸出了爪子，试图抓住那些浮尘，这让妮尔禁不住笑了起来，她感觉精神好多了，于是和斯达西分享了这个好消息。

她说："也许我这次死不了了。"

"当然，你一定会健健康康地活着的。第二次发病之后，你就在慢慢恢复了，也许不会再有下一次发病的可能了。"斯达西用肯定的语气回答道。

妮尔眨着眼睛想了想，说道："如果再让我吃到那种很苦的药粉，哪怕就这么一丁点儿，"妮尔比画了一下自己的小拇指，"那么我肯定就不会死了。"

斯达西叹了口气，他明白妮尔指的是奎宁粉，要知道为了再找到一些奎宁粉，斯达西宁愿用自己的生命去交换。他希望自己有大量的奎宁粉，好立即就让妮尔吃掉，然后他就马上带着妮尔朝着和起义军相反的方向逃走。

这时，太阳下山了，丛林瞬间又陷入一片黑暗之中。斯达西和妮尔聊了半个小时之后，妮尔就睡着了。斯达西继续思考着怎么才能找到奎宁粉、如何躲开起义军的问题。他的大脑飞速地运转着，这一路都是凭借着斯达西聪明谨慎的大脑才得以走到现在，他想到了很多计划，首先是判断南面的那缕青烟不一定是来自斯马因的部队，有可能是海岸地区做象牙和奴隶生意的阿拉伯人，也有可能是某个埃塞俄比亚人的营地，或者是来自山区丘陵地带的某个村庄。他应该亲自去打探清楚再做判断。

如果是阿拉伯人，无论是来自桑给巴尔，还是蒙巴萨，或者是巴加莫约地区，他们都会和白人经常接触。那么斯达西可以和他们做笔交易，承诺一笔奖金，请他们把妮尔和自己送到某个港口。斯达西想，这些阿拉伯人身上肯定带着奎宁粉，在喀土穆的时候，他遇到的许多起义军，尤其是来自努比亚一带的起义军，他们几乎和白人一样容易得热病。因此他们会抢劫欧洲人，专门收集奎宁粉。那些改变了自己信仰的希腊人或者有钱的科普特人，他们都会用同等重量的黄金来换取奎宁粉，这种药粉是在这一地带活动的必备物品，那么自己就有希望给妮尔找到治疗热病的药了。想到这里，斯达西十分激动，他自言自语道："为了妮尔，无论如何我一定都要去那里一趟。"

斯达西再次严肃认真地考虑起眼下的情形，他想到埃及和苏丹之间的通信基本完全中断了，斯马因可能根本就不知道法特玛让人绑架了自己和妮尔，来换取他自己的孩子，绑架者也从来没有和斯马因联络过，伊德里斯和葛布尔，以及那两个贝都因人从未见过斯马因，虽然斯马因认识黑密斯，但是他也不知道黑密斯参与协助绑架的事情。说不定斯马因现在十分惦记自己的家人，那么他有可能愿意回到他们身边，再说斯马因在马赫迪这里并没有身居要职，手握大权，反而要长期四处奔波抓捕奴隶，也许自己可以和斯马因谈判，这样看来，就算遇到的真的是起义军，自己也必须亲自去了。斯达西在心里计划着："我会告诉斯马因，如果他把我和妮尔带到印度洋某个港口，并和我们一块返回埃及，那么政府就会宽恕他的一切罪行，而且可以让他和他妻子法特玛以及自己的孩子一家人团圆。再加上劳利逊先生也会给他大笔金钱的奖励，那么斯马因没有理由拒绝我的建议。”

当然，这些都是斯达西自己的盘算，并不见得会像他期望的结果发展，说不定还会遭遇危险，但是也可能成为他们逃出非洲丛林的一个好机会。想到最后，斯达西感到有些奇怪，为什么自己会那么害怕斯马因。为了尽快给妮尔找到治病的奎宁粉,斯达西下定决心，当天晚上就动身。

做好了决定,等到行动的时候却不那么容易。因为在黑暗的夜里，穿行在狮子、猎豹活动的丛林中，那无异于自寻死路。斯达西想起之前卡利晚上出去找沙巴的事情，他对自己说:“我害怕，那也要去。”

等到月亮升到高空中，把森林照成银白色的世界时，斯达西找到卡利，对他说道:“卡利，带着沙巴回到树洞里，把荆棘大门关好，你和梅亚要像保护自己的生命一样好好保护小姐，我要去那个营地侦察一下，看看里面住的到底是什么人。”

“伟大的主人，请带上卡利，带上那支可以杀死狮子的枪，卡利要和你一起去。”卡利诚恳地说着。

斯达西坚决地说道:“不行，你必须留下，我不会让你和我一起去。”看到卡利有些难过，他接着说，“我知道你很忠心，所以我很信任你，我需要你做些事情，如果我没有回来，而小姐又病重得死去了，那么你要把她安放在树洞里，在树周围修建一座高高的围栏，然后在树皮上刻一个这样的符号。”斯达西拿着两根竹竿，交叉成一个十字，他继续说道，“如果我没有回来，而小姐幸运地恢复了健康，那么你就要像对我一样对她忠心，把她带到你的故乡，让瓦希玛的战士护送她往东边走，一直走到大海那里，你会遇到白人，他们会给你很多奖励，有步枪和弹药，还有很多很多的玻璃珠子、布料，只要你们能拿多少就有多少。你明白我说的了吗？”

卡利扑倒在地，带着哭腔说：“伟大的主人，上天会保佑你的，让你平安回来！”斯达西感动得弯下腰，摸着卡利的头，说，“回去吧，待在树洞里，卡利，上帝会保佑你的！”

斯达西独自待着，继续考虑着，要不要骑着驴去。这个方法会安全一些，万一路上碰见凶猛的野兽，不管是骑着马还是驴，野兽都会先扑向牲畜而不是人，那么自己就有机会开枪。但是斯达西又想到，万一没有了驴，妮尔的行李怎么办呢？想到这里，他放弃了骑驴的想法，决定徒步前行。

斯达西终于鼓足勇气，开始一个人向森林出发。幸好今晚没有乌云，月亮把四周照得亮堂堂的，但是当斯达西走进草丛中就发现，野草长得又高又密，就算是骑着马也会被淹没在里面，而且容易迷失方向，就算是向前走，说不定只是绕了一个大圈，又回到起点。不过，令斯达西感到欣慰的是，他要去的地方距离营地五六公里，而且它的位置是在两座高山中间，所以，只要斯达西在前进的时候，能够看到远处的高山就不会走错路。可是那些野草，还有含羞草和藤蔓植物阻挡着斯达西的前进，幸亏他时常遇到一些四五米高的白蚁丘，可以爬到上面查看方向。

斯达西开始担心月亮被乌云遮挡起来，大地变得一片漆黑。但是这个问题还不是最危险的。夜晚的森林，万籁俱静，有一丝风吹草动的声音都会让斯达西吓一跳，黑暗里面仿佛隐藏了什么让人恐惧的野兽，他有时听见草丛传来一些窸窸窣窣的声音，接着不知道什么动物跑开了，有时候看到灌木丛中出现两个闪光的点，斯达西赶紧端起步枪，却发现那只是萤火虫，有时候又会把巨大的岩石看成是正在睡觉的犀牛。整座森林笼罩在恐怖和危险的氛围中，斯达西要全神贯注地听着、观察着，他的脑袋需要四处转动，留意四面八方的动静，还要端着步枪，时刻准备面对突如其来的猛兽。没走多远，斯达西就已经汗流浃背，心跳得十分厉害。

他爬上了一座白蚁丘，既为了判断方向是否正确，又为了擦擦汗喘口气，斯达西已经神经紧绷，浑身疲惫了。短暂的休息之后，他继续前行，给妮尔找到救命的药是他现在全部的动力。又走了两个多小时，斯达西来到一处草丛不是很茂盛的地方，四周也是宽敞亮堂了许多，虽然远处的高山看起来并没有靠近多少，但是连接两座高山的山脊却没那么远了。看来两座高山中间有一个类似金格被困着的那种峡谷。

突然，斯达西在右边距离三四百步的岩石壁上看到一片红光，那是火堆反射过去的，有人在那里！斯达西停住脚步，心跳快得仿佛要从胸腔里跳出来一样。他似乎看见远处有个人影，是来自海岸附近的阿拉伯人吗？还是斯马因的起义军？或者是逃入丛林中躲避抓捕的黑人呢？不管怎样，斯达西都决定继续往前，弄清楚这一切，他现在没有退路，而且他也不会后退。

斯达西屏住呼吸，蹑手蹑脚地往火堆的方向靠近。刚走了大约100步的时候，斯达西发现从树林方向传来了马打着响鼻儿的声音，借着月光他看到有5匹马，如果是起义军，那么马匹的数量应该会更多，斯达西猜测其余的马大概隐藏在茂密的草丛里。他感到奇怪的是，这些马附近并没有人在看守，而且也没有火堆来驱赶野兽。不过幸亏如此，他才能不被人发现走到这里。

斯达西继续朝着火堆的方向走着，岩壁上映射出来的火光越来越清楚，大约15分钟之后，斯达西来到岩石边上，他小心翼翼地探出身子，朝岩石下边观察，第一个映入眼帘的是一座巨大的白色帐篷，帐篷的门帘是掀开的，里面有一张行军床，上面躺着一个身穿白色衣服的欧洲成年男人，有一个大约 12 岁的黑人男孩正在火堆前面，往里面添加柴火，在帐篷两侧的岩壁下面躺着很多黑人，他们都在睡觉。

似乎没人察觉斯达西的到来，他立即顺着岩石的斜坡溜了下来。

第三十章　遇到林德

没有受到任何阻拦，斯达西就走进了白色的帐篷，他又激动又疲惫，站在欧洲人的面前，差点儿说不出话来。欧洲人也一言不发地盯着他，满眼都是惊讶，直到欧洲人大声喊着："纳西布，你在哪儿？"

"主人，我在这里。"那个黑人男孩回答道。

"那你有没有看见我面前站着一个人？"

黑人男孩还没来得及回答，斯达西就开口了："先生，我是斯达西·塔尔科夫斯基，我和劳利逊小姐被起义军绑架，我们逃了出来，躲在不远的森林里，但是我的朋友得了热病，病得很厉害，请你帮帮我们吧！"

欧洲人一直目不转睛地看着斯达西，听完那些话，他摸了摸自己的额头，自言自语道："我不但看见，还能听见，看来不是幻觉，可是我也需要帮助啊，我受了伤。"他摇了摇脑袋，好像是想从噩梦中醒过来一样，他的眼睛露出喜悦的神情，说道，"白人小孩，我真的看到的是白人，无论你从哪里来，我都表示欢迎。等等，你刚才说什么？有个小姑娘病了？你需要我怎么帮助你？”

斯达西又把刚才说过的话再次说了一遍，生病的小姑娘叫妮尔，是苏伊士运河公司董事劳利逊先生的女儿，她得了热病，已经发作了两次，迫切需要奎宁药粉来阻止热病的第三次发作，否则她就会死去。

“天哪，发作了两次，情况太糟糕了。”欧洲人说完，叫纳西布递给他一个铁皮箱子，从里面拿出两罐东西交给斯达西，说道：“我有很多奎宁粉，我分给你一半吧，足够你用一年的，反正这些东西对我来说也没什么用了。”

斯达西开心得几乎蹦了起来，他想高声欢呼，他不停地向欧洲人道谢，好像那些药是救自己的命一样。那个陌生人点着头，继续说：“你好，我叫林德，是来自苏黎世的瑞士人，两天前我被一头野猪咬伤了。”他转向纳西布，“去把我的烟斗拿来。”

林德继续对斯达西说道：“伤口已经感染了，到了晚上我就会烧得一塌糊涂，不过抽两口烟可以让我清醒一些，你说你是从起义军那里逃出来，现在躲在森林里，是这样说的吧？”

“是的，先生，我的确是这么说的。”

“那接下来你准备去哪儿？”

“我计划先逃到埃塞俄比亚。”

“那有些困难，马赫迪的部队有一些正在边境附近四处流窜呢，你很容易再次落入他们的手中。”

“那我们该怎么办呢？”

“唉，可惜啊，如果是在一个月以前，我或许可以帮得上你，但是现在……要不是依靠上帝的慈悲和那个黑人小孩纳西布，估计我早就不在人世了。”

斯达西觉得很诧异，他环顾着周围说：“那这座营地和那些黑人呢？”

“这是一座充满了死亡的营地，那些黑人都睡着了，但是永远也不会再醒过来了。”

“先生，你说的我有些不明白……”

“那些黑人得了非洲睡眠病，他们来自大湖地区，这种可怕的传染病在那个地区十分流行，除了之前得天花死去的人之外，其他的人都死于这种传染病。我身边只剩下纳西布了。”

斯达西发现他们说话期间，那些躺着的黑人都是一动不动的，甚至连那种睡着了之后身体偶尔的抖动也没有。有的人靠在石头上，有的脑袋垂在自己的胸前。

“他们都睡着了，再也不会醒过来吗？”斯达西有些难以置信。

林德回答说：“我希望能够告诉你，他们说不定会醒过来，但是，实际上这里简直就像是一座停尸场。”

这时，峡谷外响起了马蹄的声音打断了两个人的谈话，似乎马群受到了什么惊吓，正在尽力靠近火堆。林德说：“那些马是我从马赫迪的一支部队手里夺过来的。几周前，我遇到了一支大约 300 人的起义军，用雷明顿步枪和这些拿着长矛的人打仗，几乎不费吹灰之力。那些枪和弹药就在那边的岩壁下面，你需要的话，随便去拿吧。对了，我可以给你匹马，让你快点儿回到那个生病的小姑娘身边。她几岁了？”

“妮尔 8 岁了。”斯达西回答道。

“噢，那她只是个小孩子，我这里还有茶叶、大米等食物，待会儿我让纳西布拿给你，再给小姑娘带些葡萄酒。我这里的生活用品很丰富，你明天可以再来，随便想拿多少拿多少。”

斯达西再次表示衷心的感谢，并表示自己会回来，愿意尽自己所能来帮助林德。林德摆了摆手，说道："能够在这里见到一张欧洲人的面孔，对我来说就已经足够了。如果你早点儿来就好了，那个时候我还比较清醒，现在我已经烧到看什么都是重影了，现在我的眼前好像有两个你，唉……都是发烧闹的。"说完，他闭上了眼睛。

斯达西等了一会儿，决定不再打扰林德的休息，他拿上了自己迫切需要的东西就骑上马返回营地。虽然夜色依旧，但是返程相对来说要容易一些。现在斯达西不用担心浓密的草丛中可能遇到的危险，不过他选择更靠近小河的路线往回走，因为他觉得这条小河是从两座峡谷中穿过的。

寂静的深夜里，能够听见远处瀑布的响声。西边的天空上云彩已经散开，除了月亮，还可以清晰地看到明亮的黄道光。斯达西双腿紧紧夹着马肚子，拼命催促马儿飞奔，他心想：就算现在眼前出现狮子或豹子，都没什么可怕的了。自己为妮尔找到了奎宁粉！他摸着怀里揣着的两罐奎宁粉，仿佛只有摸到药罐，才能证明自己不是在做梦。他的脑海里轮番出现林德的脸，以及脑袋圆滚滚的纳西布，还有那靠在岩壁下昏睡得如同死人一样的黑人。当他刚见到林德的时候，还觉得林德像个疯子，但是现在他不仅对林德心怀感激，还抱有万分同情。斯达西还想到，林德提到的那场战役很可能就是遇到了斯马因的起义军，一想到斯马因已经被消灭了，斯达西心里就有种奇怪的感觉。

这些场景不断和妮尔的面孔交织在一起，斯达西现在只想着快点儿回到妮尔的身边，什么黑暗和危险，通通都忘到了一边。不到 1 个小时，就听到了瀑布的咆哮声，斯达西知道离各种动物饮水的河道很近了，在皎洁的月光下，斯达西可以清楚地看见远处那些高大的树木。他要小心，希望凶猛的食肉动物现在没有在附近，斯达西没有放慢速度，继续往“克拉科夫”飞奔。虽然还没有看到狮子或猎豹，但是马儿还是闻到了它们的气味，打了几个喷鼻儿，斯达西握紧了步枪，心里充满了庆幸，要不是自己鼓足了勇气，去探查冒烟的地方，那么就不会得到奎宁粉，也就无法治疗妮尔，那他这辈子都无法原谅自己。

终于看到了那棵巨大的面包树，斯达西以为大家都在睡觉，但是他忘了警觉的沙巴，只要一听到什么动静，沙巴就开始狂吠，叫声能把死人都吵醒。卡利很快就出现在树洞门口，他兴奋地喊着：“伟大的主人回来了，他骑着马回来了！”卡利看见斯达西不仅平安回来，还骑着一匹马，就觉得自己的主人是可以创造一切奇迹的伟大主人，立刻兴高采烈地牵过马。大多数黑人都是用大笑来表示欢乐，所以卡利像个疯子似的放声大笑，还用手掌拍打着自己的屁股，表示喜悦。

斯达西吩咐他，说道：“把马拴好，马背上的东西卸下来，然后生一堆火，烧壶热水。”然后就走进树洞。妮尔已经醒了，她呼唤着斯达西。斯达西借着火堆的光亮看着妮尔消瘦的小脸和放在被子上的那双又白又瘦的小手，问道：“我的小蝴蝶，你感觉怎么样？”

“嗯，我睡得很好，不过沙巴把我吵醒了，你怎么这么晚还不睡觉呢？”

“因为我去了一个遥远的地方。”

“哪里？”

“药房。”

“什么？药房？”妮尔疑惑地问。

“是的，我去给你买奎宁粉了。”心情愉快的斯达西回答。

妮尔吃过奎宁粉，她知道这种味道很苦的药粉可以治愈很多病，她叹了一口气说道："你又在和我开玩笑，我知道我们的奎宁粉已经吃完了。"

斯达西从怀里掏出一个罐子，放在妮尔眼前，说道："那你看看，这是什么？"

妮尔惊诧得几乎不敢相信自己的眼睛，她目不转睛地看着斯达西，高兴得说不出一个字来。斯达西满脸喜悦地说："这下你的病很快就会好起来了。我现在马上就给你吃药，我先去找一颗新鲜的无花果，然后把奎宁放在里面，让你一口把它吞进肚子里，然后再给你喝点儿热水。你怎么像只猫一样盯着我呢？嘿，我告诉你，我不只有一罐，我有两罐奎宁粉呢！这都要感谢一个白人，他叫林德，他的营地离我们大约有 6 公里远，我刚从他那儿回来，除了药，还给了我很多其他东西，连我回来骑的马都是他给我的。我去的时候是走路去的，你觉得晚上穿越森林很有趣吧？哼，上帝做证，除非是我又要去找奎宁粉了，否则我再也不晚上出门了。"

斯达西一边给妮尔讲着自己晚上的冒险经历，一边走进自己的房间，找了一颗很小的无花果，把里面的果肉挖掉，然后小心地填满了奎宁粉。接着把茶叶放进水杯里，倒上了热水，把药和这杯水拿到妮尔的床前。

妮尔一直认真地听着，她从未想过为什么斯达西这么用心照顾自己，直到这一刻，她才意识到，如果没有斯达西，自己可能活不到现在，斯达西为自己所做的一切，并不是每一个那么大的男孩都能做到的事情。妮尔心里涌上一股热浪，让她禁不住紧紧拥抱着斯达西，说："谢谢你，斯达西，你对我太好了！"

斯达西脸上带着心满意足的表情说道："你乖乖吃完药，好好休息，你恢复了健康，就是对我最好的感谢！"

第三十一章　传授经验

一直休息到第二天中午，斯达西才恢复精力。他遵守承诺，动身去林德的营地探望他。去的路上，斯达西觉得自己不能空着手去，一方面要感谢林德的帮助，要不是他赠送的两罐药粉，妮尔就不可能恢复健康，另一方面他觉得林德需要吃些有营养的新鲜食物，于是他打了两只珍珠鸡当作礼物。林德依旧十分虚弱，但还算清醒，他对礼物表示了感谢。

互相问候了之后，林德询问了妮尔的病情，嘱咐斯达西那些奎宁粉不是万能的，单靠药物是不能完全避免患上热病的。以后还要多加小心，一定不能让小姑娘被太阳暴晒，不能被雨水淋湿身体，平时不要喝不干净的水，晚上休息的时候尽量睡在干燥并且地势较高的地方。林德还好奇地询问了两个孩子的身世，于是斯达西给他讲了妮尔和自己在塞得港的生活，后来是如何被绑架到喀土穆，以及如何逃脱出来并流浪至今的过程。林德听得越来越感兴趣，并表现出佩服的态度。等斯达西讲完了之后，林德抽着烟斗，从头到脚仔细地看着斯达西，然后长长地呼了一口气，说道："如果你的国家有很多像你这样的男孩，那么就没有任何人能左右你们了。你要相信我，就算之前你们很幸运地逃过了种种劫难，但是现在无论你往哪个方向走，都是困难重重。不过，也有可能你能把自己和那个女孩从这场灾难中解救出来。"

"只要妮尔恢复了健康，我就会竭尽所能想办法带着妮尔逃离这里。"斯达西语气坚定地说道。

"你要记得慢慢来省点儿力气，因为你现在面对的任务难度已经超过了一个成年人的能力。你知道这里是什么地方吗？"

斯达西摇了摇头，说道："不知道，我只记得我们离开法索达之后，在一个名叫阿卜旺的聚居区渡过了一条河。"

林德插了一句，"那是索巴特河。"

斯达西点点头继续说："在阿卜旺有很多黑人和起义军。渡过了索巴特河之后，我们进入了一片森林，我也不知道是朝哪个方向走，但是我们走了好几个星期，来到了那个峡谷，后面的事情，你都知道了。"

根据斯达西描述的方向，林德判断目前的位置是一个连旅行家和地理科学家都不知道的地方，他说："你们沿着峡谷继续前进，直到遇到那个瀑布。听我说，当苏丹人带着你们过了索巴特河之后，应该是转向了东南的方向，可能稍微更靠南一点儿。我们现在附近的那条河是流向西北方向的，很可能是尼罗河的一条支流。我说可能是因为这件事我也不能确定。我曾经在贾尼科罗山那里拐了一个弯，就是去寻找这条河的发源地。在和马赫迪的那支小分队发生战斗后，一个俘虏告诉过我，这个地方叫奥格洛关，曾经住着希努克族人，不过没人能证实，因为大部分居民要么被抓走成为奴隶，要么死于各种疾病，这里已经变成了荒无人烟的地区。”

林德停顿了一下，继续说道：“在非洲，常常是今天还是人口稠密的地区，明天就变得人烟稀少。我判断，你们现在距离拉多大约有 300 公里。如果往南走，你们会到达艾明，可是那里已经被起义军包围了，所以你们不能朝南面的方向走。”

“那么，我们往埃塞俄比亚的方向走如何？”斯达西问道。

“这里距离埃塞俄比亚也大约有 300 公里，但是你别忘了，马赫迪在和全世界宣战，当然他和埃塞俄比亚也有战争。我听那些俘虏说过，在西部和南部的边境，有很多巡逻的起义军。你们没有士兵和武器，很容易再次落入他们的魔掌。而且埃塞俄比亚虽然是个信奉基督教的国家，但是在南部地区，有很多异教徒，他们心里对马赫迪的起义军并不抵制，所以，这条路我也不建议你们走。”

斯达西听完有些泄气，他说：“那我们该怎么办呢？我们能往哪儿走呢？”

“是啊，所以我说过了，你们的处境非常艰难。”林德说完就用双手抱着脑袋，躺在床上，陷入了思考当中。过了一会儿，林德终于开口了，他对斯达西说道：“往东走吧，那边是大海，距离这里 900 多公里，这一路你们会很辛苦，不仅要翻越高山，穿越原住民居住的地区，而且还要穿越一片沙漠，那里有一大片地区是没有水流经过的干旱地带。不过那里是属于大英帝国的。说不定你们有机会碰见贩卖象牙的商队，也许还能碰见传教士的探险队伍。我本来计划考察这条河的流向，结果发现它拐向了尼罗河的方向。可是那附近有反抗军在活动，所以我不得不放弃了这个计划。我曾经设想过去东边考察那里的情况。”

“那太好了，我们可以结伴往大海那边走了。”斯达西邀请林德同行。

但是林德摇着头说：“我是不可能回去了，那头野猪让我的血液受到了病毒的感染，除非现在有位外科医生给我做截肢手术，否则我免不了一死。到目前这个阶段，我的血液有相当一部分已经凝固了，全身都没有了知觉。刚受伤的前几天，我还会疼得忍不住想咬我的手呢！”

斯达西感到难过，他想不出来什么可以安慰林德的话，面对死亡，一切都显得那么无力。他说：“你一定会好起来的！”

“不会啦，我知道自己很快就会死了。勇敢的孩子，我有个请求，等我死后，请你用石头把我埋起来，免得被鬣狗挖出来吃掉。本来人死了之后万事皆空，但是我现在还有意识，想到死后的事情，还是感觉不太愉快啊，而且我的家人都不在身边，这样死去很可悲。”林德说着，眼睛开始湿润，他继续说道，“反正我对死亡已经看透了，现在我们不要再谈论我的事情了，让我们来谈谈你的未来吧！我的忠告就是，目前对你最好的选择就是朝东面的大海出发，那里虽然路途遥远，但是相对安全一些。不过，我建议在出发前，你要好好休息，积攒力量。你的小伙伴会完全依赖你，你可以等到雨季结束后再出发，甚至可以再晚一些日子。因为夏天最初的几个月，虽然没有了降雨，但是雨季留下的那些水还在沼泽地带，这对健康会有一些影响。”

林德给了斯达西很多建议，他还提到目前所在的这片高地，海拔 700 多米，到了 1300 米的高度，就不用再担心热病了。他让斯达西带着妮尔进山，越往高处走，热病的发病率就越低。不停地说话显然让林德感到疲劳，他时不时地需要停下来深呼吸几下。

林德尽力给斯达西提供着自己的经验，他告诉斯达西向南走大约一天，会来到一座将近 800 米的高山，形状像一个扣着的平底锅。这座山四面都很陡峭，只有一条很窄的山路上去，山顶上曾经有座村庄，居民遭到了大屠杀，幸存的都被抓走成了奴隶。山上有一处很干净的泉水，还有很多香蕉树和几块木薯地，可以作为食物。不用担心茅屋里那些死人的骸骨，因为蚂蚁的缘故，不会传染什么疾病。那里的高度和温度都很适宜，可以在那里待到小姑娘彻底恢复健康。

“那以后我们该怎么办呢？”斯达西继续问道。

“以后的事情，就看上帝的旨意吧！”林德继续说道，“如果你向东边大海的方向继续前进，我听说有些阿拉伯商人从海岸的方向到达一个湖泊，湖泊旁边住着山布鲁部落和瓦希玛部落，商人会和部落里的人进行象牙交易。”

斯达西惊喜地说：“瓦希玛部落？我的随从卡利就属于这个部落，他的父亲是瓦希玛部落的酋长。”

不过林德并没有像斯达西那样表现出意外的表情，他平静地说：“那不错，也许以后会对你有些帮助。不过并不是所有的黑人都是老实忠厚的，很多时候他们都像小孩子一样记不住昨天说过或做过的事情。”

斯达西反驳说：“卡利不会这样，他的性命都是我救的，他对我一直都很忠诚，我非常相信这一点。”

林德说：“也许你说的没错。”他指着纳西布，继续说，“他也是个不错的孩子，我死后你就带上他一起走吧！”斯达西回避着林德提到的生死问题，他询问了那些看起来一直在昏睡的黑人，他们的皮肤看起来是灰色的，有些眼睛半闭半睁，所有人瘦得都能看清身上的肋骨。

林德回答着：“那些人再也不会醒过来了。嗯，应该这么说，在最终死去之前，他们会短暂地醒来，不过由于神志不清，他们可能会跑进森林。我手下最初有 200 多人，现在只剩下了 60 人，其他人要么死于疾病，要么跑进森林下落不明。”

斯达西充满同情的目光看着那些黑人，说道：“难道没有什么方法可以治疗这种病吗？”

林德摇了摇头，表示无药可救。“这种传染病在维多利亚·努安查一带泛滥成灾，整个村子里的居民都因为患了这种病而死掉了。有时候还会严重一些，有时候会轻微一些。在河岸两边低矮灌木丛周围生活的人很容易患上这种病。”林德说。

林德又给斯达西讲了自己的身世，一直讲到太阳下山。林德的父亲是做丝绸生意的，1848 年搬到瑞士生活，他想让林德成为工程师，可是林德从小就喜欢旅行。林德从工业学校毕业后，就继承了家产，同时开始了第一次旅行，他去的是埃及。那时还没有马赫迪起义军，所以林德可以深入到喀土穆，甚至和当地的坦嘎尔族人一起在野外打猎。后来林德在非洲积累了丰富的地理知识，成为一位有名的学者，被很多地理学会争相邀请成为会员。这次不幸的旅行，是从桑给巴尔开始的，他深入到大湖地区，计划沿着贾尼科罗山脉穿越埃塞俄比亚，但是走到半道，在桑给巴尔招募的黑人拒绝继续前进。幸运的是，林德遇到了乌干达国王和乌尼奥罗国王之间的战争，林德帮助了乌干达国王，因此得到了 200 名士兵的奖赏。这让林德的旅行计划得以顺利进行，但是后来这支队伍遇到了各种疾病的侵袭，最终遭到了睡眠病这一毁灭性的打击。

斯达西提出建议，让林德搬到克拉科夫，这样可以节约自己每天在路上往返花费的时间，但是林德拒绝了。因为他不想丢下那些患上睡眠病的黑人，如果自己离开，那些黑人就会遭到猎豹或者鬣狗的攻击。

林德语气十分郑重地对斯达西说："我有一件事需要你替我完成，如果你办好了，上帝会保佑你逃脱这个危险的地方，我也会没有遗憾地死去。本来我想明天再告诉你这个请求，但是我又担心自己明天清醒不过来，所以我现在就告诉你吧！请你找一个罐子，装满水，依次在每个得了睡眠病的黑人面前，把水洒在他的身上，并且说'我以圣父、圣子和圣灵的名义，为你举行洗礼'。"

林德说到这里就哽咽住了，过了一会儿他继续说道："我很自责，没有早一些用这种方法和那些已经死去的人道别，现在死神离我已经不远了，我希望能和这些人一起踏上最后的旅途。"他说着向天空伸出了双手，眼角滑落了两行泪。

天空中的晚霞的光芒，铺天盖地地洒向人间。斯达西已经泣不成声了。

第三十二章　林德之死

第二天，日出的光芒照耀着一幕神圣的场景，斯达西手里捧着一个水罐，他向岩壁那里走去，经过躺在岩壁下面的每一个黑人，一边弯着腰把水洒在他们的额头上，一边念着林德告诉他的洗礼的祝词。受洗礼的人们虽然还有呼吸，但是已经和死尸没有差别。这个宁静的早晨，朝阳初上，荒原显得有些昏暗不明，洗礼完成了，这一刻显得庄重肃穆。

林德的身体越来越虚弱，清醒的时间也越来越短，斯达西给他换过包扎伤口的绷带之后，他交给了斯达西一个装着文件的铁箱，请斯达西替他保管，没有多说什么。一整天他都觉得十分口渴，但是没有一点儿食欲。太阳还没下山，他就开始产生幻觉，在幻觉中，他朝着什么人在大声喊着，让他们不要扬起风帆，行驶到太远的某个湖泊那里。接着他就浑身哆嗦着，陷入昏迷状态。

又过了一天，他已经认不出来斯达西了。3 天之后，林德在午后睡着了，再也没有醒过来。斯达西悲痛不已，他在卡利的帮助下，把林德安葬在附近的一个岩洞里，然后用石头和荆棘把洞口封得严严实实。

卡利留在林德的营地，负责看守林德留下来的物资，并且保持火堆整日整夜燃烧着。纳西布被带到克拉科夫，斯达西每天都要在两处营地之间奔波十多次，搬运重要的物资，尤其是弹药，他要收集足够多的火药，制作成地雷，好炸开困着金格的那块岩石。妮尔每天都在服用奎宁粉，再加上林德储存的大量食物，丰富了她的营养，妮尔的健康恢复得很快。每当斯达西离开营地的时候，妮尔总会有些不情愿。斯达西禁止妮尔离开树洞，嘱咐其他人关好大门，把妮尔交给梅亚、纳西布和沙巴去照顾，要不是因为自己需要做的事情太多了，他也不想离开妮尔。大量繁重的工作让斯达西筋疲力尽，他用自己坚强的意志和结实的身体经受住了这些考验。

搬运物资总共花费了 10 天，这期间，经常有得了睡眠病的黑人在临死前恢复过来意识，然后变得疯疯癫癫，跑进森林，有的被林中的猛兽杀死，有的撞在石头或者树上而死，卡利负责掩埋那些尸体。大约两个星期之后，只剩下最后一个得了睡眠病的黑人，不过没过多久，这个人也在昏睡中死于器官衰竭。

终于到了炸开巨石解救金格的日子了。金格已经完全被驯服了，和所有人都很熟悉，当然它对斯达西的命令是绝对服从，只要斯达西发出指示，它就会伸出长鼻子，把斯达西卷起来放在自己的肩膀上。卡利用竹子做了一把梯子，经常用梯子把一些东西搬到金格的背上，让它习惯背着有分量的东西。不过妮尔总是觉得金格的担子太沉了，实际上，那些东西的重量对于金格来说简直轻得就像一根羽毛似的。只有从林德那里搬回来的东西才比较有分量。

金格和沙巴也渐渐地可以友好相处了，起初金格看到沙巴总会变得有些焦躁不安，慢慢才平静下来，偶尔还会和沙巴玩耍。金格会用鼻子把沙巴卷起来，让它四脚朝天翻倒在地上，沙巴就会立即龇着牙，假装要咬它。有时候，金格还会用鼻子吸满了水，趁沙巴不注意朝它喷水，浑身湿淋淋的沙巴就会特别生气，觉得这个玩笑开得过头了。

总而言之，孩子们很喜爱金格，因为大象不仅聪明，可以听得懂和它说的话，而且认真执行每一道命令，还会点头表示服从。在这一点上，金格成了无可替代的伙伴，连沙巴都不能超越它。因为沙巴对于妮尔的批评或者警告都无动于衷，它只会摇着尾巴，依旧我行我素。但是金格不同，金格很有心计，它明白每个人的地位不同，比如必须服从斯达西的命令，但是妮尔是所有人都关注的重心，所以它对待妮尔是一心一意的宠爱，对卡利就很随意，不那么听话，对梅亚和纳西布更是很少理睬。

斯达西用火药做成了地雷，塞进了岩石缝隙的最深处，用泥巴把缝隙填满，只留了一个小洞，从里面拉出来一根用晒干的棕榈纤维做成的导火索，导火索上面也薄薄地涂了一层火药。在点燃导火索之前，斯达西让所有人都待在树洞里，然后独自一人引燃导火索之后就快速地跑回了树洞。妮尔有些担心会吓坏金格，斯达西告诉她不用担心，因为自己选了一个早上就开始打雷下雨的日子，在森林里生活的野象，早就习惯了轰隆隆的雷声以及雷电交加的暴风雨。

等待的时间是漫长的，不知道过了多久，突然一声巨响，连树洞都被震得摇晃，很多腐朽的木屑掉在了大家的脑袋上。斯达西立刻钻出树洞，跑向那条通向峡谷的道路。岩石已经被炸成无数块大大小小的石头，金格终于自由了。

斯达西欣喜若狂地跑到悬崖边上，查看金格是否安好，妮尔和所有人也跟着跑了过来。金格这时被爆炸的响声震得有些紧张，它已经退到峡谷的最深处，抬着鼻子在空气中挥来挥去，快速地扇动着耳朵，直到听见妮尔呼唤它的声音才停下。等到妮尔穿过了那条被炸开的通道，来到它面前的时候，金格就彻底恢复了平静。不过那些马受到的惊吓比较严重，有两匹马甚至吓得跑进了森林里，卡利直到太阳快下山的时候才把它们找回来。

获得自由的金格一直跟在妮尔的身后，像只听话的小狗。它在河里舒舒服服地洗了一个澡，然后用自己的方式美美地吃了一顿晚餐。金格用头顶住一棵高高的埃及榕树，用劲把那棵树折断，然后细致地啃着树枝上的叶子和果实。等到太阳快落山的时候，它就回到克拉科夫，就算是晚上妮尔回到树洞里休息，金格也要时不时地把鼻子伸进树洞里去找妮尔，最后斯达西只有狠狠敲打了一番它的鼻子，它才不那么做。

这一天，除了金格之外，最开心的要数卡利了，因为从此以后，他再也不用每天辛苦地给大象找食物了。所以，晚上做饭的时候，斯达西和妮尔听见了卡利的歌声，歌词大致的意思是：伟人的主人杀了狮子，又杀了坏人，真厉害！伟大的主人炸开了巨石，又救了大象，真厉害！卡利终于轻松了，不干活还有饭吃，太好啦！

雨季就快结束了，斯达西决定尽快搬到林德提到的那座山上，现在有了金格的协助，搬运那些物资就不成问题了，妮尔的健康也恢复得很好，可以承受路途中的劳累。于是在一个晴朗的早晨，斯达西带领大家出发了，队伍扩大到 5 匹马、1 头驴、金格和沙巴，以及新成员纳西布。斯达西从林德那里得到指南针和望远镜，他再也不用担心迷失方向。

通往目的地的路程并不算远，离太阳落山还有几个小时的时候，他们就看到了那座小山，在目光的尽头看到一片连绵不断的山峰，只有这座小山看着离得最近。等走得更近一些，可以看到有条河环绕在山脚下，这条河正是流经之前营地的那条，从山下向上望去，只能看到丛林密布。他们很快就找到了通往山顶的唯一小路，的确如同林德所说的那样，小路并不宽，有些地方最多只能容纳两匹马通过，他们爬了一个小时，终于抵达山顶。

到了山顶，他们发现那些树林原来是香蕉树，这可把大家高兴坏了，尤其是金格。斯达西知道，在非洲最有营养并且最有益健康的就是用香蕉干磨成的面粉，现在这里的香蕉，足够他们吃上一年的。林德提到的村庄就在这些香蕉树中间，有些房屋已经倒塌，村庄中心有座最大的房子，用泥土修筑而成，屋顶有宽阔的屋檐，曾经是酋长的住宅。房屋周围到处都是人体的骸骨，不过已经被蚂蚁清洗得干干净净，斯达西吩咐卡利和纳西布把这些白骨都扔进河里。卡利发现山上并不是什么生物都没有，还有一大群黑猩猩，这些黑猩猩被香蕉树吸引而来，又没有什么天敌，就在山上住了下来，它们把斯达西当作入侵者发动了袭击。斯达西只想把它们赶走，于是朝天上放了一枪，枪声引起了沙巴的狂吠和金格的怒吼，最后那群猩猩都逃走了。

太阳落山后，卡利和纳西布生起了火堆，准备做晚饭。梅亚在准备妮尔晚上睡觉的地方，酋长的房子已经变成妮尔的住处了，妮尔经过了一天的旅行，但并不感到疲惫，当斯达西告诉她，那些可怕的骷髅都被清理干净后，妮尔更觉得高兴，她说：“斯达西，这里真棒，比以往我们住过的任何一个地方都要好！”

斯达西回应道：“是啊，我们现在有的东西，足够我们很好地生活一阵子啦，明天我要仔细盘点一下我们拥有的这些财产。”

“真希望爸爸也在这里，你会给我们的财产取什么名字呢？”

斯达西想了想说：“这座山是林德指点给我的，我想就叫作林德山吧，这座村庄可以用你的名字命名，就叫妮尔村，说不定以后都可以写进地理书里。”

妮尔惊喜地问：“真的吗？我的名字被写进书里？”

斯达西郑重地点了点头，答道：“没错，你的名字会出现在书里的。”

第三十三章　风筝求援

第二天早上下了一场小雨，趁着雨停了的那几个小时，斯达西仔细地考察了这座山的四周情况。到了中午，他就把这座山从上到下、从里到外的各个角落都查看了一遍，总体来说一切都比较不错。首先是安全问题，林德山的四周都是峭壁，只有黑猩猩能爬上来，狮子和猎豹等其他猛兽都无法爬上。至于上山那条唯一的山脊通道，只要把金格放在出入口的位置上，大家就可以安心地舒舒服服睡觉，不用担心遇到任何危险，哪怕是匪徒的攻击，也可以牢牢地守住。因为那条道路十分狭窄，连金格都很费劲才挤进来。只要有一支优良的步枪和一名狙击手守在那里，任何人都没办法上到山顶。

其次，食物补给不成问题。林德山的中央有一条清澈冰凉的山泉从地下涌出，汇集成一条水晶般的小溪，蜿蜒穿过旁边的香蕉林，最后从又高又陡的悬崖坠入河中，形成一条细长的银白色的瀑布。在村子的南边有一片木薯地，生长着大量的木薯，木薯的根茎是黑人最喜欢吃的一种食物。紧邻木薯地的还有一片椰子林，树冠的形状好像是一团团盛开的鸟羽。

辽阔的丛林围绕在林德山的周围，站在山顶上向四下眺望，到处都是一望无际的绿色，在东边矗立着青灰色的科罗山，南边也有很多暗黑色的高地，西边是一片望不见尽头的森林，一直延伸到天际线的位置。斯达西用林德的望远镜可以看到远处不同方向的美景，树林中的洼地，以及高耸入云的树木，仿佛教堂耸立的塔尖似的。在野草长得比较矮的地方，可以看到一群群的斑马、羚羊、水牛和大象。在墨绿色海洋似的草原上还能看到几只长颈鹿。河边有一些非洲大羚羊在喝水或者玩耍，河流中有时会飞起一种卡利经常捕捞的鱼，银白色的鱼肚子在太阳光芒的照射下闪闪发亮。斯达西心里暗暗决定，下次找个天气好的日子，一定要带妮尔来看看这些壮美生动的非洲自然景色。

这座山上没有任何具有威胁性的动物，只有许多种类的蝴蝶和鸟类，长着黄头、黑嘴和白色羽毛的大鹦鹉，在香蕉树之间飞来飞去；身材小巧但羽毛华丽的黑寡妇鸟站在木薯藤上休息；椰子林里传来杜鹃和斑鸠温和的叫声。斯达西十分满意地回到村庄，他觉得这里海拔较高，对妮尔的健康有益，安全也有保障，食物丰富，而且环境很美，简直就像是天堂。他走进妮尔的屋子，发现山上还有两只“大动物”，这让他有些意外。原来纳西布在香蕉树林里发现了一只母羊和一只小羊羔。母羊已经变得有些野了，小羊羔却比较亲近人类，和纳西布很快就熟悉起来。纳西布感到十分自豪，因为他的发现，这下妮尔每天就有新鲜的羊奶可以喝了。

妮尔安顿好了在山上的小屋，问斯达西下一步的计划，斯达西掰着手指一项一项地和妮尔说着：“我们要做的事情可多着呢，你看，第一，我要为接下来的旅程准备大量的熏肉，我必须每天都外出去打猎。第二，我要教卡利学会用枪，因为我们现在有大量的枪支和弹药，这样我们两个人都能保护你了。第三，你是不是忘记了？我们还要制作大量的风筝呢！”

“风筝？”

“对啊，做风筝这项任务由你来完成吧！”斯达西对妮尔说。

“你们都有任务，我可不想老是玩儿啊！”妮尔嘟着嘴说道。

“这可不是玩儿，做风筝是一件很重要的事情，而且不是只做1只，你要做至少50只甚至更多的风筝呢！”

“为什么要做这么多？”妮尔好奇地问道。

斯达西和妮尔解释了自己的计划，他想在风筝上写上妮尔和自己的名字，以及他们的遭遇，他们在什么地方，以及要去的方向，希望有人捡到能够告诉自己或者妮尔的父亲，然后等待合适的天气，借助西风把风筝放上天，那么他们就有希望获救了。斯达西说道：“风筝越多我们的希望就越大，我估计有不少风筝可能飞不了多远，要么掉下来，要么被高山挡住，但是假如有一只风筝能飞到海岸附近，有很多欧洲人活动的地带，那我们就成功了！”

妮尔听完，对斯达西的计划赞不绝口。她充满信心，这些风筝一定会到达爸爸的手里，因此妮尔迫不及待地想马上开始做风筝。斯达西看到妮尔的兴奋劲头儿，生怕她会累得再次生病，只好强调让她不要过于着急。做风筝需要用大量的鱼鳔，这项任务就交给了卡利，他用细竹条和棕绳做了一个渔网，这样一次就能抓到不少飞鱼，有时候他还让金格站在河里，把河水弄得很混浊，受到惊吓的鱼群会直接钻进卡利布置好的渔网里，不过不是每次这个计划都会成功。有时候渔网会被逃跑的鳄鱼掀翻，有时候是被金格踩翻，因为大象见到鳄鱼就会追，只要追上了就用鼻子卷起来扔到岸上，再用脚使劲地踩踏鳄鱼。渔网有时候还能抓到甲鱼，这样他们的餐桌上总能变着花样地有各种美味。

卡利把鱼刮去鱼鳞，剖开鱼腹，把鱼肉在太阳底下晒成肉干，把鱼鳔收拾好了交给妮尔，妮尔再把这些鱼鳔放在木板上晒干，做成扎风筝的纸。这项工作并不简单，虽然这些鱼的鱼鳔比较厚，但是晒干了之后却十分脆，很容易就被弄破，斯达西发现在阴凉的地方晾干会比较好，不过这样会花费大量时间，幸好妮尔有足够的耐心来完成。用鱼鳔来做风筝有两点好处，一是重量很轻，二是可以防雨，尽管雨季过去了，但这个季节依旧会有雨。

除了鱼鳔风筝，斯达西用在林德那里找到的纸张也做了一些风筝。斯达西试着放飞了几只不同种类的风筝，用望远镜观察，发现鱼鳔风筝比纸风筝飞得更高更快，风向合适的时候，它们甚至可以飞越贾尼科罗山脉，消失在蓝色的天空中。

妮尔做风筝的劲头十足，她灵巧的小手越来越熟练，连斯达西或者梅亚都没有她做得快。在林德山休养的日子里，妮尔再也没有第三次发作热病，这让斯达西悬着的心终于放下了。在山上待了两个礼拜之后，妮尔看起来和之前在丛林的模样大不一样了，她的脸颊变得饱满起来，脸色也恢复了从前的红润，眼睛炯炯有神。斯达西在心底深处感谢着林德，感谢他提供了丰富的物资，以及这处绝佳的休养之地。

斯达西自己却变得又黑又瘦，不过这也意味着他很健康，因为得过热病的人无论怎么晒都晒不黑。而且他的个头变高了，长期大量的体力活动，让他的身体也变得更强壮了。他变成了一名真正的经验丰富的旅行家了。斯达西每天都要外出打猎，而且弹无虚发，现在他再也不惧怕任何猛兽了，他深信那些毛发蓬松或者身上带有斑点的丛林杀手碰见自己，比他碰见它们更危险。有一次，他遇到一只正在阿拉伯胶树下睡觉的犀牛，犀牛惊醒后朝他冲了过来，斯达西抬手一枪就把犀牛打死了。

其他任务都进行得比较顺利，只有教导卡利、梅亚和纳西布改信基督教的任务没有斯达西预料中那么容易。三个黑人很愿意听从教导，但是接受的方式依旧是按照每个人自己的思维习惯。比如斯达西讲到世界是如何创造出来的，关于伊甸园和蛇的故事时，教导工作进行得都还算顺利，可是当讲到亚伯被该隐杀死的时候，卡利拍着自己的肚子，平静地问道："那他被吃掉了吗？"虽然卡利说过瓦希玛族人没有吃过人，但是吃人的习俗还存在他们的记忆深处。

同样，他们也不能理解既然凶神作为邪恶的存在，为什么上帝不杀死凶神。对于善与恶，他们的理解也是狭隘的。有一次，斯达西提出问题，让卡利告诉自己，什么是恶行。

卡利想了一下，回答："如果有人抢走了我的东西，那就是恶行。"

斯达西说："很好，那么你告诉我，什么是善行？"

卡利很快就回答道："卡利拿走别人的东西，这是善行。"

年轻的斯达西还无法理解什么是善，什么是恶，对于善与恶的看法，在欧洲，不仅是在一些政客中间，甚至有些国家也是和卡利相似的看法。

观念的更新，并不是件容易的事情，尽管如此，三个黑人逐渐接受了基督教的启迪，过了一些日子，他们达到了可以接受洗礼的标准，斯达西作为教父，妮尔作为教母，为他们举行了庄重的洗礼仪式，并且赠送了每人一块白色棉布和一串蓝色琉璃项链作为礼物。

只有梅亚显得有些失望，她以为接受完洗礼，自己的皮肤就会变成白色的。所以，当洗礼完成后，她惊讶地发现自己的皮肤颜色并没有任何变化。妮尔安慰她，说她的灵魂已经是白色的了。

第三十四章　准备动身

在斯达西的指导下，卡利学习使用雷明顿步枪，这可比学习基督教的教义更容易。只用了 10 天，卡利就学会了射击，先是练习打靶，接着练习射击在河岸边休息的鳄鱼。没过多久，卡利就成功地打死了一头体形不小的雄羚羊，接着又打死了几头大眼羚羊，信心倍增的卡利最后还打中了一头野猪，正当他准备上前去查看自己的猎物时，那头野猪突然跳了起来，竖起尾巴朝他冲了过来，卡利吓得扔了枪，手脚并用爬到最近的一棵树上。卡利的叫声把斯达西喊来，斯达西跑近了才发现野猪已经死了，刚才是临死前的拼死反击，林德就是这样被野猪咬了一口送的命。斯达西警告了卡利，打猎的时候要小心，尤其是遇到水牛、犀牛和狮子，还有不能射杀大象，因为这是妮尔提出来的要求。

现在每天外出打猎的时候，斯达西都要带上卡利，一方面是需要卡利协助自己将捕杀的猎物带回营地，另一方面斯达西还需要了解更多有关瓦希玛族的事情。既然他们要往东边的海边前进，就有很大的可能遇到瓦希玛族和山布鲁族。有一天，斯达西对卡利说道：“你知道吗？我估计骑马往东再走大概 20 天，就有可能进入瓦希玛族的地盘了。”

卡利露出悲伤的神情，摇着头说：“卡利不记得瓦希玛族的人住在什么地方。”

“我知道，你的族人们都住在一个大湖边上，那是每天太阳升起来的地方。”

卡利仔细想了想，忽然惊喜地说道：“啊，是的，是大黑水湖。伟大的主人知道所有的事情。”

斯达西继续说道：“不，也有我不知道的事情，比如当我们遇到瓦希玛族人，我不知道他们会怎样对待我们。”

“卡利会让他们都跪在伟大的主人和慈善女神的脚下。”

“他们会听从你的指挥吗？”

“卡利的父亲穿着豹子皮做的衣服，卡利也是。”

斯达西明白卡利的意思是，自己的父亲是酋长，作为酋长的儿子未来也会成为部落的统治者。他继续问道：“你曾经告诉过我，有白人到过瓦希玛族居住的地方，年纪大的人都还记得他们，你还记得他们是怎么说白人的吗？”

“啊，是的，卡利记得有人说，白人的头上裹着厚厚的细棉布。”

斯达西心想：卡利的族人可能是把阿拉伯人当成了欧洲人，黑人看见他们的肤色浅一些，而且穿着白色的衣服，就把他们误以为是白人了。于是他问卡利：“瓦希玛族的人会不会杀死这些白人？”

卡利摇着头说：“瓦希玛族和山布鲁族的人都不能杀死他们。”

“为什么？”斯达西问道。

“因为那些白人说，如果他们的血流进土里，天上就不会下雨了。”

斯达西心里暗自庆幸，黑人相信这些话。“如果我给瓦希玛族人很多棉花、枪支，可以让他们送我和妮尔到海边吗？”

“卡利去他们就一定会去。可是伟大的主人要先把住在大湖另一边的山布鲁族征服了。”

“那么住在山布鲁族后面还有什么人？”

卡利摇着头说：“没有人了，也没有山，山布鲁族后面是森林，里面住着狮子。”

他们的交谈暂时结束了。斯达西开始更多地考虑即将开始的这段新的旅程，也许会像林德说的那样，能幸运地碰上做象牙生意的阿拉伯人，或者是欧洲国家的探险队，还会遇见很多未知的危险。对于妮尔来说，新的旅程可能十分艰苦，但是他们不可能永远在林德山上住下去。在雨季刚结束的期间，散播瘟疫的沼泽大多被雨水掩盖，十分适合出行。山顶的高度暂时感受不到夏季的酷热，夜晚还需要盖着厚厚的被子，山下的森林已经变得炎热难耐了，河岸水位的高度每天也都在变化，斯达西估计过不了多久，河床就会干涸，只有正中央残留着一条细细的水流。

天气一天比一天炎热，斯达西还是没有下定决心再次出发，因为他知道，一旦离开林德山，以后很难再找到这么舒适的地方了。在林德山住着的这段日子里，无论是人还是牲畜，都平安无事。妮尔的热病不仅没有再发作，而且她的贫血症也痊愈了。每个人都身体健康，卡利和梅亚的皮肤又黑又亮，纳西布看起来肚子也是圆滚滚的。连马匹和驴都长得膘肥体壮。尽管有了金格，斯达西对未来依旧充满了不确定的恐惧心理。

终于到了不得不上路的时间了，在打包行李的时候，斯达西依旧不停地放出风筝，上面写着他们要朝着海岸的方向——向东前进，要经过一个大湖。那些西风有时候十分猛烈，像飓风似的把风筝卷进了山里，或者把风筝吹到更远的地方。妮尔现在的坐骑是金格。为了防晒，斯达西给妮尔用帐篷做了一顶适合放在大象身上的轿子。除了几匹马和一头驴身上背的行李之外，其他的装备都由金格驮着，这些东西对于金格来说并不算重，只是需要一些时间来适应身上那些用来捆绑行李的粗棕榈绳。

每个人都有各自的任务，分配给纳西布的任务是把晒干的香蕉磨成粉，储存起来。金格会帮助纳西布把香蕉摘下来。村庄附近的香蕉采摘完了之后，要去远一些的地方，沙巴有时候会跟着他们一起去。谁也没想到这项任务居然会发生意外。那一天纳西布正在卖力地摘着香蕉，旁边峭壁的石缝中突然冒出一张毛茸茸的黑色丑陋的脸，纳西布被吓得呆住了，接着他转身就逃跑，但是还没跑出几十步，那只黑色长毛怪就伸手把他抓住了，拽住他的脖后领子，把纳西布从地下提了起来，接着黑色长毛怪带着纳西布就朝悬崖的方向飞奔去了。

原来是只体形巨大的黑猩猩，它的手抓着纳西布，所以只能用两条腿跑，速度并不是很快，幸好沙巴在附近，它追上来，一口咬住了黑猩猩的后背，接着展开了一场激烈的搏斗。虽然沙巴体形不小，而且力气也很大，但是和黑猩猩比起来，还是占不了上风，因为一只黑猩猩连狮子都能打败，而且它们从不轻易放弃自己的猎物，哪怕是生命受到威胁。要不是这只黑猩猩的后背被咬住，正面交锋的话，沙巴没有任何优势。纳西布被黑猩猩捏着脖子举了起来，眼看着就要被扔出去的时候，金格赶了过来，顿时大地发出了一阵阵的颤动，它只轻轻甩了一下鼻子，这只黑猩猩就被抛向空中，掉在地上，摔得头骨粉碎。不知道为什么，金格没放过已经死掉的大猩猩，继续用象牙顶住它，用力摁在地上。

斯达西听到大象的吼叫和沙巴的狂吠，端着枪跑到跟前，这才制止住金格。这只黑猩猩此时已经一命呜呼，躺在一片血泊里。沙巴舔了舔它的血，金格发出了胜利的吼叫，纳西布已经吓得面无血色，他结结巴巴地告诉了斯达西发生的一切。斯达西感到后怕，妮尔也常常在林德山上一个人活动，幸好没有遇到类似的事件，看来这里并不像最初来时那样安全了。

斯达西返回村庄，告诉妮尔刚刚差点儿发生的危险，妮尔听得很专注，不停地说，幸亏有金格。斯达西说："是啊，金格真是个好保姆，有了它你就什么都不用怕了。既然这样，以后我们就和它寸步不离吧！"

妮尔问道："我们什么时候出发？"

"大部分行李都打包好了，明天搬到牲畜背上，我们就出发。"

妮尔拍着手说："太好了，去找爸爸了！"

斯达西严肃地说："愿上帝保佑我们！"

第三十五章 前往海边

不过，在发生黑猩猩事件之后，又过了几天，他们才出发。那天清晨，天色刚刚发白，他们起床后做了一个短暂的祈祷，虔诚地将自己交给了上帝，然后就离开了林德山。斯达西骑着一匹马走在队伍的最前面，沙巴在他左右跑着，紧跟在他身后的是金格。金格迈着庄严的步伐，呼扇着耳朵，在它宽厚的背上驮着一顶轿子，里面坐着妮尔和梅亚。金格后面是从林德那里得到的那几匹马，一根长长的细棕绳将它们连在一起，马背上驮着各种行李。卡利负责看护马队，于是跟在马队后面。而跟在队伍最后的是圆滚滚的纳西布，他骑在同样胖乎乎的驴身上。

出发时，气温还没有升到最高，空气还比较凉爽，万里无云。太阳从东边的卡拉马卓山脉那里升起，金灿灿的阳光顿时洒满大地。虽然阳光强烈，但不时会有微风吹过，有时候风大得可以把一人高的草也吹得趴在了地上，整片草丛好像波涛汹涌的海面一样此起彼伏。经过了一个月的雨季，草木生长得十分茂盛，在洼地里的草长得尤其茂盛，不但马走在里面几乎被淹没，连金格也只能露出个头。从远处看，金格背上的轿子仿佛一只小船漂浮在连绵起伏的绿色波涛上。

离开了林德山，向东走了大约 1 个小时，他们来到一片空旷的平原，这里所有的植物都长得十分巨大，比如根茎像一棵树那么粗的蓟，上面开着的花朵也差不多有人的脑袋那么大。有些山从远处看是光秃秃的，走近了才发现在山腰长着 8 米高的荆豆灌木丛。尤其是一种叫作“达罗”的无花果树，它的枝条垂落在地上就会变成一棵树，于是一棵树就变成一片小树林。在远处看好像是一座树木茂盛的丛林，走近了才发现每棵大树之间距离并不近，大约 20 步甚至更远。北面几乎没有高大的树木，只有整齐的矮树丛，这里的草长得也不高，很适合放牧。

坐在大象背上的妮尔，还有骑在马背上的斯达西可以看到成群的羚羊，很多不同种类的羚羊凑在一起，有非洲大羚羊、南非小羚羊、西非狷羚、牛羚和大眼羚羊等，有的单个低着头在吃草，有的成群结队站在那里。还有很多斑马和长颈鹿在附近。这些动物看到这支奇异的队伍都停止了吃草，它们抬起头竖着耳朵，惊恐地看着巨象身上那顶白色的轿子，然后突然四散跑开，跑出去几百步之后发现没有人来追它们，于是停下来继续盯着这支它们从未见过的队伍，等了好久，感到没有威胁之后才低下头继续吃草。

有时候，队伍前面会突然跳出来一只犀牛。犀牛生性易怒，经常对出现在眼前的东西发起攻击，可是这次它一眼就看见了金格，犀牛于是转身就跑。要不是斯达西喝住了金格，金格一定会顺着犀牛逃跑的方向追过去。非洲大象对于犀牛的厌恶似乎与生俱来，一旦大象看到犀牛的踪迹，就会依靠自己的体力优势，不停地追踪犀牛，双方的战斗几乎永远都是大象获胜。

按照金格的本能，它不会放过这只犀牛，但是它已经被驯服，习惯服从斯达西的指令，因此当它看到斯达西充满愤怒的眼神以及严厉的呵斥声，大象便马上垂下了自己的鼻子，收起了大耳朵，继续安静又缓慢地朝前走着。斯达西其实很想看看两头巨兽之间的搏斗，但他更担心妮尔的安全，一旦大象跑起来，背上轿子里的妮尔说不定会被颠得很难受，万一大象撞到树枝上，把轿子掀翻，那就更危险了，从大象背上摔到地上，妮尔说不定就没命了。斯达西曾经在一本书上看到过，在印度的猎人，对大象的恐惧远远超出了对老虎的恐惧。因为大象在受到惊吓或者是追逐其他动物时，根本不会顾及自己背上背负的轿子，很容易让象轿撞到树上。而且大象在拼命奔跑的时候，颠簸得十分剧烈，乘坐在象背上的人很难忍受得住。

当然，这一路上幸亏有了金格，避免了很多潜在的危险。有一次，他们在湖边遇到一群水牛，它们一看见金格，就绕了半圈躲到湖对面的岸边上喝水。晚上安营扎寨的时候，金格的前腿会被拴在一棵树上，守卫着妮尔休息的帐篷。不过营地依旧需要点燃火堆，但是帐篷外面的围栏就不用建了，有金格守着，连狮子都不敢靠近。斯达西想到这片地区有那么多的羚羊，必然会吸引来狮子，事实也证明了他的猜测。有一个晚上，就有几只狮子在山坡上的大落叶松树下吼叫着，它们闻到了马匹的味道，虽然篝火燃烧得十分旺盛，它们还是慢慢靠近了营地，直到金格忍不住发出了一声雷鸣般的怒吼，狮子们顿时知趣地退走了，而且再也没有发出一声叫声，大概是怕惹到金格这位“巨无霸”。从那之后，大伙儿晚上睡觉的时候，再也不用提心吊胆了。

不过，斯达西又有了新的顾虑。按照这几天行进的速度来看，要想走到埃塞俄比亚的边境，至少要用 1 个月的时间。假如按照林德的意见，往大海的方向走，那里足足有 1000 多公里的距离，而他们现在每天才走不到 10 公里，照这个速度，花费的时间至少要 3 个多月。除了要面对酷热和旅途的劳累之外，斯达西还担心遇到野蛮的原住民部落，不知道会发生什么意外，此时他们所处的地区十分荒凉，周围的居民很多因为流行的天花病而死，活着的那些人听到反抗军四处抓捕奴隶的消息也吓得四散逃跑。但是总体来说，整个非洲的人口数目还是相当可观的，他们总会来到一个陌生的部落生活的地方，而且这些部落的首领大多数都是野蛮凶残的酋长。要想顺利平安地通过这些地区，可是一件相当困难的事情。

斯达西希望能够遇到瓦希玛族人，这样在卡利的帮助下，他们才有可能得到更多的人手帮助。说不定斯达西可以教会几十个瓦希玛族人射击，并且许诺给他们丰厚的奖励，请他们把妮尔和自己送到海边。但是卡利也不清楚到底自己的家乡在哪里。林德虽然听说过这个部落，但是他也不知道哪条路才能走到瓦希玛族人生活的地方。林德提到的那个大湖也是从别人那里听来的。卡利则认定，那个湖叫巴索·纳洛克，湖的两侧分别住着瓦希玛部落和山布鲁部落。这就让斯达西有些困惑，因为在塞得港他学到的非洲地理知识，从来没有一处提到有这么一个湖的存在。如果只是卡利说有这个湖，那么斯达西会认为他说的是维多利亚湖，但是连林德都确认了这个湖的存在，因为他去过维多利亚湖，那是在另一个方向。林德从山区的居民那里推测，这个神秘的湖大概是位于更遥远的东北方向，斯达西不知道自己该相信哪一种说法了。他害怕错过这个湖，那样就无法得到瓦希玛部落的帮助。他也害怕遇到野蛮的部落、干旱的沙漠、陡峭的高山，还有令动物缓慢死亡的采采蝇。他更害怕得上瞌睡病，还有在抵达大海岸边之前要走过的无边无际的荒原。

不过他们已经离开了林德山，没有其他更好的办法，只有继续向东方前进。林德说过，只有体力充沛、经验丰富的人，才能完成在未知领域的旅行。斯达西已经具备了相当丰富的经验，为了妮尔，他也是需要多少力量，就使用多少力量。为了让妮尔也保持充足的体力，斯达西每天早上 6 点出发，走到 10 点的时候开始休息，等到正午曝晒的时间过去，如果休息的地点周围没有水源，那么就在下午 3 点再继续第二次赶路，6 点钟的时候休息扎营。

他们一路上都不难找到水源，雨季让峡谷中积蓄了大大小小的水泊，山峦之间也经常能看到流淌着的小溪。清澈的溪水很适合洗澡，而且没有任何危险，因为鳄鱼只会在大的水域周围活动，那里才有它们需要的猎物。斯达西从不会让妮尔直接去喝这些水，他从林德那里得到了一个过滤器，每次饮用的水都要通过过滤器再煮沸了才能饮用。卡利和梅亚对过滤器十分好奇，每次看到混浊的水从过滤器经过之后，变成了清澈的水，都忍不住拍手叫好。

总而言之，旅行直到目前为止还算顺利。幸亏有了从林德那里得到的丰富补给，除了药品和枪支弹药之外，还有很多的茶叶、咖啡、白糖以及各种罐头食品，斯达西从不吝惜使用这些补给，因为数量多得几乎都用不完。还有一件很重要的物品，那就是信号弹，如果遇到野蛮的部落，可以起到很大的作用。

非洲大地十分富饶，有大量的野生动物，也有各种植物的果实，这一路并不缺少新鲜的肉食和水果。每天最热的是“白色时间”，他们会停止脚步，找片树荫休息，这些树木的枝叶十分浓密，可以完全遮挡住炙热的阳光。因此，每个人的身体都很健康。

第三十六章　慈善女神

离开林德山的第 5 天，斯达西就不得不和妮尔一块儿坐在金格的背上，因为他们来到了一片阿拉伯胶树林，树林十分茂密，马匹走不过去，只有让金格先踩出一条通道，然后大家再依次通过。太阳升起来没多久，晨光透过浓密的树林，洒下星星点点的光斑，树叶上的露珠也被照射得晶莹剔透。两个孩子坐在一起，谈论的都是关于这次旅程的事情，以及自己的父亲。

自从离开法索达之后，他们没有一天不思念自己的父亲。一想到父亲们不知道自己的下落而伤心，他们会不断地派人四处打听自己的消息。可是，现在斯达西和妮尔不但离喀土穆很远，离法索达就更远了。只有他们赶到海边，在那里也许能够找到一个可以发电报的地方。孩子们迫不及待地想见到父亲。只有斯达西清楚，前方的道路并不会那么顺利，不过妮尔确信这世界上没有斯达西不能完成的任务。

她相信斯达西会把他们平安地带到海边，在那里找到一个可以发电报的地方，然后告诉父亲有关他们的消息，她在脑海里都能想象到父亲们看到电报喜极而泣的场景。她对斯达西说："我们的爸爸正坐在塞得港的家里流眼泪，有个仆人送去了一封电报，他们好奇地打开，发现里面写着我们的消息，还看到了'斯达西和妮尔'的签名。他们立刻开心得跳了起来，然后准备迎接我们。等我们到了家里，所有人都喜出望外，高兴得抱住了我，大家都在夸奖你，我会紧紧搂住爸爸的脖子。从此以后，我们再也不分开了。"

每次聊到和父亲们团聚，妮尔就会变得很激动，热泪盈眶的时候她就把头埋进斯达西的胸前，斯达西也会想到父亲对自己的行为感到骄傲，认为他"是个真正的波兰人"！一想到这些，斯达西就变得心潮澎湃，从心底萌生出一个愿望，他给自己打气，心想："一定要活下去，一定要把妮尔和自己救出去。我要活着完成这个任务。"这些信念让他勇气倍增，仿佛没有什么问题可以难倒他似的。

在阿拉伯胶树林中的跋涉还在艰难继续，坚硬的树刺把金格厚厚的皮都划出了一道道白色的痕迹。树林由密集渐渐变得稀疏起来，透过树丛可以看到远处翠绿的树林，斯达西想看看四周有没有动物，以便给他们的库存增添一些新鲜的肉食，于是冒着酷热爬出轿子，骑在金格的脖子上四处观察。他看到左边的远处有几只羚羊，还有两只鸵鸟。这时，金格走出了阿拉伯胶树林，往左转的时候，斯达西看到大约 5 公里的地方有一块木薯地，木薯地的边上晃动着十几个黑影，斯达西的心开始跳得很厉害，他转头对妮尔说："有黑人！"

斯达西的脑筋飞快地转动着，他想掉头退回阿拉伯胶树林里躲起来，又一想，早晚都要面对这些当地人，不如想办法尽量和他们建立友好的关系，日后的旅行是否顺利都取决于和当地人建立了怎样的关系。他思索了一会儿，决定驱赶大象往那块木薯地前进。

这时，卡利骑着马靠近过来，说："伟大的主人，前面有个村庄，那些女人正在木薯地里干活，不如先让我去见见她们吧！"斯达西点点头，嘱咐卡利，要和那些黑人表示友好。

"放心吧，主人，我知道该怎么说。"说完，卡利就向那些人走去，并且大喊着："Yambo，he！ Yambo sana！"

那些正在木薯地里弯着腰干活的妇女们，听到卡利的喊叫声，纷纷抬起头观望，当她们看到斯达西这一行队伍，立刻呆住了，然后马上尖叫着跑向了被树林遮挡着的村庄。斯达西和卡利等人没有追过去，而是按照之前的速度慢悠悠地朝着村庄的方向走去，离得更近一些，他们能够听到几百人嘈杂的喊叫声，以及咚咚作响的鼓声。显然村庄敲响了报警的鼓，在召集村里的战士，因为有大约300人的男丁从树林中走了出来，站在村前排成几排。

距离这些战士大约100步的时候，斯达西命令金格停了下来。他看到这些人头戴鸟类的羽毛，身穿兽皮短裙，胸膛宽阔，臂膀强壮，一个个拿着长矛和箭弩，他们有的穿着石楠草编制的短裙，有的穿的是用兽皮做的短裙，他们的头上都戴着鸵鸟和鹦鹉的羽毛，或者是从狒狒头上剥下来的兽皮，看起来威风凛凛、气势不凡。不过他们现在都一言不发地注视着金格，注视着金格背上的轿子和斯达西。他们的战斗欲望都被惊吓压制住了。大象对于黑人来说并不陌生，时常会有象群入侵当地人的香蕉园或者木薯地，因为长矛和弓箭对大象的皮肤毫无攻击力，当地人只好用火烧，挖陷阱，来阻挡大象对他们的破坏。他们还从未看到过一个人类能把大象当作坐骑，骑在它的身上。眼前的景象让这些土著居民不知道该怎么办，是战斗还是逃跑，一时之间他们也拿不定主意，于是开始交头接耳，议论纷纷，"他们是什么人啊？""他们来这里做什么？"

卡利催促马走上前，来到距离黑人几十步的地方停住，他喊道："乡亲们，听一听福姆巴的儿子卡利对你们说的话，福姆巴是瓦希玛部落的伟大酋长。你们听得懂的话，就要告诉卡利。"

"听得懂！"所有的战士不约而同地回答着。

"叫你们的酋长出来，告诉他卡利的名字。"

"姆鲁阿！姆鲁阿！"那些声音开始喊了起来。于是从队伍里走出来一个年长的黑人，长得体形魁梧，但是有些胆小，因为他的双腿一直在发抖，他只有把长矛插在地上，用手扶着才能站稳。其他战士纷纷效仿自己的酋长，也把长矛插在地上，准备听听卡利要说些什么。

卡利提高了声调，"姆鲁阿，还有你们，和你说话的是瓦希玛部落酋长的儿子卡利，瓦希玛族人的母牛密密麻麻地挤满在巴索·纳洛克湖的四周，就像蚂蚁爬满了一头死去的大象那样。我要告诉你们一个好消息，好好听着，慈善女神来到了你们的村庄，坐在大象背上白屋子里的就是慈善女神，大象服从她的命令，就像奴隶服从主人，婴儿服从母亲一样！"

卡利的话并没有得到回复，但是在人群中造成了很大的震动，有些战士好奇地朝前走了几步，有些战士害怕地后退着，直到有几个声音响了起来："女神！女神！"卡利继续说："你们当中有谁见到过这样的景象？甚至你们的父辈见过吗？"

战士们回答："没有见过！"接着人群中爆发出表示欢迎的喊声，"Yancig！ Yancig！"卡利自从得到了斯达西的教导后，就明白信仰的力量，他相信妮尔可以通过祈祷和上帝对话，因此他用十分真诚的语气说道："慈善女神骑在大象的背上，朝着太阳升起的方向前进，她可以请求圣灵，给你们送去雨水，灌溉你们的田地，让你们有足够多的食物，让你们的牲畜有足够的饲料，你们想要丰富的食物吗？”

“是的，我们想要！”此起彼伏的声音回应着。

“慈善女神可以召唤大风，大风会带走你们的疾病，那些病会让你们虚弱、死去，你们愿意她为你们带来健康吗？”卡利继续说。

“愿意，请她吹跑疾病吧！”

“只要慈善女神向圣灵祷告，圣灵就会保护你们的生命，你们不会被抓走成为奴隶，也不会受到伤害。你们的庄稼也不会被蝗虫毁坏，你们也不会遭到狮子或者野兽的袭击。”

“恳求她为我们祷告吧！”卡利的话在那些黑人当中引起震撼，他们欢呼着响应，表示热烈欢迎慈善女神。

卡利又指着斯达西说：“坐在慈善女神前面的是伟大的主人，他无所不能，连大象都害怕他，他能用雷电杀死坏人，他杀死过狮子，击碎巨大的岩石。只要你们尊重慈善女神，他就不会伤害你们。”

黑人们一边喊着“Yancig”，一边慢慢朝前走着，他们一看到沙巴，又停止了脚步，误以为是当地一种体格强壮的豹子“wobo”。这种豹子嗜好吃人肉，因此当地人比起狮子来，更害怕 wobo。但是他们又看到一个胖乎乎的黑人小男孩用绳子牵着沙巴，于是安静下来，更加确信卡利的话，相信“慈善女神”和斯达西具有很强的法力。他们纷纷互相说着：“太厉害了，如果他能用魔法命令大象，驯服 wobo，那么天底下还有谁比他更厉害呢？”

不过，等到他们亲眼看到了“慈善女神”的模样之后，才出现了最神奇的一幕。斯达西对着轿子鞠了一躬，然后拉开了帘子，姆鲁阿和他的战士们一看到妮尔，立刻全部脸贴在地上身体匍匐下来，排成了一条长长的人行道路，向她跪拜起来。所有人都一动不动，金格在斯达西的指示下，抬起了鼻子仰天发出雷鸣般的吼声，沙巴也跟着从喉咙深处发出了深厚雄壮的吠声，人们吓得魂不守舍，纷纷发出哀求的声音："阿卡，阿卡，阿卡！"

直到卡利安抚他们，说道："姆鲁阿，还有你的子民，你们已经朝拜过慈善女神了，现在你们可以站起来，好好地看看她，因为亲眼看到过女神的面孔就等于受到了圣灵的祝福。不要害怕，在慈善女神出现的地方，不会流血，不会有人丢掉性命的。"听到这里，姆鲁阿这才和他的战士们站了起来，热烈又腼腆地望着女神。不得不说，这些黑人习惯看到用木头或者植物做成的面貌丑陋凶恶的神像，他们从未看到这样真实的女神，如此温柔可爱，微笑着像一只美丽的小鸟一样。于是他们的恐惧逐渐消除，接下来就是热情的欢呼，"Yancig！ Yancig！"伸出手想要抚摩女神，得到女神的祝福，妮尔被弄得有些不好意思。在斯达西的鼓励下，妮尔朝村民们挥着手问好。黑人们的眼里流露出热烈又喜悦的神情，他们紧盯着妮尔摆动着的手，因为它能够带来好运，并且保佑他们健康。有的战士拍打着自己的胸脯，口里念叨着："这下我们都平安无事啦！"

斯达西一直仔细地观察着人群，他发现有一个戴着尖帽子的黑人并没有和其他人一样拥上前来，在听完卡利说的话之后，反而溜进村庄外一间独立的茅屋里，那间茅屋的四周有蔓藤包围着的篱笆围栏。

这时，姆鲁阿的胆子也大了起来，他走到大象脚边，再一次跪在地上，向慈善女神行礼，接着他站起来，对着斯达西鞠了一躬，说道："伟大的主人，感谢您带着女神来到我的村庄，我想请求您吃掉姆鲁阿身上的一块肉，也让姆鲁阿吃掉您身上的一块肉，这样我们就能成为兄弟，彼此之间再也不会有欺骗和背叛了。"

卡利把姆鲁阿说的话翻译给斯达西听，他从斯达西的表情中就能看出来，斯达西既不愿意伤害自己的身体，也不愿意吃人肉，于是卡利对姆鲁阿说道："伟大的主人具有圣灵般的能力，连大象都对他充满了畏惧，他怎么会和凡人结成兄弟呢？唉，姆鲁阿啊，说不定圣灵会因为你的胆大放肆而惩罚你呢！但是瓦希玛族酋长福姆巴的儿子卡利可以和你互相吃掉对方的一块肉，我们成为兄弟，圣灵也会赐福给你的。"

"可你只是个奴隶啊！"姆鲁阿有些不满。

"伟大的主人救了卡利的命，他没有抓过我，也没有买过我，卡利是自愿为主人和女神服务的，带他们去瓦希玛族的土地接受感谢的礼物。"

听到这里，姆鲁阿表示了同意，于是大家准备找巫师来举行仪式。人们开始喊着："巫师在哪里？卡姆巴在什么地方？"

接下来发生的事情，差点儿破坏了刚刚建立的友好关系。忽然，从那座独立的茅屋里传来一阵刺耳的鬼哭狼嚎似的声音。一听见这个声音，金格、沙巴都跟着叫了起来，甚至连纳西布骑着的驴也开始尖叫起来。战士们像是被开水烫了一样，纷纷跳起来，拔起插在地上的长矛，喊着："凶神！凶神！"现场变得混乱起来。这些战士们看着斯达西和妮尔的眼神，也从崇拜和尊敬变成了怀疑和敌视。人群中出现越来越多的具有威胁性的低语声，从那座茅屋里发出来的声音也越来越大。

卡利也吓得结结巴巴地对斯达西说道："是凶神，巫师唤醒了凶神，主人，你要给巫师和凶神供奉厚重的礼物，平息凶神的愤怒，否则当地的居民不会对我们友好了。"

"给他们礼物？"斯达西皱起眉头来。他顿时明白那个戴着尖帽子的人是巫师，这一切都是巫师在搞鬼。斯达西不由得变得愤怒起来，他对巫师的贪得无厌产生了强烈的厌恶，这让他热血沸腾，他黝黑的脸上露出了在射杀那些苏丹人和贝都因人时有的坚毅表情，眼里闪烁着疾恶如仇的亮光。他咬紧了牙齿，暗暗地说道："我这就给他们送上一份大礼。"

斯达西毫不犹豫地驱赶着大象走向那间茅屋，卡利不想留在情绪不稳定的黑人战士中间，紧跟在金格的后面。那些黑人战士嘴里不约而同发出一样的呼喊，不知道是因为愤怒还是惊慌。在其他人还没反应过来的时候，金格就把茅屋踏平了，茅屋的土墙也被推倒了，屋顶在一片尘土中飞到了半空中又掉了下来。金格在一片废墟中用鼻子卷起了巫师卡姆巴。斯达西一眼看见屋里的地上放着一面绷着猴子皮的大鼓，他吩咐卡利拿给他。

斯达西拿起那面鼓，对着还在震惊中没有恢复过来的村民们说道："这里没有凶神，而是这个坏蛋用这面鼓发出的声音，你们都被欺骗了。"他边说边用鼓上的一根绳子击打起来，立刻刚刚那种恐怖的声音又响了起来。斯达西把鼓摔在地上，卡利捡起来继续让鼓发出声音，没有了茅屋的遮挡，声音变得比刚才更响了，等卡利玩够了，他把鼓扔在姆鲁阿脚下，开始嘲笑起村民的愚蠢："哈哈，姆鲁阿和你的村民好笨啊，居然把鼓当作凶神。"

卡利几乎把自己知道的所有词汇都用来对姆鲁阿和他的战士们表示冷嘲热讽，他指着卡姆巴说道："这个戴着尖尖的鼠皮帽子的小偷，欺骗了你们多少个雨季和旱季啊，可是你们一直用新鲜的蔬菜和水果，还有蜂蜜和小羊羔来供养着他，天底下还有比你们更笨的酋长和村民吗？你们居然相信他会法术？现在你们可以瞪大了眼睛，好好地瞧一瞧咯，那个巫师现在被大象卷在鼻子里，他只会喊着‘阿卡’，向伟大的主人求饶，他怎么不用自己的法术来救救自己呢？他的凶神怎么不来保护他了呢？他的法术去哪儿了？哈哈，凶神？你们看看，这只是一块腐烂的木头和一张猴皮，大象一脚就能把这个东西踩得粉粹。在瓦希玛族，就算是个孩子，都不会怕这样的凶神，可是却把你们吓得半死。太可笑了，天底下只有一位真正的神灵，只有一位真正法力无边的伟大的主人。快向这两位膜拜吧，才能驱赶走你们的愚蠢，快向这两位献上你们的礼物吧，否则，就会有灾难降临在你们身上，让你们为对他们不恭敬而受到惩罚！”

其实，不用卡利再说什么了，那些黑人看到巫师和凶神在白人主人和慈善女神面前如此不堪一击，早就意识到自己被骗了。村民们非常气愤，把巫师绑了起来，打算用一种残酷的方式处死巫师，但是被妮尔阻拦了。因为卡利说过慈善女神到过的地方不会发生流血事件，于是斯达西下令把卑鄙的巫师驱逐出村子。巫师卡姆巴原以为自己这次非死不可了，结果现在捡了一条性命，于是感激得五体投地，他跪在慈善女神的脚边，嘴里嘟囔着，对她的慈善表示感谢。

村里的妇女和儿童听到有尊贵的女神降临，纷纷带着供奉的礼物前来，斯达西和妮尔终于第一次亲身体验了未开化的非洲部落的风情，这个地方是连阿拉伯人也从来没有到过的地方。这些黑人身上都有文身，腰间围着植物或者兽皮做的短裙，所有人的耳垂都有耳洞，里面穿着木片或者骨头片，把耳垂拉得很长，一直垂到肩膀上。他们的下嘴唇上都挂着“Pelele”，一种用木头或者骨头做成的圆板，有小碟子那么大。村庄里地位较高的战士和他们妻子的脖子上还会戴着金属项圈，把脖子勒得紧紧的，几乎动不了头。他们属于希尔卢克部落，卡利和梅亚能够听懂他们的语言，斯达西只能听懂一部分。希尔卢克部落分布的范围很广，一直延伸到东边很远的地方。

他们的四肢没有住在尼罗河两岸的同胞那样细长，但是肩膀更宽，个头比较矮小，部落里的小孩子因为没有被耳环或者装饰损伤面貌，所以看起来比成年人好看得多。

妮尔收到的礼物各种各样，有小羊、鸡、鸡蛋和自酿的酒等，要不是斯达西喊停，不知道礼物会不会收上一整晚。他也回赠给村民很多礼物，比如玻璃珠子、棉布等东西。妮尔也把从林德那里得到的十几面小镜子分给村子里的小孩子，每个人都兴高采烈，村民们还给贵客们表演了舞蹈。最后，为卡利和姆鲁阿举行了结拜兄弟的仪式。本来仪式应该由巫师来主持，由于巫师已经被驱逐了，就找来村里熟悉仪式的年长的人来主持。

他先杀死了一只小羊，取出它的肝脏，对半切成了两块。然后他拿出来一个转轮，把它转了起来，眼睛轮流在卡利和姆鲁阿之间看来看去，接着说道："福姆巴之子卡利，你是否愿意吃下穆库利之子姆鲁阿的血肉？你，穆库利之子姆鲁阿，是否愿意吃掉福姆巴之子卡利的血肉？"

两个人一起说道："我愿意。"

"你们是否愿意彼此交换心脏，还有双手、长矛和母牛？"

"是的，愿意。"

"你们是否愿意交换彼此现在拥有的一切和将来拥有的一切？"

"是的，愿意。"

"你们会永远对对方忠诚和友善吗？"

"是的。"

"你们会把彼此当作兄弟吗？"

"是的。"

转轮转得越来越快，年长的黑人继续说道："如果其中一个人欺骗了另一个，或者背叛了对方，或者偷窃对方的财物，或者用毒药害死了对方，那么他将受到诅咒。”

围观的战士们一起喊着：“受到诅咒！”

“如果这个人在说谎，那么就让他无法吞下兄弟的血肉，他就会当着我们的面吐出来。”

“那就让他去死，被 wobo 吃掉，被狮子撕成碎片，被毒蛇咬死，眼睛掉到脑袋里……”

听到这些五花八门的诅咒，斯达西差点儿笑出来，连卡利都紧闭双唇，拼命克制着自己的笑意。接着，年长的黑人拿出一把小刀，在卡利的肩膀上割了一小刀，把流出来的血抹在了半块小羊肝上，然后把这块小羊肝塞进了姆鲁阿的嘴里。他同样也在酋长的肩膀上割了一小刀，把另半块沾了姆鲁阿鲜血的小羊肝塞进了卡利的嘴里。两个人都一口吞下，喉咙里发出咕噜咕噜的声音，然后他们握着双手，庆祝仪式完成。围观的战士们也兴高采烈地喊着：“没有吐出来，他们真的成为兄弟了！”

当斯达西看到卡利吃掉沾了姆鲁阿鲜血的生羊肝时，不由得真心感谢卡利替他完成了这个仪式。因为假如让他来吃的话，说不定他会吐出来，那么就会被姆鲁阿和他的村民认为是虚伪和背叛了。

这之后，再也没有人质疑斯达西和慈善女神了，相反，由于斯达西做了几件事，得到了全体村民的尊敬和爱戴。斯达西从林德那里得到了一只气压计，他观察气压计的变化后，告诉村民“今天会下雨”。结果当天真的下起了瓢泼大雨，村民们把他当成了可以预知未来的圣灵。还有一次，一群大象闯进了村里的香蕉园，破坏了很多树木，斯达西骑着金格，对着象群燃放了几只烟花弹，击退了象群，村民们高兴得整晚跳着舞喝着酒表示庆祝。

卡利从村民那里打听到很多重要的信息，他们告诉卡利在东边有一个被高山环绕的湖泊，这意味着瓦希玛族很有可能居住在那里。再加上卡利和梅亚的语言很接近，斯达西得出一个结论：瓦希玛也许是个地名，居住在巴索·纳洛克湖泊的居民很可能也都属于希尔卢克部落，这个部落的土地从尼罗河一直延伸到很远很远的东边。

第三十七章 遭遇猎豹

在姆鲁阿村待了几天，队伍又出发继续向东前进，全村的村民都出来给他们送行，村民们流着眼泪，热切地表示希望慈善女神以后还能回到这里。斯达西想了许久，他想告诉这些村民在峡谷那边埋藏了一些生活用品，以及林德留给他的一批物资。因为没有更多的马匹来驮运，他只好把那些东西埋在了峡谷里。但是经过谨慎的考虑，斯达西认为还是不要告诉他们这些信息，因为对于黑人来说，这样的一批宝藏肯定会在他们中间引发争执，会由于分配的问题产生麻烦，让他们的生活失去平静。出于感谢村民的热情款待，斯达西猎杀了一头水牛，作为临行前道别宴会上的主菜，村民们看到这么多的肉乐得合不拢嘴。

之后连着 3 天，斯达西他们没有再碰到有人生活的地方。在海拔较高的地区行进，白天炎热，夜晚寒冷，斯达西让梅亚给妮尔晚上盖两层被子。他们常常要行进在山区的峡谷中。有些峡谷光秃秃的一片，到处都是岩石；有的地方却长满了茂盛的植物，几乎很难通过，幸好有金格在前面开路。路上他们遇到过大猩猩，还有狮子和黑豹。在卡利的恳求之下，斯达西为他打死了一头黑豹，因为在非洲，只有酋长才有资格穿豹子皮做的短裙。

穿越了峡谷地带之后，来到了高原地带，村落逐渐变多。有的村子外围修建了高高的围墙，用来阻挡狮子，围墙上爬满了藤蔓植物，从远处看仿佛是一座绿油油的森林，直到看到从村子里升起一缕缕轻烟，才知道是个村庄。

斯达西他们每到一座村庄，都会经历在姆鲁阿村类似的遭遇，只有一次例外，村民在看到金格、沙巴、马匹和白人之后，全村人都逃进了旁边的森林里，卡利找不到一个可以交流的人。不过幸运的是，没有一个村庄对他们发起过攻击，因为在宗教尚未传入黑人生活的地区之前，黑人的天性是胆小和脆弱的。所以，时常发生的事情就是卡利代表斯达西和村里的酋长举行结拜仪式，互相吃掉一块沾了对方血的生肉，然后双方建立友好亲密的兄弟关系。

对于慈善女神，村民们会献上各种珍贵的食物，对于“伟大的主人”，村民们很快会从敬畏转变为感激，因为斯达西总能帮助他们，用雷电和火蛇帮他们驱赶凶猛的野兽，而且慷慨大方，会送给村民很多礼物。这些村庄之间有的离得不远，最远的相距也就一两天的路程，斯达西这支非同凡响的队伍到来的消息会很快在村庄之间传递，黑人村落之间通常是用击鼓来传递消息。于是，有时候他们刚到达某个村庄，就会受到热烈欢迎，因为有关他们的美名早就传到了这里。

有一次，他们来到了一个较大的村庄，大约有 1000 名居住者，酋长兼任巫师的职位，他告诉斯达西，村子里供奉了一件特别的神物，村民们会对它十分敬畏，修建了一座用犀牛皮做屋顶的象牙小教堂来供奉它，村民们把供奉的祭品放在离小教堂 50 步远的地方，连靠近这件神物都不敢。斯达西表示很好奇，仔细询问起来，酋长表示神物是白色的，从月亮上掉下来，还拖着一条长长的尾巴。斯达西立刻表示，那件神物是慈善女神命令自己送到村子里来的。这话倒也不算假话，因为那件神物其实正是他们在林德山的时候，放出来的众多风筝之中的一个。这件事极大地鼓舞了斯达西和妮尔，孩子们决定以后要在更高的地方放飞更多的风筝。当晚他们就做了一只风筝，把它放飞了，看到这一过程的黑人更加确信斯达西和妮尔是来自月亮的圣灵，把他们当作神仙一样恭恭敬敬地供奉起来。

在村庄里，斯达西还得到了一个好消息，那就是距离卡利的瓦希玛族生活的巴索·纳洛克湖越来越近了，在他们现在逗留的这个村子里，有人用椰子酒和瓦希玛族人交换过食盐。而且村子里的酋长也表示，他听说过有个 Doko 部落，那个部落的酋长就叫福姆巴。卡利告诉斯达西，在比较远的地方，有些部落确实是把瓦希玛族和山布鲁族称作 Doko 人。另外，还有一个不好的消息，那就是在巴索·纳洛克湖边发生了战争。斯达西估计距离大湖那里大约还有 10 天的路程。虽然通向巴索·纳洛克湖的路上充满了险峻的道路和凶猛的野兽，但是这难不倒斯达西，只要远离低洼平地就好，因为那里容易滋生热病，他宁愿翻越难以攀登的高山。

他们继续兴致勃勃地上路了。经过了一个人口稀少，位于悬崖附近的村庄之后，斯达西他们来到了一片丘陵地带，隐约可以看到东面有一座连绵起伏的山岭，那里看起来一片幽暗，在抵达瓦希玛族活动的区域之前，不知道他们还会遇到什么样的危险。斯达西决定在一处森林地带扎营，并且有大片阴凉的地方休息一下。卡利和纳西布收集树枝准备生火，梅亚准备做饭，斯达西和妮尔被大自然的美景吸引得走进了森林深处。

树林里有各种各样的生物，不同品种的鸽子，还有斑鸠、紫翅椋鸟、啄木鸟、鹦鹉等。无数的本加列斯鸟在树枝上飞来飞去，有单只的，也有成群结队的，它们的羽毛在阳光下变幻着色彩，好像彩虹似的。妮尔最喜欢一种善于捕捉蚊虫的叫鹟鸟的鸟，它们善于捕捉蚊虫。还有一种体形很大的黑鸟，它的翅膀有一层红色的镶边，叫起来好像在吹奏一支牧笛。那些可爱的啄木鸟穿着鲜艳的外衣，上面是红色的，下面是蓝色的，它们在树林中边飞边捕捉着蜜蜂和蚱蜢。树顶上，有绿鹦鹉在唱歌，有时候在面包树的枝叶下面躲着一种灰绿色的小鸟，发出银铃般的叫声，好像在和绿鹦鹉对唱似的。

在太阳升起之前或落山之后，当地的麻雀成群在空中飞舞着，它们的数量庞大，飞起来铺天盖地的，如果不是听见它们叽叽喳喳的叫声，以及拍打翅膀发出的声音，还会让人误以为是一片云彩呢！白天的时候，它们都分散在一个个树丛里休息。森林中的各种鸟儿仿佛在开音乐会一般，叫得旋律优美，妮尔听得都入了迷。这些小音乐家们从一棵树上飞到另一棵树上，两个孩子跟着它们欣赏着动听的声音，不知不觉地离营地越来越远，大约有 1 公里的距离了。金格、沙巴还有卡利等人都留在营地里。

斯达西原本是打算出来打猎的，他没有带上沙巴，是不想让它的叫声吓跑了猎物。斯达西叫住妮尔，说道："我们该回去了，我先把你送回到金格那里，然后我就去森林里看看，希望能打到羚羊或者斑马之类的动物，因为卡利告诉我，我们储存的熏肉不多了，最多只能再坚持两天。"

妮尔急于表示自己已经不是个小孩子了，她说："嘿，我已经长大了，我能够自己走回去的。你看，那边是营地方向的炊烟，我朝着冒着烟的方向走就不会迷路了，别把我当小孩子啦！”

斯达西担心妮尔会在丛林里迷路，妮尔安慰他说：“这个你放心，在高大的树林里说不定我会迷路，可是在这里，你看，草丛都这么矮，从我们现在的地方都几乎可以看到营地呢！”

“万一有什么危险发生呢？”斯达西还是有些不放心。

“你说过，狮子和豹子只会在晚上出来捕猎，而且金格离得也不远，还有什么野兽敢在金格的附近活动呢？”看到斯达西仍旧在犹豫，妮尔开始撒娇，最后斯达西只好勉强同意，妮尔立刻开心地跳起来。斯达西明白，只要不把妮尔当作小孩子来对待，就没有什么能让她更开心的了。而且金格由于思念妮尔，每隔一会儿就会大声吼叫起来。于是斯达西嘱咐妮尔朝着营地一直走，路上不要停留。

“那我可以不可以在回去的路上，停下来摘几朵小花呢？”妮尔指了指远处长满了玫瑰色花朵的库索树。

“可以，不过不要停留得太久哦！”说完，斯达西就转身向森林更深处走去，可是没走多远，他就开始感到心慌不安，他想起在林德山上，纳西布遇到大猩猩的事情，万一这里也有大猩猩，把妮尔掳走或者咬伤怎么办？就算这里没有大猩猩，万一那些开着红色花朵的灌木丛中钻出一条毒蛇怎么办？“天哪，我怎么会让妮尔一个人在丛林里活动，这简直太愚蠢了！”他越想越觉得不安，对未知的恐惧和对自己大意的愤怒，让他立即转身往回跑。斯达西端起步枪，做好了随时射击的准备，由于经常打猎，他的身手敏捷灵活，在草丛中穿越可以像只猎豹一样不发出一点儿声音。没过多久，当他从一片高高的树丛中向前看过去的时候，立刻被眼前的场景惊呆了。

妮尔呆呆地站在一棵库索树下，脚下散落了一地红色的小花，她伸着两只胳膊站在那儿一动不动，显得有些惊慌失措。而离她 20

步远的位置，有一只灰褐色的野兽肚皮紧紧贴在低矮的草丛中，慢慢朝妮尔靠近，看起来正准备扑向她。斯达西清楚地看到那头野兽的眼睛闪着绿色的光芒，死死盯在妮尔的脸上，两只耳朵向后贴在自己的脑门两侧，肩膀高耸，瘦长匀称的身体绷得紧紧的，细长的尾巴轻轻在空中左右摆动着。斯达西明白只要它朝前一扑，妮尔就肯定活不成了。他立刻冷静下来，飞快地集中注意力，端起枪瞄准了野兽耳边的一个黑点，接着毫不犹豫地扣动了扳机。

枪声、妮尔的叫声和野兽的嚎叫声同时响起来，斯达西跳到妮尔的面前，用自己的身体挡在野兽前面，再次用枪瞄准了它，还好没有再用第二枪。原来是只猎豹，斯达西只用了一枪就结束了它的性命，猎豹的脑浆从枪眼中流了出来。斯达西和妮尔都站在原地，像是被施了魔法一样不能说话，也不能动弹。过了好久，突然斯达西脸色惨白、浑身发抖，眼里含着热泪，他扔了枪，用双手抱着自己的脑袋，不停地喊着妮尔的名字。这一刻让斯达西陷入一幅可怕的想象场景中，万一自己没有及时赶回来，妮尔就会被这只猎豹撕成碎片，哪怕晚一分钟，甚至一秒钟，噩梦就可能成为事实，那么斯达西永远也不会原谅自己。

这时，反而是妮尔先从恐惧中恢复过来，她抱住斯达西的脖子，呼唤着他的名字，安慰他说着："亲爱的斯达西，你看，我没事，我现在好端端地在你面前，斯达西，斯达西！"过了好长一段时间，斯达西才慢慢平静下来。卡利听到了枪响，他牵着一匹马跑了过来，因为他知道伟大的主人从来不会落空，只要开枪就会有收获，他准备将猎物运回营地。结果当卡利看了一眼倒在地上的猎豹，立刻吓得向后退了好几步，脸色煞白，嘴里嚷嚷着，"wobo！伟大的主人杀死了一头 wobo！"

斯达西走近仔细查看这头猛兽，起初斯达西觉得它很像一只体形巨大的非洲猎豹，但仔细一看又不是，这头野兽比一般的豹子还要大，黄褐色的毛皮上布满了栗色的斑点，它的头比豹子的头窄，看起来有些像狼，腿更长，爪子更大。斯达西回忆自己学过的生物知识，认为这是一种还未被发现的猫科动物，不同于一般的猎豹。就像巴索·纳洛克湖没有在非洲地理学中出现过一样。

卡利解释说，wobo 可以跳过狮子都跳不过去的围栏，进入村庄咬死很多人，而且 wobo 不怕长矛和弓箭，因此当地人最惧怕的就是这种野兽。

斯达西转身抓住妮尔的手，说道："妮尔，就算你真的长成一个大人，你也不能独自待在森林里。你看，刚才有多危险啊！"妮尔认真地点了点头，表示自己以后都会听斯达西的话，如果没有金格或者沙巴的陪同，再也不会一个人在森林里乱跑了。

斯达西决定把这头野兽的皮留下来作为纪念品，结果他们把野兽的尸体运回营地后被金格看到了，它似乎猜到了这头野兽差点儿伤害到自己的小主人，于是狠狠地把野兽的尸体卷起来摔在地上，还用脚踩成肉泥，斯达西只抢到野兽残存的脑袋，放在白蚁巢上，不一会儿那颗头颅就变成一块白骨，一丝血肉都不剩。

第三十八章　部落战争

又继续走了四天，来到一座比林德山略小一些的山，斯达西决定在这里休整几天再出发。在山上，斯达西遇到一只体形硕大的雄狒狒，它手里抓着一只已经残缺不全的风筝，斯达西经过了一番并不轻松的战斗才打死了这头狒狒。经过辨认，那只残缺的风筝是他们在林德山上放飞的第二只风筝，这让斯达西决定利用休息的时间，尽量再多做一些风筝出来。不过不用着急马上放飞，可以等到西风强劲的时候再放飞出去。他认为尽管机会微乎其微，但是哪怕只要有一只风筝被欧洲人或者阿拉伯人发现，就会引起人们的注意力，获得解救的机会也会增加。为了确保拾到风筝的人可以看懂上面的文字，斯达西除了英语和法语，还写上了阿拉伯语，幸好他懂得多种语言。

再次出发之后不久，卡利表示远处连绵起伏的山脉看起来很眼熟，他认为那些就是环绕着巴索·纳洛克湖的山脉。不过他也不能百分之百地肯定，因为从不同的方向看过去，山脉的形状是不同的。他们穿过一个开满了鲜花的树林，遇到一间住着猎人的小屋。屋子里面有两个黑人，他们都十分粗鲁和蠢笨，对斯达西一行人表现得十分害怕，问什么都表示不知道。其中一个人被某种昆虫咬伤了，病得不轻，而且快饿死了，因为他的同伴每天只给他很少的食物。斯达西给了那个生病的黑人几块熏肉，才得到一些信息——距离小屋一天的路程有一些独立的小村庄，穿过这些村庄再翻越一座山就会到达福姆巴的领地。斯达西对这个消息万分喜悦，紧张的心情也放松了下来。不管未来如何，至少他们很快就会站在瓦希玛部落的领地上了。

斯达西认为只要到达了瓦希玛族部落那里，后面再继续前进到海边就有更大的希望了。无论如何，都会比他们之前沿着尼罗河奔波的旅程更轻松一些。在他们的旅行中，一次次凭借着他非凡的勇气和过人的智慧，才让妮尔免遭不测。而且斯达西确信瓦希玛族会热情款待他们，尤其是在卡利的帮助下，这一段时期的经历，让他对黑人有了进一步的了解。他可以确信，就算现在没有卡利，他也能和黑人部落的居民友好相处。斯达西告诉妮尔，说道："妮尔，我要告诉你一个好消息，自从我们离开了法索达，目前已经完成了差不多一半的路程，今后我们再也不会遇到马赫迪的起义军了。不过，我们可能会遇到不少非常野蛮的黑人。"妮尔表示，就算遇到黑人她也不怕。

斯达西笑着说："是啊，在法尤姆的时候，你还只是一个叫妮尔的小姑娘，现在你却变成了他们的女神，他们会朝你进贡。以后我要告诉我们的爸爸，你现在有多厉害！"一提到父亲，妮尔的眼神就亮了起来。

"斯达西，你说我们会不会在蒙巴萨就见到爸爸呢？"

"也许有这个可能，如果巴索·纳洛克湖那边没有发生战争，我们就能更早一点儿到达蒙巴萨。可是现在瓦希玛部落正好被卷入战争中，我们还需要他们的帮助才能到达海边呢！"说到这里，斯达西转向卡利，对他说道："卡利，那个生病的黑人有没有告诉过你有关打仗的事情？"

卡利说："说了，是一场很大的战争，是瓦希玛部落和山布鲁部落之间发生的战争。"

"那我们怎么办？再往前走会不会有危险？"

"伟大的主人带着金格一出现，就会把山布鲁族的人给吓跑了。"

斯达西清楚地知道有了火药和枪支，肯定可以瞬间扭转战局，让瓦希玛部落占据上风。但是自己如何才能从这场部落之间的战争中取得对双方都有益的结果呢？斯达西开始认真考虑这个问题。在那个生病的黑人提到的独立村庄里，孩子们得到了有关战争的最新消息。越来越多的消息显示，福姆巴的部落现在处于劣势，只能守在自己部落的大本营里，而山布鲁族在酋长马姆巴的带领下，已经占领了大部分瓦希玛部落的领地，还抢走了很多牲畜。提供消息的村民说，战斗发生最激烈的地方就在大湖的南岸，那里是福姆巴的最后一道防线。

这些消息让卡利很难过，也很着急。他恳求斯达西尽快翻越大山，赶到战场，好帮助瓦希玛部落。他表示自己可以找到一条大象和马都能顺利通过的道路，现在这片地区他十分熟悉，那些山峰也是他小时候经常玩耍的地方。不过，那条路走起来也不太容易。幸好在最近的一个村庄的时候，斯达西赠送给了村民很多礼物，才得到了村民的帮助，那些黑人比卡利更熟悉翻越这条山脉的各条道路，否则斯达西他们带着金格要另外寻找一条便捷的山路了。他们经过两天的艰难跋涉，还有夜晚刺骨的寒冷，终于抵达瓦希玛部落旁边的山上。越过这座山峰后的那片洼地就是瓦希玛族的领土了，斯达西下令停下来，让队伍休息。

卡利请求斯达西让自己单独骑着马回去先查探一下战事进行到什么程度了，斯达西同意了他的请求。卡利一大早就出发了，接着斯达西就和妮尔提心吊胆了一整天，担心他会被敌人抓住，或者丢掉性命。终于傍晚的时候，卡利气喘吁吁地回来了，他垂头丧气，看到斯达西就扑倒在地上，对斯达西说道："伟大的主人，瓦希玛部落已经被山布鲁部落击败，他们杀死了很多人，没死的也被打得四散逃走了。福姆巴带着仅存的战士守在博科山上的一个寨子里，被敌人围困已经快没有粮草了。"

卡利抱着斯达西的膝盖，恳求他出手帮助自己的父亲。斯达西知道必须尽快去援助福姆巴，但是他不想让妮尔卷入战争。斯达西问卡利："你知道那些失散的战士在哪里吗？"

"卡利已经找到了他们，让他们集合在一个地方。"

"有多少人？"

卡利掰着自己的手指和脚趾都没数得清楚，他只会说："很多，很多。"他继续告诉斯达西，"他们被山布鲁族打怕了，不肯跟着卡利走，只有伟大的主人带领，他们才敢去。"

斯达西陷入沉思，他也不放心把妮尔留在自己照顾不到的地方。于是对卡利说道："我不能带着小姐去打仗，也不能留下她一个人，如果没有金格的保护，我不会让她一个人待着的。"

卡利听到这里，立刻站起来，双手合十，嘴里反复念着："鲁埃拉，鲁埃拉。"他和斯达西解释说，鲁埃拉是在大湖南岸的一个地方，那里是妇女和儿童的庇护所，可以先把妮尔安置在鲁埃拉。原来瓦希玛部落和山布鲁部落经常开战，会毁坏彼此的农田，抢走对方的牲畜。每当战争打得激烈的时候，两个部落的妇女和儿童都会带着食物和日常物品来到鲁埃拉生活，那里有用泥土修建的围墙，是一块神圣的庇护所。无论哪个部落的战士都不能靠近鲁埃拉，必须要保持在能听见公鸡打鸣的范围之外，这是所有人都遵守的规则。

斯达西觉得这个主意不错，他相信卡利说的是事实。因为他曾经在塞得港听一位年轻的德国传教士说过，在巍峨的乞力马扎罗山脉附近，有一个喜好战争的马萨伊部落，十分虔诚地遵守着一个习俗：无论他们和哪个部落开战，双方的妇女都可以在某个指定的市场自由活动，不会受到任何攻击。非洲很多地方的妇女都不会卷入战争。他很高兴得知大湖沿岸也有这样的习俗。于是，他决定先把妮尔送到鲁埃拉，让梅亚和纳西布陪着她。然后骑着金格，带上卡利去营救福姆巴，击败山布鲁部落，还要禁止瓦希玛部落进行血腥的报复，争取让两个部落和平相处。打定主意后，斯达西告诉了卡利，卡利立刻从悲伤变成喜悦，仿佛胜利已经属于自己了。

卡利回去的时候，已经将一些走散的战士集合起来，大约有 300 人，他们虽然事先听卡利说过，会见到伟大的主人和慈善女神，但是当亲眼看见骑着大象的白人、像豹子一样的沙巴，他们还是感到害怕，同时他们也相信这支不同寻常的队伍可以帮助他们打败山布鲁族。卡利带了几名战士先到鲁埃拉通知妇女，她们会见到慈善女神，瓦希玛族年纪较大的妇女认出来卡利是酋长的儿子，以为他在开玩笑，直到她们看到一头比围墙还高的大象出现在眼前，在大象背上有一顶白色的轿子，她们才相信这是真的。于是，妇女们发出了惊喜的欢呼声，这把斯达西吓了一跳。没想到这是十分尊敬的表示，妮尔的帐篷被安置在鲁埃拉里面的两棵大树下，有充足的阴凉，妇女们用鲜花把帐篷装饰得十分漂亮，给妮尔献上了很多美食。纳西布因为年纪比较小，也被允许待在这里，他看到献给妮尔的食物，立刻拿着大口吃了起来，小肚子都吃得圆鼓鼓的。

第三十九章　订立血盟

安置好了妮尔后，斯达西靠在鲁埃拉外面的围墙上休息了一会儿，等到黄昏时分，他就带着卡利和 300 名战士向福姆巴的营地出发了。他决定在夜晚发动攻击，因为黑暗中燃烧弹放出来的火蛇对敌人更具有震撼效果。到达福姆巴的营地时大概是午夜 3 点钟，斯达西让战士们先埋伏起来，然后他开始观察眼前的情况。山上福姆巴的营地里一片黑暗，而山布鲁族的营地燃烧着好几个火堆，灯火明亮，把周围的岩壁和树木照得亮堂堂的，可以听到从他们的营地传来了舞蹈的鼓声和战士们庆祝的喧闹声。显然，他们已经觉得胜利在握了。

斯达西带着队伍悄悄靠近敌方的营地，直到离最近的火堆大约 100 步的地方才停下来，他发现山布鲁族在营地周围连放哨的人都没有安排，昏暗的月色和浓密的树丛是他们最好的伪装，没有一个山布鲁族人发现他们。斯达西骑在金格背上，对卡利做了个放一枚烟花弹的手势，只听见呲的一声，漆黑的夜空上出现一条红色的彩带，然后爆炸散开，变成了五颜六色的烟花，营地里顿时安静下来。接着又有两条火蛇出现，带着地狱般的嗞嗞声朝着山布鲁族的营地飞去。然后，金格也发出了雷鸣般的怒吼，300名战士拿着刀子、长矛和棍棒也发出了战斗的呐喊，他们一起冲向山布鲁族的营地，一场战斗打响了。火堆在混乱中被踩灭，黑暗中的战斗显得更加恐怖，已经被吓得不知所措的山布鲁战士被打得狼狈不堪，大部分人四散逃跑，只有100多名战士在山布鲁族酋长马姆巴的召唤下集合在一起进行顽强的反抗。在步枪射击时发出的闪光中，山布鲁族的战士看到了大象，以及坐在大象背上的白人，耳边每响起一声枪声，就有一名战士倒下，山布鲁族的战士渐渐感到绝望。

这边战斗正在激烈进行着，当在山上的福姆巴看到天空中炸开的第一个烟花时，就吓得晕了过去。等他醒来，从战士们的呼喊中得知自己的敌人被“天兵天将”攻打，他立刻觉得如果不去协助天神，那么就会遭到报复。于是，福姆巴召集身边的战士，和他一起从一条秘密通道下山，堵截逃跑的山布鲁族人，他们杀死了每一个试图逃回自己地盘的山布鲁族人。于是，这场战争的局面瞬间被扭转了。

山布鲁部落的战鼓停止了响声，黑暗中只有卡利在射击时发出的红光，周围到处都是战败者死前的惨叫，还有武器击打在盾牌上发出的声音。没有人在求饶，因为土著人对敌人从来不会手下留情。最后，卡利停止了射击，不想误伤自己人，他拿着大刀冲进了敌人中间继续挥刀砍杀。山布鲁族的战士想要逃回自己的地盘，那就必须经过山下一条狭窄的通道，但是福姆巴带领自己的战士正好堵在这条通道上，他们见一个杀一个，最终只有那些趴在地上投降的山布鲁族人才保住了小命。但是他们清楚，被敌人俘虏的结果要么沦为奴隶，要么被处死。山布鲁部落酋长马姆巴一直战斗到死，他的儿子法鲁被抓住成为了俘虏。福姆巴准备在感谢前来援助自己的天兵天将时，杀了法鲁当祭品。

斯达西骑着金格并没有加入战斗，他只是让金格不断发出吼叫，让敌人吓破了胆，因为在来之前，他答应过妮尔，不会伤害任何人的性命，所以，他连一枪都没开。他自己也不想杀害那些并没有伤害自己和妮尔的人，只要帮助瓦希玛族反败为胜，救出福姆巴就可以了。

战场上的厮杀声渐渐平息下来，卡利跑过来向斯达西报告，他们已经获得彻底的胜利了。不过等战事彻底结束的时候，已经是第二天的清晨了。瞬间升起的阳光照耀着血流成河的战场，几百名山布鲁族战士的尸体躺在地上，到处洋溢着瓦希玛族战士的欢呼声。这时，卡利却带着悲伤的表情，再次出现在斯达西的面前，他哭着告诉斯达西，自己的父亲要死了。斯达西大吃一惊，连忙询问发生了什么事情。原来，好胜心切的福姆巴对逃跑的敌人紧追不舍，被一个山布鲁族战士用长矛刺中了要害。

很快酋长受到重伤的消息就在瓦希玛部落传开了，卡利身边聚集了很多人。奄奄一息的福姆巴被几名战士抬到了斯达西跟前，他想在临死前拜见一下卡利口中称呼的伟大主人，那位可以驱使大象拥有强大力量的征服者。就在死神降临前，福姆巴使劲睁着眼睛，似乎想要看清楚这位天神一样的白人，他嘴唇苍白，使尽了全身的力气，说了一声“Yancig”！然后，他的头就歪在了一边，张着嘴巴，死了。

战士们变得激动起来，有的和卡利一样痛哭流涕，有的宣布要侍奉卡利为酋长，没有一个人提出反对，因为卡利不仅是老酋长的儿子，还是这场胜利的领导者。山上营地里，又响起了凶神的鼓声，这次不是和斯达西作对，而是要为死去的酋长报仇，请求处死山布鲁族的俘虏们。战鼓再次敲响，战士们绕了三圈，围着斯达西、卡利和福姆巴的尸体，开始跳起了庆祝战斗胜利的舞蹈。他们边跳边发出整齐的有节奏的叫喊声，白眼球在黢黑的皮肤衬托下发出亮光，他们手里握着的长矛也在清晨的阳光中闪闪发亮。

战争结束了，可以接妮尔回来了，卡利表示酋长的屋子让妮尔居住，并且对斯达西说，虽然自己是部落的酋长，但是斯达西仍是卡利的主人。他们休息了一阵子，直到傍晚时分才去迎接妮尔。白天的时候，人们都在忙着清理战场，把尸体扔进附近的深渊里。巫师为卡利举行了仪式，表明他酋长的身份。

从鲁埃拉接妮尔回博科山的路上，斯达西告诉妮尔，如今卡利已经成为瓦希玛部落的酋长了，这个消息让妮尔很开心，从最初他们遇到卡利的时候，他还只是个奴隶，如今竟然成为一名酋长，人生真的随时充满了意外和惊喜。

成了酋长的卡利见到妮尔，依旧毕恭毕敬，当着自己的臣民就跪倒在地，他把斯达西和妮尔当作神明一样，卡利尤其清楚伟大的主人对慈善女神十分重视。他把斯达西和妮尔带到山顶上的一个大棚子里，这间大棚子里面被分隔成了几个小房间。从鲁埃拉回来的瓦希玛族妇女一直跟在妮尔的身后，她们总是看不够这位可爱美丽的慈善女神。卡利命令她们给妮尔送上蜂蜜和牛奶，为了让妮尔好好休息，还下令屋子里的人都不许说话，谁要是发出声音，就要割掉谁的舌头。但是，卡利觉得这些还不能够完全表达自己对斯达西的崇拜和尊敬。于是，当斯达西休息了一会儿，走出屋子的时候，卡利走到他面前，拜倒下来说道："伟大的主人，卡利明天就会安葬福姆巴，为了福姆巴和瓦希玛族的战士，我会在葬礼上杀掉一些俘虏。福姆巴和卡利有多少根手指就杀死多少个俘虏。而且为了向伟大的主人和小姐致敬，我要把马姆巴的儿子法鲁剁成肉块，让其他山布鲁族的俘虏成为奴隶。"

斯达西皱着眉头，目光冷峻又坚定，他对卡利说："我不同意你的安排。”

“主人，瓦希玛族人从来都是杀掉俘虏的，如果我们被山布鲁族俘虏了，那么他们也会毫不犹豫地杀掉我们的。老酋长是被他们杀死的，年轻的酋长要继承部落的传统。如果卡利不杀了他们，瓦希玛族人就不会认为我是酋长了。”卡利担心自己的族人不会支持自己的做法，因为一贯以来血债血偿。

斯达西带着严厉的口气说道：“卡利，你还记得我在林德山上对你说过的话吗？瓦希玛部落的人脑袋是黑的，你是他们的酋长，就应该用我和小姐教给你的事情去教育他们。不能杀害俘虏，因为我和小姐信奉的神灵保佑一切没有自卫能力的人。你想想，你对待俘虏竟然比葛布尔对待你还要凶残吗？你要把瓦希玛族残忍丑恶的旧习惯改变成善良美好的新习惯，这样上帝才会赐福给你！小姐也不会再说你是野蛮愚蠢的黑人了。”

这时，巫师的小屋又传来了凶神巨大可怕的声音，几乎淹没了斯达西的声音。斯达西摆了摆手，说道：“我知道那是你们的凶神，它在要求杀死俘虏，但是卡利你要明白，凶神不过是面鼓而已。你拿着一根小棍子去鞭打那些巫师吧，让他们的叫声比鼓声更响。然后把那些鼓扔到屋子外面，让你的村民都看清楚事实，不要再被坏人欺骗了。你曾经在姆鲁阿村说过‘慈善女神降临的地方，不会再有流血事件’，那么现在同样把这句话告诉给你的村民吧！”

斯达西的话坚定有力，看得出卡利已经完全被他说服了。卡利问斯达西：“卡利会听从伟大的主人的教导，可是卡利如何处置那些俘虏呢？”

斯达西早就想好了如何回答，他说：“你的父亲和法鲁的父亲都死了，这等于是一命抵一命。你可以和法鲁订立血盟，就像你和其他部落的酋长一样结为兄弟，让两个部落的人都和平相处，永远不再发生战争。”

卡利点头离开了。不一会儿，就传来了两个巫师的号叫声，卡利正在用棍子教训那两个巫师，声音把瓦希玛部落的人都吸引来了，他们亲眼看到也听到巫师坦白了凶神只是鼓声而已的事实。法鲁得知自己并不会被处死，而且还会和瓦希玛族的新酋长结成同盟兄弟，惊讶得几乎合不拢嘴。当他知道是慈善女神的旨意之后，跪在妮尔居住的小屋前不起来，直到妮尔命令他站起来，法鲁抱住妮尔的小脚，表示自己永远是慈善女神的奴隶。

部落的人们听到年轻的新酋长的命令后，都纷纷感到很意外，但是，他们也相信这是具有强大法力的慈善女神和伟大主人的命令。虽然部落里上了年纪的老人对这一切表示不满，但是大部分人都表示接受和服从。接着，瓦希玛族人为老酋长福姆巴举行了隆重的葬礼，而马姆巴的尸体也被交还给了山布鲁人。卡利在福姆巴的坟墓前竖起了一个竹子做的十字架，村民们在墓前摆了好几个装着熏肉和酒水的盘子，以免老酋长生气。

卡利和法鲁按照部落的传统举行了血盟的仪式。一切都进行得很顺利，只有那两个被打了一顿的巫师在心里种下了仇恨的种子，他们暗暗发誓要报复卡利和斯达西。

第四十章　训练卫队

在瓦希玛部落休整的这段时间，斯达西感到心情愉快，他和妮尔聊起来这一路的经历，问道：“妮尔，自从离开法尤姆之后，你记得我们都到过哪些地方吗？”

“当然记得啦！”妮尔的眉毛向上挑了挑，然后就掰着自己的手指头说道，“离开了法尤姆，我们先到了喀土穆，接着从喀土穆去了法索达，然后从法索达又来到我们发现了金格的地方，然后到了林德山，最后就是这里巴索·纳洛克湖边的博科山，这里是瓦希玛族的地盘。”

“哇，你说得真清楚，世界上还没有第二只小苍蝇在非洲飞到过这么多的地方呢！”

“那还不是多亏了你，没有你，那只小苍蝇哪儿也去不了。”妮尔说着做了一个鬼脸。

斯达西大笑起来，说：“那只小苍蝇还骑在大象的背上呢！”

“不是采采蝇哦，你说是不是？”妮尔调皮地反问。

“对，不是采采蝇，是只很可爱的小苍蝇。”斯达西连忙回答道。

听到了夸奖的话，妮尔就感到很开心，她凑到斯达西的身边，问道：“那么我们什么时候再到一个新的地方呢？”

“要休息一段时间了，我还要训练一批卫兵，卡利帮我挑选了一些瓦希玛族的年轻人，等我教会了他们用枪射击，我们就出发。”

“这次还会走很远很远的路吗？”妮尔问。

“是的，这次说不定是我们走过最长的一段路呢！”斯达西答应着。

离开博科山之后的旅程将会遇到什么危险，谁也不知道，而且要进入几乎无人出没的沙漠地区，斯达西为了以防万一，挑选了40名年轻强壮的瓦希玛人，训练他们使用雷明顿步枪，他不能再多训练一些人了，因为金格和那几匹马的身上总共只背了40支枪。除了枪队之外，瓦希玛族和山布鲁族各派了100人组成了步兵，用长矛和弓箭武装起来。这样在通过那些宽阔又荒凉的地区时，不会再遇到什么麻烦了。斯达西感到有些骄傲，从法索达逃出来的时候，他和妮尔只有两个黑人随从，而现在他不仅拥有一支200多人的队伍，还有一头大象和许多匹马。斯达西想象自己的父亲和劳利逊先生如果知道这一切，会如何表扬自己，想到这些，他就把旅途中经历的种种困难和折磨全都抛在了脑后，心里充满了喜悦。

尽管如此，斯达西依旧觉得自己和妮尔的前途充满了未知的渺茫。虽然他现在可以在瓦希玛族和山布鲁族的领地上畅通无阻，但是之后呢？他还会遇到什么部落，会来到什么样的地方呢？离海边还有多远？林德只是说往东，但是具体的细节没有人能告诉他。最让斯达西感到忧虑的是，他们现在所处的地方是地图上的一片空白，没有人能告诉他巴索·纳洛克湖有多大，连卡利都只是说：“巴利！

巴利！”表示很远的意思。斯达西如此关心这个湖泊，主要是想弄清楚它的走向，因为山布鲁族人告诉他，在东面有一片广阔的沙漠，没有人能够穿越那片沙漠。斯达西知道一旦遇到危险，他的黑人军队就会崩溃，他们会撇下自己和妮尔逃走。在沙漠里，没有水源就是最大的问题。因此，斯达西希望能够沿着河流的走向前进，但是没人能告诉他准确的信息，而且北面的山脉阻挡了他的视线，让他看不到更远的地方。

从山布鲁族那里也没有得到更多有用的信息，而且斯达西也没有更多的时间去大湖的东岸进行考察，因为在博科山他还要继续做风筝写求救的信息。斯达西判断之前在林德山和其他地方放飞的风筝，可能几乎没有一只可以从这条环绕着巴索·纳洛克湖的山脉上飞过。因此，现在重新制作一批风筝就显得十分重要，这批风筝说不定会被吹到很远的地方，飞过沙漠干旱的地方，也许能直接飞到海边，如果风向对了的时候。虽然妮尔现在在扎风筝方面已经十分熟练，连卡利也学会了如何放风筝，但是往风筝上写信，只有斯达西能做到，只有他通晓多种语言。斯达西十分重视这项任务，容不得半点儿马虎。

这件事花费了他大量的时间，再加上训练枪队。一直准备了将近 1 个月，他们才差不多准备好再次出发。出发前的傍晚，年轻的酋长卡利来到斯达西面前，深深地鞠了一躬，说道："伟大的主人，请带上卡利一起出发，卡利要和你一直走到有白人的海边。"

斯达西对卡利的忠诚十分感动，但是他考虑到卡利已经找到了自己的故乡，而且那些村民也需要自己的酋长，所以拒绝了卡利的请求，他不想把这个少年带上一条前途未卜的漫漫长路。他对卡利说道："卡利，我知道你是一个忠厚诚实的人，如果你和我们走了，那你的部落族人怎么办？他们需要你。”

卡利毫不放弃，他说：“卡利的舅舅姆达拉会替我管理部落的。”

斯达西清楚虽然黑人和白人拥有的知识和社会结构不同，但是对权力的争夺却没什么不同，所以他想了想，继续说道：“不，卡利，你要留下来，让他们成为和你一样的好人，避免再次发生野蛮的事情。”

“卡利会听从主人的吩咐，等把你和小姐送到海边，我就回来。”

“姆达拉有好几个儿子，万一他想当酋长，让自己的儿子继承部落，把你赶出瓦希玛部落怎么办？”

“姆达拉是好人，他不会赶走卡利的。”

“那么假如他真的那么做了，你怎么办？”

“卡利就去找伟大的主人和小姐。”

“等到那个时候，我和小姐就不在海边了。你去哪儿找我们呢？”

卡利无法说服斯达西带上自己，有些难过，他说：“卡利非常非常爱伟大的主人和小姐！”眼泪在他的眼睛里打转。斯达西有些心软，但是他没有资格让卡利跟着自己继续冒险，而且如果卡利离开后，他的舅舅或者巫师煽动其他人反对卡利，那么等卡利返回后，就可能面临更大的危险，斯达西想来想去，觉得卡利留下才是最好的选择。

这时，妮尔走了过来，隔着草帘，她已经听见了斯达西和卡利之间的所有对话。妮尔伸出手，帮卡利擦去了眼里的泪珠，然后回过头，认真地对斯达西说道：“我们要带上卡利。”她的口气坚决果断，这让斯达西有些不知所措。

斯达西正要劝说妮尔放弃这个想法，妮尔开始跺着脚，重复着自己刚才说的话，然后不等斯达西说什么，就开始放声大哭。斯达西从没有见过妮尔这么不讲理的样子，他愣住了，妮尔开始哭得上气不接下气，斯达西生怕她哭出什么问题，赶紧喊着：“好啦好啦，别哭了，我们带上卡利，带着他一起走！瞧瞧，你的小脸都变得苍白了，真让人受不了！”

听到斯达西的话，妮尔立刻止住了哭泣，恢复了之前乖巧听话的模样。斯达西对自己感到纳闷，几乎没有什么能难倒他的问题，可他偏偏就对“慈善女神”这么束手无策。

第四十一章　水象奇景

第二天，天刚刚亮的时候，这支规模浩大的队伍终于出发了。年轻的黑人心情愉快，妮尔现在既乖巧又温和，斯达西也浑身充满了能量和希望。他带领着 200 多人的队伍，除此之外队伍里还有 10 多名妇女，她们是专门服务妮尔的，背着各种日用品和羚羊皮制成的水袋。斯达西清楚这支队伍人数和战斗力并不成正比，因为那 40 名拿着步枪的瓦希玛族青年，只学了 3 个星期，初步学会了开枪，但是对于瞄准却没那么快掌握，在一次演习中，斯达西发现他们制造出来的动静比他们造成的伤害大得多。不过，斯达西觉得真遇到野蛮人的话，那些枪声发出的响声也能起到威慑的作用，于是他就觉得心满意足了。

骑在金格背上的斯达西时不时地发出各种指令，维持着队伍的秩序，当然大部分时间都没什么命令可以宣布，但是斯达西沉醉在自己仿佛是非洲某个部落的首领的角色中，他脑海里冒出一个念头：在未来的某一天，如果再次回到这里，或许自己在这里可以建立一个类似波兰的国家，训练一支真正的军队。不过，他又觉得这个想法实在是胆大妄为，恐怕连自己的父亲都不会支持他在非洲成为“马其顿的亚历山大”。他也没有把这个想法和妮尔分享，因为他知道妮尔对于自己的任何想法都是举双手赞成的，恐怕全世界只有妮尔一个人会支持自己。

更何况他们先要千方百计地离开这里，然后才谈得上以后是否会来征服这片未开发的地区。因此，斯达西又开始陷入对眼前首要任务的担忧中去。队伍的人数太多，被拉成了长长的一行，斯达西为了方便照看所有人和物品，决定走在队伍的最后面。当他站在原地等候每个人超过他走到前面的时候，发现那两个被卡利教训了一顿的巫师也在队伍里面，他们头上顶着行李，和其他人混在一起。斯达西感到十分惊讶，于是他让两个巫师姆昆耶和姆普阿停下来，询问是谁允许他们跟着的，两个人回答：“是酋长。”

斯达西看到他们表面上表现得十分顺从，但是眼神却露出恶狠狠的目光，他忍不住想立刻把这两个人赶走。但是，他没有立即这么做，因为他不想破坏年轻酋长的威信。斯达西把卡利叫过来，想让卡利下令让两个巫师返回博科山。卡利说道：“卡利很聪明，带着巫师和我们一起走，如果姆昆耶和姆普阿留在部落里，他们就会煽动瓦希玛族的人们反对卡利，等卡利回去的时候杀死卡利。带着他们，卡利就可以一直监视着他们了。”

斯达西想了一会儿，觉得卡利的做法有些道理，他说：“你说的有些道理，不过，不论白天还是夜晚，都要牢牢盯紧这两个巫师，他们的脸上都带着邪恶的表情，我担心他们会在队伍里搞破坏。”

卡利挥了挥手里拿着的一根棍子，说：“放心吧，主人，卡利有棍子。”

队伍继续前进，斯达西又把拿着步枪的40个卫兵调到队伍的后面，以便让他们能够监视整支队伍，防止有人半道溜走。这40个卫兵和斯达西在一起相处的时间久了，渐渐像卡利一样，对斯达西产生了深深的依赖和信任，他们是这支队伍里最忠实的成员。而且由于他们是最靠近斯达西的卫兵，他们觉得自己仿佛身份变得更高贵一些，显得十分自豪。

斯达西认为，假如他们遇到了困难或者危险的时候，队伍里逃走的人肯定不少。不过在开始旅行的第一天，一切都十分顺利，队伍整齐有序，一个个头顶着行李，身上背着弓箭和被称作“非洲细木柄标枪”的黑人，排列成一条弯弯曲曲的长蛇阵，在荒山密林中行走。他们沿着大湖南边开阔平坦的土地上前进了一段时间，由于大湖是被高山环绕着的，所以当他们转向东边走了没多久，就需要开始爬山了。根据山布鲁族的老人说，向东要穿过库拉尔和英罗这两座高山之间的隘口，之后他们就会进入埃伯雷平原。斯达西明白，他们不能够直接朝着东方前进，因为他记得蒙巴萨是位于赤道的南边，所以要往南面走一段路程。好在林德给他留下了指南针，他并不担心自己会迷失方向，总会找到正确的道路。

晚上，他们在高原上一片森林中宿营，生起了十几堆篝火，黑人们在篝火上架起锅来，在里面烤了熏肉和木薯面团，直接用手拿着吃。等他们吃完后又开始继续聊天，议论伟大的主人要带着他们到什么地方去，而他们会得到什么样的奖励。他们说话的声音响亮，有些还唱着歌，随后斯达西不得不下令禁止说话，免得打扰到妮尔的休息。

夜里的气温很低，斯达西裹着毛毯还能感受到寒冷的侵袭。当早晨太阳出来以后，阳光很快就把大地晒得暖融融的。斯达西他们正巧经过一个小池塘，斯达西和妮尔坐在金格的背上，斯达西正拿着望远镜四下观察，忽然，斯达西大喊起来："妮尔，你快看，那里有一群大象，正往水里走着。"妮尔伸着脖子，往斯达西手指的方向看去，果然，在500米远的地方有一群大象，总共有5只，正一个接一个地往池塘里走去。

"这些大象没有象牙，而且耳朵也比金格的小，看起来真有些奇怪！"斯达西一边观察一边说。这时，更奇怪的事情发生了，大象们走进水里，并没有停下来喝水或者用鼻子冲洗身体，而是继续朝前走，一直越走越深，渐渐沉入水底。这是怎么一回事？难道大象潜到水底了吗？斯达西感到十分好奇，他催促队伍快速前进，来到池塘边上，他停下来观看，那5只大象全都不见了，在仿佛镜子一样平坦的水面上，勉强可以看到大象的鼻子尖好像粉红色的花朵似的浮现在水面下。

斯达西把卡利叫过来询问，是否看到了大象走进了水里，卡利点了点头，说道："是的，卡利看见了，那是水象。"卡利向斯达西解释，水象就像河马一样生活在水里，白天在水里睡觉，等到太阳下山了，才从水里出来，走到森林里去觅食。斯达西对卡利说的话很好奇，要不是为了赶路，他很想停下来等到晚上，看看水象这种奇特的生物是如何走出来，不过他也想到了，万一水象从池塘的另一端上岸的话，那么在昏暗的夜晚恐怕也很难看得清了。

于是，他下令队伍继续前进，斯达西对妮尔说道："这太神奇了，我觉得我们是第一个看到水象的欧洲人，如果我们有机会告诉别人关于水象的事情，我估计没人会相信，一定会认为我在吹牛。"

"但是，如果你能抓住一只水象，带着它和我们一块到达海边，那么就不会有人不相信你了。"妮尔笑着说道，因为她从心底深处相信，只要斯达西想要做的事情，就没有不会成功的，像他一直以来做的这样。

第四十二章　巫师复仇

又走了 10 天，队伍终于翻越过高山，进入了一片看起来完全不一样的地区。这里是一眼望不到边的广阔平原，植物也变得完全不同，再也没有成片的森林，只有彼此相距很远的阿拉伯胶树，它的树枝是珊瑚般的颜色，撑起来好像一把伞，不过叶片稀疏，待在下面并不能挡住多少强烈的阳光。到处都可以看见白蚁堆起来的小土堆，在小土堆之间偶尔会看到树枝长得像烛台似的大戟树。天空中盘旋着秃鹰，还有一些黑白色的鸟，大概是渡鸦类，站在阿拉伯胶树的树枝上，不停地转动着脑袋在观察着四周。

这里的草是黄色的，看起来很像是结了穗的麦子。虽然这片平原看着比较贫瘠，但是显然还能为很多动物提供食物，因为依旧可以看到大群的羚羊和斑马在远处活动。由于没有了树荫的庇护，白天赶路总是热得让人难以忍受，天空中连一朵云彩也没有。进入了夜晚也依旧闷热，让人翻来覆去地睡不着觉。旅行一天比一天更加疲劳，路上他们偶尔会碰到村庄，不过那里居住的人都十分野蛮，大部分村庄都碍于大象和拿着枪的队伍，不得不招待了他们。斯达西觉得幸亏自己带着这支有武器装备的队伍，以及金格和沙巴，不然他们肯定会遇到危险。

斯达西通过卡利了解到，再往前走就会进入一片干旱的荒原，再也没有人烟居住。但是斯达西看到了很多动物，他相信有动物出没的地方，肯定会有水。可是有关前方是沙漠的消息传遍了整支队伍，黑人们有些人心动摇，开始出现有人逃跑的迹象。最先逃跑的就是那两个巫师，好在他们没跑多久就被发现，被两名骑马的卫兵抓了回来。卡利用木棍狠狠地教训了他们一顿，斯达西也给自己的队伍进行了一次严肃的讲话，他警告黑人，逃跑的人都会成为狮子的食物，就算躲在阿拉伯胶树上，也会被可怕的 wobo 吃掉。他还告诉那些黑人，只要有羚羊活动的地方，附近肯定有水，他们可以用羚羊皮做的水袋装满水，就算到了干旱的地方，那些水袋也足够他们支撑两三天的。卡利充当他的翻译，把这些话转告给这支队伍里的所有人。听了斯达西说的那些话，黑人们纷纷低声表示："伟大的主人说的没错！"可是这依旧没有阻止队伍人员的流失，当天晚上，就有 5 个山布鲁族人和 2 个瓦希玛族人逃跑了。接连几个晚上，都有或多或少的人逃走。不过那两个巫师姆昆耶和姆普阿再也不能逃跑了，因为每当太阳落山之后，卡利就命人把他们俩捆了起来。

接下来的旅行，日子一天比一天艰难，荒原越来越干燥，除了阳光，周围似乎什么都没有了，连阿拉伯胶树也几乎看不到了。虽然还能看到一些羚羊群，但是数目也少了许多。驴子和马勉强能在干枯的草丛下面找到隐藏着的矮小的青草，不挑食的金格却变瘦了，那些干枯的树叶无法填饱它的肚子。每当他们路途中遇到一棵阿拉伯胶树的时候，金格就用头把树撞断，然后细细地咀嚼每一片树叶，连树枝上干枯的荚果也不放过。

队伍每天都能找到一些水，但是都十分混浊，必须过滤之后才能饮用。斯达西发现，尽管他们在行进队伍中的人数增加了，但是遇到的困难并没有减少。妮尔每天都被日晒风吹，皮肤却没有变黑，反而越发苍白，在干燥的平原上没有蚊虫的叮咬，也没有湿热的环境，不会让妮尔再次患上热病，可是酷热消耗着她的体力和精力。斯达西有些责备自己，花费了太多的时间做准备以及训练黑人使用枪支，因此才害得妮尔不得不在最不适宜出行的炎热季节出行。

卡利派出去寻找水的人，都是空手回来，他们汇报周围每一处坑洼的地上都没有水，也没有看到任何池塘或者小溪。队伍的士气越来越低沉，每个人都变得忧虑和害怕，日子一天天地过去了，太阳却变得越来越毒辣，每一道阳光都在疯狂地吸取着大地的水汽和生命，那些羚羊飞奔过的地方，干枯的野草一碰就会碎成粉尘，和卷起来的沙土混合成满天的尘埃。

幸运的是，这支队伍有一天终于遇到了一条小河，小河两岸长满了并不茂密的树木。黑人们争先恐后地跑过去，直接趴到河边去喝水，结果一条鳄鱼从里面蹿出来一口咬住了一个黑人的胳膊，其他队员们连忙冲上去救他，众人把被咬的人和鳄鱼从水里拖出来，那只鳄鱼还是咬着不肯松口，大家甚至用长矛和刀子，企图把鳄鱼的嘴撬开，但是都没有用。最后还是金格一脚把鳄鱼头踩碎，才把那个人救了下来。

等所有人都喝饱了水之后，斯达西就吩咐在河边宿营，休整两天再上路，这可把大家乐坏了，几乎忘掉了之前遭遇的磨难。斯达西还在河边一处浅水区，用细长的竹竿搭建了一座圆形的帐篷，只有一个从河岸下去的通道，让妮尔可以在里面安心地洗个澡，斯达西还让金格担任守卫。妮尔痛痛快快洗了一个澡之后，感到精神焕发，再休息了一会儿，体力也恢复了不少。

黑人们吃饱睡足了之后，开始在附近转悠，采集一些野果或者寻找一种叫作“约伯的眼泪”的果实，可以拿来制作项链。有几个黑人在附近的森林里发现了几个方形的东西，带回营地给斯达西，他立刻认出来是妮尔做的风筝，其中有一只风筝上面标注“七号”，这表明这只风筝属于在林德山放飞的那一批，孩子们在那里放了几十只风筝。这给了斯达西极大的鼓舞，既然风筝能飞这么远，那么肯定有希望飞到海岸边上。他对妮尔说：“太好了，我没想到它能从林德山一直飞到这里，我原以为它们大概只能落在卡拉莫约山的山峰上，虽然只有一线希望，但是现在看来，西风可以把它们带到任何它们想去的地方。希望我们在巴索·纳洛克湖周围山上放飞的那批风筝，可以飞到海边去。”

妮尔从来不怀疑斯达西的想法，她表示说：“那些风筝一定会飞到海边去的。”

第三天，队伍离开了河边，他们用水袋灌满了水，之后继续上路。不到傍晚，他们就进入了一片连阿拉伯胶树都不生长的地区，偶尔看到一种叫西番莲的植物，它的根茎埋在地下，像个巨大的南瓜，它的枝蔓在地面上密密麻麻地铺着，上面长着小刺，金格和马匹都无法吃，只有驴子十分小心地啃着这些带刺的植物。熬过了夜晚的干热，白天更加酷热，好像掉进了火堆一样。每个人都是汗流浃背，有时候他们把背上背着的盾牌和行李堆成一座小山包，躲在下面的阴凉里喘口气。斯达西下令要节约用水，但是黑人的天性像是没有节制的小孩，他们大口大口地喝着水，一点儿也不考虑明天怎么办。斯达西只好下令由带着枪的卫兵保护那些背着水的人，规定每个人喝水的分量。因为水的分配问题，队伍又产生了不小的骚乱。

夜晚露营的时候，他们也不用修建篱笆围栏，因为到处都找不到树枝或者藤蔓，守卫的任务就交给了金格和沙巴。可是金格也因为每天喝的水还不到它日常所需的十分之一，于是不停地吼叫。而沙巴也伸着自己长长的舌头，眼巴巴地看着斯达西和妮尔。妮尔想让斯达西给沙巴一口水，斯达西身上背着一只橡胶水袋，里面留的是给妮尔救命的水，不到万不得已他不会拿出来，所以他没有答应妮尔的请求。

又过了两天，整个队伍只剩下了 5 袋水，每个人每天只能分到半杯水，黑人们开始抱怨起来，但是他们都害怕斯达西，害怕那些拿着枪的卫兵，没人敢抢水喝。护卫水袋的卫兵每隔一个小时换一次岗。队伍里的人只能去拔枯萎的草根，用牙齿使劲地榨取里面的水分，然而徒劳无获，阳光带走了大地上的每一滴水分，哪怕是深埋在土里的也不放过。

夜晚来临之后，虽然依旧炎热，但是始终要比白天好过一些，而且睡眠可以让人们暂时忘了口渴，几乎所有人躺下就睡着了，斯达西也很快进入睡眠，不过他睡得并不踏实，有太多需要操心的事情让他无法沉睡，整个队伍都依靠他的指挥和判断，每个人的性命都归他负责，这副重担不是一个普通男孩所能承受的。没过几个小时，斯达西就醒了，他开始回忆从遭遇绑架之后发生的所有事情，他相信这一切都在上帝的帮助下完成的，无论遇到什么样的困难，最终都会化险为夷，这一次希望也能顺利度过，最关键的问题是需要尽快找到水。

正当斯达西思索着解决方法时，他隐隐约约听到从放着水袋的方向传来了呻吟的声音，于是他站起来去查看发生了什么事情。距离营地几十步远的地上躺着两个黑人，他们身旁的雷明顿步枪在月光下看得清清楚楚。斯达西心想：黑人果然是恶习难改啊，看守那么珍贵水袋的卫兵居然在偷懒，看来明天卡利又要动用他的小木棍教训某些人了。他走过去摇了摇躺在地上的卫兵，立刻惊恐地向后退了几步。

那两个卫兵脸朝上一动不动地躺着，一个喉咙上插着匕首，另一个脖子上被砍了一刀，脑袋和身体几乎成了两截。更恐怖的是两个水袋不见了，剩下的三个水袋已经被割破了，里面的水流得到处都是。斯达西顿时觉得整个人像是掉进了冰窟窿里一样。

第四十三章　濒临绝境

斯达西发出了一声愤怒的喊声，把卡利惊醒了，他和两个准备换班的卫兵跑了过来。不一会儿，所有的瓦希玛人和山布鲁人都围了过来，他们看到被害的两个黑人以及被破坏的水袋，顿时叫嚷起来，到处都响起了恐怖的惊叫声。他们并不是为了受害人或者凶手而感到恐怖，而是因为那几袋已经空了的破水袋感到绝望。有些人甚至趴在地上，用手把泥土挖起来，拼命吸吮着里面残余的湿气。有的黑人高声叫着，表示这是凶神干的。

斯达西和卡利看到人群里没有姆昆耶和姆普阿，立刻就明白了是怎么回事。歹毒的巫师不仅杀死了卫兵，还把剩下的水袋割破，这是想让整个队伍陷入绝境的报复。现在死神的阴影笼罩在所有人的头顶上。卡利想起来，自己晚上热得晕了头，忘了让人把那两个巫师捆起来，这才让他们有机可乘，还能不受惩罚地溜之大吉。没有了水，队伍很难继续前进，等恐慌稍微平复一些的时候，斯达西命令卡利带上一小队人去追捕逃犯，不仅要惩罚他们的恶行，而且还要追回那两袋珍贵的水。

斯达西气愤不已，本来想亲自参加追捕，但是一方面考虑到妮尔的安危，把她单独留在黑人们中间，斯达西有些不放心；另一方面，他担心这场意外会让队伍产生骚乱，他需要留下来在关键时候安抚这些黑人，于是他让卡利带上了沙巴。但是他没想到，黑人虽然很容易因为一点儿小事就激动，但是当他们感到绝望的时候，反而会沉默地向命运低头。队伍渐渐沉静下来，当死亡的想法出现在瓦希玛人和山布鲁人脑海里之后，这些黑人们就不再激动愤怒，而是都平静地躺在地上，不再说话，似乎是在默默等待死神的降临。根本不用担心会有什么暴乱发生，反而倒要担心一下明天天亮之后，是否还能让他们起来继续前进。斯达西看到他们的表现，不禁心里感到有些悲哀。

天亮之前，卡利回来了，他带回来两个已经被撕烂、一滴水不剩的空袋子。

“姆昆耶和姆普阿呢？”

卡利回答：“都死了。”

“是你下令杀死了他们吗？”

“不是，是狮子或者黑豹干的。”接着卡利讲述了事情的经过。

原来，卡利追踪两个巫师留下的痕迹，在距离营地很远的地方，看到了两个巫师的尸体。他们不知道是遇到了什么野兽，后背已经被撕碎，那头野兽吃饱了之后，大概是闻到了水袋的气味，把水袋也撕开了。卡利认为，当黑豹出现在两个巫师面前的时候，他们俩都趴在地上求饶，所以背部朝上，但是那头野兽还是毫不留情地咬死了他们。

斯达西说道：“上帝惩罚了这两个恶人，瓦希玛人一定会明白，凶神是救不了任何人的。”

卡利说道：“上帝惩罚了恶人，但是我们没有水了。”

斯达西试图让事情看起来不那么绝望，他说：“我看见东面远处有一些高山，那里一定会有水的。”

“但是不知道我们要走多久才能到达高山。”卡利说道。接着两个人都陷入沉默。过了一会儿，卡利说：“主人，请让小姐向天神祈求降雨或者赐给我们一条河吧！”斯达西没有说话，转身离开。他走到帐篷前，看到妮尔已经被吵醒了。妮尔关切地询问发生了什么事，斯达西大致把发生的不幸事情讲了一遍，然后表情凝重地说：“妮尔，我们现在只有祈求上帝的帮助，没有水的话，我们都会死去。”

妮尔抬起苍白的小脸，虔诚地望着天上那轮洁白的明月，开始在心里默默向在天上控制斗转星移，在地上能让万物生长的上帝祈祷，希望得到上帝的帮助。

经过了混乱、疲惫的一夜之后，太阳升起来了，斯达西召集了队伍准备发表动员讲话，他告诉队伍里的每一个人，不可能回到上次他们发现小河的地方，因为他们已经离开那里太远了，在没水的情况下，谁也不能再走整整 5 天。但是如果继续前进，说不定前方就会发现水源，虽然需要忍受曝晒和干渴的折磨，那也比躺在这里等着喂秃鹫好得多。说话间，营地的上空正盘旋着几只秃鹫。瓦希玛族的人因为卡利的原因，纷纷表示听从酋长的命令，但是山布鲁族的人依旧不愿意站起来。

最终，队伍在少了将近一半人的情况下继续出发了。就算是在凉快的天气里，连续 24 小时不喝水也会很痛苦，更何况在非洲这片仿佛火炉般的荒原上，就算喝了大量的水，也会很快变成汗水蒸发了。路上陆陆续续有人中暑晕倒，斯达西顾不上其他，只是专心保护着妮尔，不让她到轿子外面，还在轿子顶上又盖了一层白布，减少热浪的侵袭。

斯达西用橡胶水袋里的水煮了一杯浓茶给妮尔，没有放糖，因为甜味会让人更觉得口渴。妮尔眼含热泪恳求斯达西也喝一口，斯达西只好拿着那个橡胶水袋，假装在喝水。他的嘴唇刚沾到几滴水，顿时喉咙里就像着火了一样难受，他眼前出现了晃动的火苗，牙根也感到刺痛，仿佛里面扎了几千根银针似的，他双手颤抖着，差点儿把最后几滴水都洒了。

这一天终于又熬了过去，晚上没有了太阳的炙烤，人们感觉好过了一点儿。但是第二天天一亮，痛苦就继续又折磨着他们，大地像一个烤箱似的，空气中没有一丝风在流动，远处的天际线看起来也是一片白色。四周除了一丛丛干枯的野草和石楠之外，什么都没有。偶尔在遥远的天空中会响起几声微弱的雷声，但那不是雷雨的前奏，而是干旱的乐章。已经有一匹马脱水死掉了，十多个卫兵再也走不动了。到了中午时分，最炎热难耐的时刻，队伍无法继续前进，每个人的嘴唇都裂出了一道道血痕，听到妮尔微弱的喘息声，斯达西把水袋递过去，说道："我已经喝过了。"然后赶快走开，他害怕看到妮尔喝水，担心自己会忍不住把水袋抢走，严重缺水的状态已经让他开始产生了一些幻觉，自制力也变得很差。这是整个行进中斯达西最具有牺牲、奉献精神的表现了。

等到太阳从正上方移动到西边的时候，斯达西命令队伍继续前进，这时，队伍里只剩下不到 70 个人了。没过多久，又有一匹马倒下了，队伍艰难又缓慢地前行，沙巴喘着气，伸在外面的舌头一点儿唾沫也没有，金格因为习惯了干旱的非洲荒原，并没有强烈的表现，但是它的脾气却开始变坏，小眼睛里闪烁着奇怪的光芒。有时候卡利靠近它，它会发出威胁的声音，伸出鼻子，要不是卡利飞快地跑开，不知道会发生什么。

接近傍晚的时候，满眼血丝的卡利走到斯达西身旁，像其他黑人一样，卡利头上和脖子上的血管已经肿胀起来了，他从嗓子里发出微弱的声音，请求停下来休息。斯达西看看天色，他忍受着极端的痛苦，吃力地说："好吧，就在这里休息吧，夜晚会让我们舒服一些的。"

"夜晚也会带来死亡。"卡利低声地说着。所有人卸下了身上的行李，感到浑身的血液都在沸腾，身上的皮肤因为干燥变得发痒，有些人在干枯的草丛里找来找去，有些人向远处走去，直到筋疲力尽地倒下。

卡利坐在斯达西和妮尔的身旁，他艰难地呼吸着空气，对斯达西说："伟大的主人，卡利需要水。"斯达西一句话也说不出来，只能呆呆地看着卡利。卡利表示自己快要死了。梅亚听到这句话，跑了过来，她坐在卡利身边，用胳膊抱住卡利，说："梅亚愿意和你一起死。"梅亚是整个队伍里最能忍耐的人，没有人听见过她的抱怨，也没有人看到她表现出口渴，但是她受到的折磨并不比其他人少。接着，谁也说不出一句话了。

太阳终于下山了，黑暗再次笼罩着大地，天空变成了深邃的蓝色，南十字星座闪烁在天空的南边，无数颗钻石般的星星眨着眼睛，月亮也升起来了，西边还有一些星体在努力延伸着那越来越微弱的暮光，天空仿佛变成了一个巨大的闪着亮光的无底洞。世界陷入一片寂静，斯达西的脑海只剩下一个念头，那就是这次真的走到绝路了，过去经历的磨难和付出的努力通通化作泡影，再也不可能见到爸爸了，也无法继续保护妮尔了。斯达西的头剧烈地疼痛起来，他眼前仿佛出现了苏丹人和贝都因人，耳边听到了伊德里斯和葛布尔催赶骆驼的声音，然后是那头威武的狮子站在岩石上看着他，林德的脸也浮现在眼前，最后是妮尔苍白的小脸，伸着手，忽然，斯达西耳边真切地听到妮尔的声音："斯达西……水……"

12 个小时之前，斯达西已经把最后一滴水给了妮尔，现在不知道哪里来的力量，斯达西跳了起来，声音里充满了痛苦和绝望，他说道："妮尔，我已经整整 3 天没有喝过一滴水了。"说完，他就冲出了营地，在枯草丛中乱跑，接着倒了下来。沙巴跟着他，看到斯达西倒下，沙巴跑过去在他身上嗅来嗅去，接着吠叫起来，但是没有一个人赶来帮忙。

不知道过了多久，斯达西被风吹醒，他挣扎着想爬起来回到营地。又有一阵风吹来，沙巴忽然顺着风来的方向使劲地闻着，鼻孔开始张大，接着它低沉地吠叫了几声，便冲了出去，没过多久，它的声音又从较远的地方传来。斯达西跌跌撞撞地站起来，循着沙巴的声音找了过去，沙巴的反常表现让斯达西警觉起来。等沙巴再次出现的时候，它变得十分激动，绕着斯达西转着圈，又冲入草丛，斯达西彻底清醒了。他意识到沙巴肯定是发现了什么，是水源吗？接着他又否定了这个想法，如果有水，沙巴一定会跑去喝，然后下巴会被弄湿。那么沙巴是发现狮子了吗？斯达西又摇着头否定了这个想法，忽然，一个想法跳进他的脑海，让斯达西的心脏跳得几乎要蹦出胸膛。

"会不会是沙巴闻到了人的气息？远处有村庄？或者是有一只风筝飞到了这附近？"斯达西一边感谢着上帝，一边往营地方向跑。他不顾一切冲进帐篷，摸到一个包裹，从里面找出来一颗信号弹。斯达西走到帐篷外，用颤抖的手点燃了信号弹的引线。一条红色的火蛇飞向天空，发出巨大的声音和亮光，照得整个营地亮如白昼。斯达西目不转睛地盯着天空，嘴里不停发出向上帝祷告的声音。

1 分钟，2 分钟，3 分钟……天空再次恢复黑暗，什么回应都没有。斯达西低下了头，悲伤和绝望让他再次陷入痛苦，“也许我还是回到妮尔身边，和她一块儿等待死神吧！”斯达西这么想着，往帐篷里走去。正在这时，忽然远处出现了一条同样火红的彩带，天空发出了无数的金色火星。斯达西用尽全身的力气大喊：“我们有救了！”

顿时，营地里所有的人仿佛都活过来似的，纷纷跳起来，第一颗信号弹过后，天空又接连出现了两颗信号弹。斯达西命令所有的雷明顿步枪一起向天空射击，于是，大地仿佛出现了一阵枪声的对话。斯达西抱着妮尔，骑上了一匹马，朝着发出信号弹的方向奔去，沙巴跟在马的后面，边跑边叫，连金格也发出了巨大的吼声。

两个营地之间距离大约有几公里，但是双方都向对方的方向跑着，于是这个距离也就变得不那么遥远了。没过多久，斯达西不仅听到枪声，还看到了火把的亮光。隔在双方中间有一个小山堆，等斯达西翻过这个小山堆之后，他看到一群拿着火把的黑人就站在自己眼前，这群黑人中间站着两个欧洲人，他俩拿着步枪，头戴英国遮阳帽。

斯达西立刻认出来，他们就是在火车上结识的格伦上尉和克拉里医生。

第四十四章 绝处逢生

格伦上尉和克拉里医生率领的考察队并不是来寻找孩子们的。不过他们的确知道孩子们被绑架的消息，因为这件事已经在英文版和阿拉伯文字版的报纸上都被广泛报道了。关于孩子们的下落一直没有进一步的消息，人们大多都已经不抱希望了，都认为孩子们活着的可能性很小，因为在起义军手里遭受折磨的很多欧洲人，到目前为止还没有一个能活着回来的。

格伦上尉和克拉里医生奉政府之命要前往乞力马扎罗山进行考察，乞力马扎罗山的东北面以及山背部地区还没有被深入了解过。临出发前，他们还给劳利逊先生发过电报，询问孩子们是否找到了，结果得到的回复都是还没有找到，两个人都有些沮丧，尤其是克拉里医生，自从知道妮尔是自己的远方亲戚后，就对小姑娘特别喜爱，没想到孩子们会遭遇不测，居然被人绑架了。

格伦上尉和克拉里医生带着人数众多、装备精良的考察队出发了，他们在乞力马扎罗山东边的山脚下停留了一段时间，考察了萨巴特河和泰纳河的上游，以及肯尼亚山。然后他们向北出发，穿越过到处都是沼泽的瓜苏·尼基洛之后，进入了一片宽阔的平原地带，那里没有村庄，只有无数的羚羊。经过了3个月的旅行，格伦上尉决定在一个水质优良的湖边休息几天，于是他们驻扎下来。

他们根本想不到，曾经被囚禁在喀土穆那么遥远地方的两个孩子，居然会出现在他们考察区域的附近。每当在黄昏时分，格伦上尉和克拉里医生完成了一天的工作时，两个人常常会提起斯达西和妮尔，格伦上尉为那个勇敢又聪明的男孩而难过，克拉里医生更是无法忘记那个美丽又可爱的小姑娘。

白天，格伦上尉会外出打猎，而克拉里医生则整理自己的旅行笔记。他们的随从都是来自桑给巴尔的黑人，在营地休息的时候黑人们没什么事做，就到处闲逛。有一天，克拉里医生起床后，准备去湖岸边上散散步，他看到有十几个桑给巴尔人站在一棵树下面，都抬着头仰望大树的顶端，医生有些近视，于是回到帐篷里拿了望远镜去观看，结果他惊讶地发现，那些黑人看的竟然是一只风筝。

"快去把上尉带到这儿来。"医生对一个黑人说道。

传讯的人还没有跑到上尉的跟前，他就从自己的帐篷里出来了，格伦上尉正准备出门去打猎。他来到医生身旁，医生告诉了上尉这一奇怪的发现。两个人都很吃惊，因为附近并没有人烟，而且黑人也不会制作风筝。

"也许附近有个村庄，住着白人，或者可能是某个传教机构。"格伦上尉推测说。

"你知道这周围既没有居民也没有传教机构。西风刮了3天，这只风筝肯定是从很远的地方刮到这里的。"

"这可真是一件难以置信的事情啊！"

“我们还是把这只风筝拿下来看看再说吧。”

为了解开这个谜，格伦上尉吩咐人把风筝取下来。他的手下飞快地爬上去，小心取下了缠在树上的风筝，递给了医生。医生发现风筝上还有文字，于是仔细地读了起来。克拉里医生脸色忽然变了，拿着风筝的手开始颤抖，他把风筝交给格伦上尉，说道：“天哪，格伦，你快来看看这上面写的内容，我是不是中暑眼花了？”

上尉接过风筝，看到这个用竹条和纸做的风筝上写着：“妮尔·劳利逊和斯达西·塔尔科夫斯基被绑架到喀土穆，接着被送到法索达，又被送到尼罗河的东边，现在已逃出起义军的控制。经过几个月的跋山涉水，我们到达埃塞俄比亚南部的一个湖泊旁，我们准备向东出发，到达海边，请求援助。”

在这段话后面，还有几行更小的字：“这是第 54 只风筝，希望捡到的人可以尽快通知塞得港苏伊士运河公司的董事或者蒙巴萨的格伦上尉。”落款是：“斯达尼斯瓦夫·塔尔科夫斯基。”

看到自己的名字也出现在上面，格伦上尉倒吸一口凉气，天哪！孩子们的消息居然出现在这里，他们几乎不敢相信自己的眼睛，反反复复地把风筝看了好几遍，两个人一言不发地相互看着对方。

“这是怎么回事呢？”克拉里医生打破了沉默，问道。

“我也不清楚，这太神奇了，我简直都不敢相信自己的眼睛。”格伦上尉瞪着眼睛说道。

“我们看到的不是幻觉吧？”

“不是，绝对不是，你看上面清清楚楚地写着孩子们的名字。”

“是的，确实写得很清楚。”

“他们现在就在附近，离我们不远的某个地方。”

“这是上帝创造的奇迹！”医生激动地说。

“感谢上帝！可是……可是他们到底在什么位置，我们要去哪儿寻找他们呢？”

“等等，你看，风筝上还有几个字，但是……这里被树枝弄破了，看不清楚写的是什么。”

两个人趴在风筝上面仔细地辨认了半天，终于拼出了那句话，“雨季已经过去了。”

“这是什么意思？”

“我猜测可能是男孩不知道具体的日期，所以用这种方式来告诉我们吧！”

“嗯，你说的没错，看来是这样，这只风筝是最近一段日子才放飞出来的。”

格伦上尉一直都对斯达西很有好感，这个聪明的男孩让他记忆犹新，他立即和克拉里医生研究起来，到底孩子们在什么位置。两个人热烈地交流了一段时间，他们越讨论越觉得不可思议。他们反复仔细检查了风筝，希望能够找到更多的线索，研究分析了风筝上面的每一个字，不过没有得到更多的信息。如果这件事不是发生在距离海岸600多公里的无人区，格伦上尉和克拉里医生会当作轻率无聊的玩笑，说不定是某个在报纸上读到过绑架消息的某个小孩的恶作剧，但是现在亲眼看到了这只风筝以及上面写的文字，事实很明显地摆在他们面前。

只是两个人心里的疑问越来越多，比如，两个孩子是如何从野蛮人手里逃出来的，还又逃出了那么远；为什么起义军要把他们送到尼罗河东岸这一片荒无人烟的地区呢？他们是如何得到做风筝的工具以及书写文字的墨水？如果是遇到了某个探险队，那么为什么他们不直接向探险队求援呢？在非洲流浪了那么久，他们是怎样躲过野兽的袭击，甚至是原住民的攻击呢？上尉和医生越想问题越多，无论如何，必须尽快找到两个孩子，这一切才会有答案。

“我完全无法弄明白这一切，除了这是上帝的神迹之外，我找不到更好的解释了。”克拉里医生再次感慨着。

“肯定是这样，还有斯达西，这一切恐怕多亏了那个男孩。”

“是的，他没有抛弃小姑娘，上帝会赐福给他的。”

“就算是个经验丰富、足智多谋的成年人，也未必能在这样的条件下熬过 3 天啊！”

“天哪，他们却能够活下来。”

“既然我们知道他们需要我们的帮助，那我们现在就结束休息吧！”

于是，上尉和医生立即出发，上尉带着队伍走着“之”字形的路线，希望沿途能看到一些线索，例如做了记号的大树，烧过火堆的灰烬之类，但是一直都是毫无收获。就这样漫无目的地搜索了好几天。后来，上尉的队伍进入了一片荒芜的平原，除了一簇簇的枯草之外，没有绿色的树林。格伦上尉和克拉里医生感到有些担忧，在空旷无边的荒野之中，就算他们这么多人的队伍也找不到两个孩子，好像大海捞针一般困难。又过了几天，还是没有找到一点儿有关孩子们的踪迹，两个人都有些快失去信心了。

后面的日子里，格伦每天派出许多侦察兵，四处寻找。他们得到的报告是：继续往前走的话，就会进入一片干旱的沙漠。恰好这时他们在一块岩石的缝隙里发现了清澈的水源，于是停下来给队伍补充饮水。这条缝隙又窄又深，大概有十几米深。上尉让人用工具将水抽了上来，才发现这是一道温泉水，像烧开的水一样发出嗞嗞的响声，里面充满了碳酸气体，等泉水凉下来之后是对健康十分有益的矿泉水。这股水越抽越多，多得整支队伍 300 多人都喝不完，缝隙里的水位也变得越来越高。

“这口泉眼很适合建一座疗养胜地，不过现在两边的岩壁太陡峭了，连动物都没办法下去喝水。”克拉里医生说道。

“不知道孩子们有没有遇见这样的泉水。”格伦上尉有些担心地说着。

“不清楚，附近说不定还有类似的泉水，可是孩子们没有找到水源的话，肯定支撑不了几天。”

当晚，他们就在这块岩石旁宿营。附近空旷一片，没有任何可供搭建围栏的树木或者植物，格伦上尉和克拉里医生坐在折叠椅上休息，点上了烟斗，又开始谈论起他们眼下最关心的事情。

克拉里医生垂着头，有些郁闷，他说：“还是一点儿踪迹都没有。”

格伦上尉说道：“前几天我还考虑过想要派几个人到海边给劳利逊先生送信，告诉他有了孩子们的消息。幸亏我没那么做，否则现在还是没有孩子们的消息，会让劳利逊先生和塔尔科夫斯基先生空欢喜一场。而且，周围没有水，那些送信的说不定也会死在半路上。”

“是啊，那样也会让劳利逊先生和塔尔科夫斯基先生陷入更痛苦的境地。”医生想了想，提议道，“我们可不可以点一堆篝火，趁着漆黑的夜晚，说不定能让孩子们看见。”

格伦上尉摇了摇头，说道：“如果他们离我们不远，不用火堆，我们就能看到他们。但是他们离我们很远，而且虽然这片平原看起来比较平坦，实际上就像大海里的波浪一样，有无数个小山丘此起彼伏，会挡住孩子们的视线。”

“老实说，你是不是对找回孩子们不抱任何希望了？”

“亲爱的克拉里，你想一想，我们俩是又强壮又聪明的成年人，可是如果只有我俩独自待在这一片荒无人烟的地方，就算我们手里有枪，若没有其他装备和那些桑给巴尔人，你觉得我们的命运会如何？”

“唉，你说的没错，我一想到孩子们在这样的夜晚正在穿越沙漠，就……”

“他们是否有充足的食物和水？对于那些夜晚出没的狮子和野

兽，他们怎么应付？”

“可是，那个男孩在风筝上写着，他们已经走了几个月了！”

“这件事情里有很多我们现在是无法解释的。”

两个人又说起孩子们的遭遇，不禁唏嘘不已，克拉里医生只要一想到妮尔可爱的脸庞、天使般的微笑，而她现在可能正面临饥饿、干渴，甚至野兽的威胁，就心如刀割般的难过。两人都无心睡眠，望着天空。

突然，格伦上尉跳了起来，他指着天空，大声喊着：“快看！天上有颗照明弹！”医生也看到了那条通红的火蛇，两个人立刻兴奋不已。

“有支探险队在我们前面。”

“是的，说不定他们发现了孩子们的踪迹呢！”

“很有可能，我们尽快赶到那儿去看看。”上尉立刻命令队伍朝着信号弹的方向出发。为了回应远处的信号，他接连下令发射了好几颗照明弹，并且还用步枪朝天上放了好几枪。他们一边快速地行进着，一边听到远处也有数十声枪声回应，于是，他们毫不怀疑这是遇到了一支欧洲人的考察队，只是不确定对方是因为什么发出的求救信号。上尉和医生脚步飞奔，恐惧和希望交替在心里出现。他们希望能够得到孩子们的消息，但是又担心他们恐怕会在荒野上看到孩子们的尸体。

半个小时之后，上尉的队伍接近了一座小山丘，已经可以听到对面传来的马蹄飞奔的声音。不一会儿，山坡上出现了一个骑马的人影，这个人影的身前还抱着一个白色的物体。格伦上尉命令自己的手下把火把举起来，这时，骑着马的人影已经冲进了有亮光的地方。

“天哪！是孩子们！”医生发出了惊叫。

“水，水……”斯达西不断重复着这一个字，他把妮尔交到格伦上尉的手上之后，身体摇晃了一下，立刻向后倒在了地上。

尾 声

营地里一片欢声笑语，每个人都兴高采烈地在庆祝。格伦上尉和克拉里医生按捺不住自己的好奇心，等孩子们稍微恢复一些精神，就迫不及待地询问孩子们的经历，他们是如何从法索达，通过广袤的荒野和沙漠抵达尼罗河？更让上尉和医生震惊的是，“小波兰人”斯达西是怎么组建了一支有武器——还是欧洲的精良武器，有大量士兵，也有大量物资和补给，还有大象和马匹的队伍的。

上尉摊开了双手，一脸茫然地说道：“克拉里，我也算是见多识广的人了，可是我还从来没有见过这样的事情，这个男孩太令人称奇了。”

医生也满脸惊喜地说道：“是的，他不仅把小姑娘从一群野蛮人手里救了出来，还治好了她的热病。”说完，医生就连忙跑进帐篷里，查看孩子们的健康状况，是否睡得安稳。

上尉和医生商量了一会儿决定返回蒙巴萨，考察任务基本完成，他们已经深入到很远的地方了，本来格伦上尉很想去考察一下那个在地图上尚未标明的大湖，但是考虑到孩子们的状况，以及要尽快把孩子们送回到殷切盼望他们的父亲们的手里。克拉里医生出于对两个孩子的健康考虑，建议先去肯尼亚山或者乞力马扎罗山上休息几天，那里的环境比较干燥凉爽，同时可以给孩子们的父亲去信，让他们赶到蒙巴萨。

等孩子们休息得差不多，他们又痛痛快快在温泉里洗了一个澡，队伍准备 3 天后开始返程。那一天也是斯达西、妮尔和卡利、梅亚道别的时候，斯达西说服了妮尔，不再坚持带着卡利上路了，那样做是有些自私的行为。因为无论在哪里，卡利只能是个奴隶，而在这里，卡利是瓦希玛部落的酋长，他不仅有权力，还有改变部落野蛮风俗的能力，让他的部族成为文明人。在正式分别的时刻，每个孩子都哭得稀里哗啦，斯达西也不觉得哭泣不是男子汉的行为了，因为自己和妮尔都与卡利经历了很多美好和凶险的时光，他深深地感受到卡利那颗忠诚的心灵。卡利在“伟大的主人”和“慈善女神”脚下匍匐了很长时间，甚至在离开后，又两次返回来，依依惜别的深情打动了每一个在场的人。两个队伍终于朝着不同的方向各自前进了。

等他们踏上了回家的路时，斯达西开始向上尉和医生讲述了自己和妮尔的冒险经历，这个少年不再夸夸其谈，反而是十分谦虚。听着他的讲述，上尉和医生的眼前仿佛出现了一幕幕的画面，看到了孩子们如何被法尤姆骗上火车的，他们骑在骆驼上穿越沙漠时的艰难，在地狱般的喀土穆和恩图曼忍受饥饿和折磨，当斯达西讲到马赫迪企图说服自己放弃基督教，自己是如何拒绝的时候，上尉和医生禁不住站起来，先后拉住了他的手。上尉说道：“马赫迪已经死了。”

斯达西有些不相信自己的耳朵：“死了？”

医生补充说道：“是的，他被自己的一身肥肉害死的，是死于心脏病，阿卜杜拉赫接替了他的统治。”

斯达西沉默了一会儿，说道：“他把我们遣送到法索达送死，没想到自己却先死了。”

接下来，斯达西讲到了在法索达的遭遇以及妮尔的仆人迪娜是如何死的，后来他们被苏丹人带进了人迹罕至的地区，讲到了遭遇狮子以及他是如何杀死了狮子，接着杀死了绑架自己的坏人。上尉打断了他的讲述，说了一句话：“干得漂亮！”然后激动地握住斯达西的手。

之后，当听到驯服大象，住进树洞，妮尔得了热病，然后遇到林德才得到了奎宁粉这些事情，上尉和医生的心情如同坐云霄飞车一样兴奋。克拉里医生一天比一天更喜爱妮尔，听到她的种种不幸遭遇，医生差点儿控制不住自己的情绪，只好不停地喝一小口一小口白兰地让自己镇定下来。当斯达西讲到妮尔遇到豹子，差点儿被豹子吃掉的事情，他立刻把小姑娘抱进怀里，好像不抓住她，她就会被什么东西带走了似的。

上尉和医生带着孩子们在乞力马扎罗山上休养，并且派自己的随从给上尉在蒙巴萨的助手送信，让他发电报通知孩子们的父亲，关于孩子们的消息。从这两封电报里，可以看出来斯达西在他们心中的位置。

第一封电报的内容措辞谨慎，想要避免刺激到父亲们，电报是这样写的：“有孩子们的好消息，请速来蒙巴萨，一切都归功于男孩。”

第二封电报的内容更清晰，上面写着：“孩子们一切平安，身体健康，男孩是个英雄。”

斯达西和妮尔在乞力马扎罗山中平坦凉爽的高地上待了半个月。医生坚信，这样的休息不仅对妮尔的健康很有好处，对斯达西也十分有益。孩子们对这座巍峨高耸的山赞不绝口，这里拥有着多样的气候。可以看到两座最高的山峰：基博峰和基马·文泽峰。白天它们躲在云雾当中，当天气晴朗的傍晚时，密集的云雾散开，山顶上终年沉积的白雪在夕阳的照映下，发出粉色红的光彩，整座山仿佛变成了一座光芒四射的神坛。看到这样的场景，孩子们不由自主地低下头，闭起眼睛，双手合十开始了祷告。

对于斯达西来说，那些充满了恐惧和担忧，经历了种种磨难而且筋疲力尽的日子终于结束了。虽然他们还要继续旅行一个月才能到达蒙巴萨，但是沿途可以看到风景迷人的塔维塔森林，这可比以前带着妮尔、卡利和梅亚在荒原丛林中流浪要轻松多了。如今他们的装备也更完善，随行服务的人数更多，道路也并不陌生。最重要的是现在负责带领整支队伍的是格伦上尉，斯达西很清闲，他可以随时休息和打猎。有一天，他在队伍的工具箱里发现了一把斧子和一把凿子，于是他在路上经过的一块巨大岩石上用波兰语刻下了一句话——波兰没有灭亡。

斯达西刻的这句话，让上尉和医生都倍感意外，因为斯达西并没有像其他人那样刻上自己的名字，用来给他们逗留过的地方留下印记，而是刻下了这句意义深刻的话。

卸下了队伍首领的重担，斯达西并没有放下照顾妮尔的责任，经历了这么多波折，斯达西早就在妮尔的心里占据了重要的位置，并且妮尔对他无比的信任。当克拉里医生问她，会不会害怕红海上的风暴时，小姑娘安静地抬起来，眨着美丽的眼睛，肯定地说道："斯达西会有办法的。"格伦上尉表示，没有其他言语能够充分表达妮尔对斯达西的赞美和崇拜了。

收到电报的父亲们被意外的惊喜震撼得几乎晕厥。塔尔科夫斯基先生看过电报之后，立即跪倒向上帝做着祷告，恳求这个消息不是自己的幻觉，要知道，自从孩子们被绑架之后，两个父亲经历了多少个不眠之夜，花费了多少心血啊！劳利逊先生不断给苏丹的旅行商队或者探险队发着电报，希望能得到有关孩子们的消息；塔尔科夫斯基先生甚至假扮成阿拉伯商人，潜入喀土穆探听消息，结果一无所获，那些本来能够提供线索的人，不是死于疾病，就是死于饥饿，或者在意外中丧命。一次次的希望和失望，让两个父亲变得绝望。他们活在对往日生活的追忆当中，深信后半生都会这样孤独寂寞，只有死后才能和孩子们团聚。

这个时候突然得到了孩子们的消息，而且还是平安的好消息，这让两个父亲热泪盈眶，随后开始感到难以置信和惊诧，他们无法理解孩子们怎么会出现在非洲的蒙巴萨。塔尔科夫斯基先生猜测，也许孩子们是被某支阿拉伯商队用高额的赎金或者偷偷拐带的方式救出来的，这样就可以解释孩子们从东海岸跑到了非洲内陆。许多事情都无法弄明白，只有尽快赶到蒙巴萨才能知道。

他们在收到第一封电报的第二天就踏上了半岛东方公司的豪华轮渡，它的目的地是印度，途中会在阿登、蒙巴萨和桑给巴尔停靠。两位父亲在阿登收到了第二封电报，电报上的内容让劳利逊先生激动得几乎要发狂，他紧紧地握住自己好朋友的双手，不断地重复说着："是他救了她，我欠他一条命！"塔尔科夫斯基先生竭力控制着自己的情绪，说道："是的，这是个勇敢的孩子。"等他一个人回到休息的船舱时，他才让激动的泪水流淌出来。

最终团聚的时刻来临了。孩子们一看见父亲，激动地扑进父亲们的怀里，父亲们也抱着自己失而复得的宝贝不肯松手，经历了久别之后的重逢，让他们的心里都充满了幸福和喜悦。不过孩子们都惊讶地看到，自从上次分别后，父亲们的头发几乎完全变白了。

他们从蒙巴萨乘坐了一艘海洋运输公司旗下的豪华轮船返回苏伊士。轮船上的乘客来自各个地方，当消息传开，人们对斯达西充满了好奇。当他们听闻了孩子们的奇遇后，都把斯达西当作小英雄，船长还特意给他们安排了一间大船舱。

被喜悦和幸福包围的4个人待在凉爽的船舱里，斯达西给父亲们从头到尾详细地讲了一遍他和妮尔的经历，妮尔像只不安分的小鸟一样，不停地叽叽喳喳讲着自己的经历，每句话的开头都是“后来”两个字，这让大家觉得特别开心。妮尔坐在父亲的膝盖上，眨着漂亮的大眼睛说：“后来，他们就绑架了我们，让我们骑在骆驼上，骆驼不停地跑，跑得我都快吐了。”“后来，葛布尔拿鞭子打我，是斯达西保护了我，用自己的身体挡在我面前。”“后来，我们到了喀土穆，那里有好多好多的死人，不是被打死的，就是被饿死的。”“后来，斯达西给那些人干活，好换些椰枣给我吃。”“后来，马赫迪就让我们去法索达，路上遇见了狮子。”“后来，斯达西杀死了狮子，还有那些坏人。”“后来，我们住进了一座树洞房子里，它叫‘克拉科夫’，很大很安全。”“后来，我们遇到了金格，它特别聪明。”“后来我得了热病，是斯达西找到了奎宁粉，治好了我的病。”“后来，我遇到了一只豹子，它好大啊，就在我面前，我不知道该怎么办，是斯达西打死了它。”“后来，斯达西找到了卡利的部落，帮助他们打败了山布鲁族。”……妮尔讲到了卡利、梅亚、金格和沙巴，还有林德山和风筝的故事，以及最后遇到了格伦上尉和克拉里医生，“爸爸，斯达西一直以来都把我照顾得很好！”

劳利逊先生边听边拼命控制着自己的眼泪，不让它们流出来，一想到自己最心爱的小姑娘遭遇了那么多可怕的事情，就让他心疼不已。同时，塔尔科夫斯基先生也越听越骄傲，因为小姑娘稚嫩的描述中，很容易就知道如果没有男孩的勇敢和机智，孩子们是无法活到现在的。

斯达西补充了很多细节，当讲到他开枪打死葛布尔等人的时候，斯达西有些吞吞吐吐，他不时地望着自己父亲的表情，塔尔科夫斯基的面色变得凝重起来，他沉思了片刻之后严肃地对斯达西说道："孩子，你记住，我们不允许任何人杀害生命，但是，如果有人威胁到你的祖国、你的家人，或者是某个托付在你手里的人的生命时，你可以什么也不说，直接对着他的脑袋开一枪，这一点你不必内疚或者自责。"听到父亲的话，斯达西心里的一块大石头终于落地了。

回到塞得港之后，劳利逊先生就带着妮尔返回英国，从此定居下来。斯达西被父亲送到亚历山大港读书，因为那里的人对斯达西的英雄事迹和冒险通通不了解。两个孩子并没有因为分开而失去联系，他们时常有书信往来，但是出于各种原因，他们 10 年都没有再见过面。

斯达西读完中学后，考进了瑞士苏黎世的工业大学，毕业后在瑞士从事隧道建设工作。这时，塔尔科夫斯基先生也从运河公司退休了，10 年后，他和斯达西去英国探望自己的老朋友，劳利逊先生邀请他们在汉普顿广场附近的家里住了一个夏天。

妮尔已经 18 岁了，长得越来越漂亮。斯达西一见到她，心情就无法平静，他清楚地意识到自己已经陷入了对妮尔不可自拔的爱恋中。他终于相信一个人哪怕已经 24 岁，还是会思念着某位心上人。他对妮尔的感情十分强烈，以至于他觉得只有逃到看不见妮尔的地方，才能平静下来。

就在斯达西左思右想，心里乱得如同一团麻一样的时候。有一天，劳利逊先生找他单独谈话，他慈祥地看着斯达西说道：“斯达西，你可不可以告诉我，这个世界除了你，谁还能把我的心肝宝贝照顾好？”

于是，两个年轻人终于结为了夫妇，他们一直住在英国，直到劳利逊先生去世。一年后，为了完成故地重游的承诺，斯达西和妮尔踏上了长途旅行，他们首先到达埃及，然后乘坐着轮船前往法索达，接着又坐火车到达蒙巴萨。格伦上尉和克拉里医生已经搬到了纳达尔。但是，他们在蒙巴萨见到了金格，大象被当地的英国动物管理部门悉心照顾着。它一看到妮尔和斯达西，便认出来自己昔日的主人，立刻发出欢快的叫声。大象也认出来一直陪着两个年轻人的老沙巴。沙巴的一只眼睛因为年纪的问题有点儿看不清楚，但沙巴始终陪伴在妮尔左右。

斯达西也听到了卡利的消息，卡利的身体十分健康，他在英国政府的帮助下管理着鲁道夫湖以南的大片地区，他还在当地建了基督教堂，吸引传教士前去传播基督教。年轻夫妇完成了旅行，他们最后定居波兰，和斯达西尊敬的父亲一起生活。

亨利克·显克维奇作品年表

1846年　5月5日，出生于波兰波德拉斯地区的一个富有爱国传统的家庭。

1865年　开始写小说《牺牲》。

1872年　发表了第一部中篇小说《徒然》。在《每周评论》上发表小说集《伏尔希沃皮包里的幽默故事》。

1875年　出版了第一个短篇小说集《老仆》。

1876—1878年　他以《波兰报》记者的身份在美国进行旅行采访，写成了《旅美书简》，这期间显克维奇发表了一批脍炙人口的中短篇小说：《炭笔素描》《音乐迷杨科》《天使》《一个家庭教师的回忆》《胜利者巴尔特科》《为了面包》《灯塔看守者》《穿过草原》《奥尔索》等。

1880年　发表了中篇小说《黄金国》，以及剧本《一张纸牌》和《谁之罪》。创作小说《鞑靼的奴役》。

1882年　担任《斯多瓦》杂志编辑。

1883年　发表小说《酋长》。

1884 年　出版历史小说三部曲的第一部《火与剑》。

1886 年　出版历史小说三部曲的第二部《洪流》。

1887 年　被选为当代小说评判委员会委员。

$\frac{1888}{1889}$年　出版历史小说三部曲的第三部《伏沃迪约夫斯基骑士》，11 月被选为国际文学协会名誉主席。

1890 年　发表了《毫无规则》。12 月前往非洲访问。

1891 年　到达埃及参观访问一个月，开始创作《旅非书简》。

1892 年　出版《让我们跟随他》。

1895 年　发表了《波瓦涅茨基一家》。

1896 年　发表了波兰最著名的文学作品《你往何处去》。

1900 年　发表了《十字军骑士》。

1905 年　发表了长篇小说《在光荣的战场上》。

1909 年　发表了长篇小说《漩涡》。

1910 年　发表了专门为孩子们创作的长篇小说《中非历险记》。

1911 年　5 月，获得波兰文学院颁发的金质奖章。

1914 年　第一次世界大战爆发后，迁居至瑞士。

1916 年　11 月 15 日，在瑞士佛维因病逝世。

1924 年　10 月 26 日，显克维奇的灵柩被运回了波兰，安放在华沙圣约翰教堂的地下墓室里，华沙为他举行了国葬。